ÉMILE ZOLA

GUY DE MAUPASSANT — J.-K. HUYSMANS — HENRY CÉARD

LÉON HENNIQUE — PAUL ALEXIS

# LES SOIRÉES

# DE MÉDAN

PARIS

G. CHARPENTIER, ÉDITEUR

13, RUE DE GRENELLE-SAINT-GERMAIN, 13

18 0

Léon HENNIQUE

# LA DÉVOUÉE

Troisième édition

J.-K. HUYSMANS

# LES SŒURS VATARD

Cinquième édition

Paul ALEXIS

# LA FIN DE LUCIE PELLEGRIN

Deuxième édition

## SOUS PRESSE

| | |
|---|---|
| **Léon Hennique.** L'accident de M. Hébert | 1 vol. |
| **J.-K. Huysmans.** Un bon ménage | 1 vol. |
| **Paul Alexis.** Madame Cœuriot | 1 vol. |
| **Guy de Maupassant.** Des Vers | 1 vol. |
| **Henry Céard.** Une belle journée | 1 vol. |

Paris. — Imp. E. CAPIOMONT et V. RENAULT, rue des Poitevins, 6.

# LES SOIRÉES

# DE MÉDAN

PARIS. — IMPRIMERIE ÉMILE MARTINET, RUE MIGNON, 2

EMILE ZOLA

GUY DE MAUPASSANT — J. K. HUYSMANS   HENRY CÉARD

LÉON HENNIQUE — PAUL ALEXIS

# LES SOIRÉES

# DE MÉDAN

PARIS

G. CHARPENTIER, ÉDITEUR

13, RUE DE GRENELLE-SAINT-GERMAIN, 13

1880

Les nouvelles qui suivent ont été publiées, les unes en France, les autres à l'étranger. Elles nous ont paru procéder d'une idée unique, avoir une même philosophie : nous les réunissons.

Nous nous attendons à toutes les attaques, à la mauvaise foi et à l'ignorance dont la critique courante nous a déjà donné tant de preuves. Notre seul souci a été d'affirmer publiquement nos véritables amitiés et, en même temps, nos tendances littéraires.

Médan, 1ᵉʳ mars 1880.

# L'ATTAQUE DU MOULIN

PAR

ÉMILE ZOLA

# L'ATTAQUE DU MOULIN

## I

Le moulin du père Merlier, par cette belle soirée
d'été, était en grande fête. Dans la cour, on avait mis
trois tables, placées bout à bout, et qui attendaient
les convives. Tout le pays savait qu'on devait fiancer,
ce jour-là, la fille Merlier, Françoise, avec Dominique,
un garçon qu'on accusait de fainéantise, mais que les
femmes, à trois lieues à la ronde, regardaient avec
des yeux luisants, tant il avait bon air.

Ce moulin du père Merlier était une vraie gaieté. Il
se trouvait juste au milieu de Rocreuse, à l'endroit
où la grand'route fait un coude. Le village n'a qu'une
rue, deux files de masures, une file à chaque bord de
la route ; mais là, au coude, des prés s'élargissent,
de grands arbres, qui suivent le cours de la Morelle,
couvrent le fond de la vallée d'ombrages magnifiques.
Il n'y a pas, dans toute la Lorraine, un coin de nature
plus adorable. A droite et à gauche, des bois épais,
des futaies séculaires montent des pentes douces, em-
plissent l'horizon d'une mer de verdure ; tandis que,

vers le midi, la plaine s'étend, d'une fertilité merveil-
leuse, déroulant à l'infini des pièces de terre coupées
de haies vives. Mais ce qui fait surtout le charme de
Rocreuse, c'est la fraîcheur de ce trou de verdure, aux
journées les plus chaudes de juillet et d'août. La Mo-
relle descend des bois de Gagny, et il semble qu'elle
prenne le froid des feuillages sous lesquels elle coule
pendant des lieues; elle apporte les bruits murmu-
rants, l'ombre glacée et recueillie des forêts. Et elle
n'est point la seule fraîcheur : toutes sortes d'eaux
courantes chantent sous les bois; à chaque pas, des
sources jaillissent; on sent, lorsqu'on suit les étroits
sentiers, comme des lacs souterrains qui percent sous
la mousse et profitent des moindres fentes, au pied
des arbres, entre les roches, pour s'épancher en fon-
taines cristallines. Les voix chuchotantes de ces ruis-
seaux s'élèvent si nombreuses et si hautes, qu'elles
couvrent le chant des bouvreuils. On se croirait dans
quelque parc enchanté, avec des cascades tombant de
toutes parts.

En bas, les prairies sont trempées. Des marronniers
gigantesques font des ombres noires. Au bord des
prés, de longs rideaux de peupliers alignent leurs
tentures bruissantes. Il y a deux avenues d'énormes
platanes qui montent, à travers champs, vers l'ancien
château de Gagny, aujourd'hui en ruines. Dans cette
terre continuellement arrosée, les herbes grandissent
démesurément. C'est comme un fond de parterre
entre les deux coteaux boisés, mais de parterre
naturel, dont les prairies sont les pelouses, et dont
les arbres géants dessinent les colossales corbeilles.
Quand le soleil, à midi, tombe d'aplomb, les ombres
bleuissent, les herbes allumées dorment dans la

chaleur, tandis qu'un frisson glacé passe sous les
feuillages.

Et c'était là que le moulin du père Merlier égayait
de son tic-tac un coin de verdures folles. La bâtisse,
faite de plâtre et de planches, semblait vieille comme
le monde. Elle trempait à moitié dans la Morelle, qui
arrondit à cet endroit un clair bassin. Une écluse était
ménagée, la chute tombait de quelques mètres sur la
roue du moulin, qui craquait en tournant, avec la
toux asthmatique d'une fidèle servante vieillie dans
la maison. Quand on conseillait au père Merlier de la
changer, il hochait la tête en disant qu'une jeune
roue serait plus paresseuse et ne connaîtrait pas si
bien le travail; et il raccommodait l'ancienne avec
tout ce qui lui tombait sous la main, des douves de
tonneau, des ferrures rouillées, du zinc, du plomb.
La roue en paraissait plus gaie, avec son profil devenu
étrange, toute empanachée d'herbes et de mousses.
Lorsque l'eau la battait de son flot d'argent, elle se
couvrait de perles, on voyait passer son étrange car-
casse sous une parure éclatante de colliers de nacre.

La partie du moulin qui trempait ainsi dans la Mo-
relle, avait l'air d'une arche barbare, échouée là. Une
bonne moitié du logis était bâtie sur des pieux. L'eau
entrait sous le plancher, il y avait des trous, bien con-
nus dans le pays pour les anguilles et les écrevisses
énormes qu'on y prenait. En dessous de la chute, le
bassin était limpide comme un miroir, et lorsque la
roue ne le troublait pas de son écume, on apercevait
des bandes de gros poissons qui nageaient avec des
lenteurs d'escadre. Un escalier rompu descendait à la
rivière, près d'un pieu où était amarrée une barque.
Une galerie de bois passait au-dessus de la roue. Des

1.

fenêtres s'ouvraient, percées irrégulièrement. C'était un pêle-mêle d'encoignures, de petites murailles, de constructions ajoutées après coup, de poutres et de toitures qui donnaient au moulin un aspect d'ancienne citadelle démantelée. Mais des lierres avaient poussé, toutes sortes de plantes grimpantes bouchaient les crevasses trop grandes et mettaient un manteau vert à la vieille demeure. Les demoiselles qui passaient, dessinaient sur leurs albums le moulin du père Merlier.

Du côté de la route, la maison était plus solide. Un portail en pierre s'ouvrait sur la grande cour, que bordaient à droite et à gauche des hangars et des écuries. Près d'un puits, un orme immense couvrait de son ombre la moitié de la cour. Au fond, la maison alignait les quatre fenêtres de son premier étage, surmonté d'un colombier. La seule coquetterie du père Merlier était de faire badigeonner cette façade tous les dix ans. Elle venait justement d'être blanchie, et elle éblouissait le village, lorsque le soleil l'allumait, au milieu du jour.

Depuis vingt ans, le père Merlier était maire de Rocreuse. On l'estimait pour la fortune qu'il avait su faire. On lui donnait quelque chose comme quatre-vingt mille francs, amassés sou à sou. Quand il avait épousé Madeleine Guillard, qui lui apportait en dot le moulin, il ne possédait guère que ses deux bras. Mais Madeleine ne s'était jamais repentie de son choix, tant il avait su mener gaillardement les affaires du ménage. Aujourd'hui, la femme était défunte, il restait veuf avec sa fille Françoise. Sans doute, il aurait pu se reposer, laisser la roue du moulin dormir dans la mousse; mais il se serait trop ennuyé, et la maison lui aurait semblé morte. Il travaillait toujours, pour

le plaisir. Le père Merlier était alors un grand vieil-
lard, à longue figure silencieuse, qui ne riait jamais,
mais qui était tout de même très gai en dedans. On
l'avait choisi pour maire, à cause de son argent, et
aussi pour le bel air qu'il savait prendre, lorsqu'il
faisait un mariage.

Françoise Merlier venait d'avoir dix-huit ans. Elle
ne passait pas pour une des belles filles du pays, parce
qu'elle était chétive. Jusqu'à quinze ans, elle avait
même été laide. On ne pouvait pas comprendre, à
Rocreuse, comment la fille du père et de la mère
Merlier, tous deux si bien plantés, poussait mal et
d'un air de regret. Mais à quinze ans, tout en restant
délicate, elle prit une petite figure, la plus jolie du
monde. Elle avait des cheveux noirs, des yeux noirs,
et elle était toute rose avec ça ; une bouche qui riait
toujours, des trous dans les joues, un front clair où il
y avait comme une couronne de soleil. Quoique ché-
tive pour le pays, elle n'était pas maigre, loin de là ;
on voulait dire simplement qu'elle n'aurait pas pu
lever un sac de blé ; mais elle devenait toute potelée
avec l'âge, elle devait finir par être ronde et friande
comme une caille. Seulement, les longs silences de
son père l'avaient rendue raisonnable très jeune. Si
elle riait toujours, c'était pour faire plaisir aux autres.
Au fond, elle était sérieuse.

Naturellement, tout le pays la courtisait, plus
encore pour ses écus que pour sa gentillesse. Et elle
avait fini par faire un choix, qui venait de scandaliser
la contrée. De l'autre côté de la Morelle, vivait un
grand garçon, que l'on nommait Dominique Penquer.
Il n'était pas de Rocreuse. Dix ans auparavant, il
était arrivé de Belgique, pour hériter d'un oncle, qui

possédait un petit bien, sur la lisière même de la
forêt de Gagny, juste en face du moulin, à quelques
portées de fusil. Il venait pour vendre ce bien, disait-
il, et retourner chez lui. Mais le pays le charma,
paraît-il, car il n'en bougea plus. On le vit cultiver son
bout de champ, récolter quelques légumes dont il
vivait. Il pêchait, il chassait ; plusieurs fois, les gardes
faillirent le prendre et lui dresser des procès-verbaux.
Cette exi 'ence libre, dont les paysans ne s'expliquaient
pas bien les ressources, avait fini par lui donner un
mauvais renom. On le raitait vaguement de bracon-
nier. En tous cas, il était paresseux, car on le trouvait
souvent endormi dans l'herbe, à des heures où il
aurait dû travailler. La masure qu'il habitait, sous les
derniers arbres de la forêt, ne semblait pas non plus
la demeure d'un honnête garçon. Il aurait eu un
commerce avec les loups des ruines de Gagny, que
cela n'aurait point surpris les vieilles femmes. Pour-
tant, les jeunes filles, parfois, se hasardaient à le
défendre, car il était superbe, cet homme louche,
souple et grand comme un peuplier, très blanc de
peau, avec une barbe et des cheveux blonds qui sem-
blaient de l'or au soleil. Or, un beau matin, Françoise
avait déclaré au père Merlier qu'elle aimait Dominique
et que jamais elle ne consentirait à épouser un autre
garçon.

On pense quel coup de massue le père Merlier
reçut, ce jour-là ! Il ne dit rien, selon son habitude. Il
avait son visage réfléchi ; seulement, sa gaieté inté-
rieure ne luisait plus dans ses yeux. On se bouda pen-
dant une semaine. Françoise, elle aussi, était toute
grave. Ce qui tourmentait le père Merlier, c'était de
savoir comment ce gredin de braconnier avait bien pu

ensorceler sa fille. Jamais Dominique n'était venu au
moulin. Le meunier guetta et il aperçut le galant, de
l'autre côté de la Morelle, couché dans l'herbe et fei-
gnant de dormir. Françoise, de sa chambre, pou-
vait le voir. La chose était claire, ils avaient dû
s'aimer, en se faisant les doux yeux par-dessus la roue
du moulin.

Cependant, huit autres jours s'écoulèrent. Fran-
çoise devenait de plus en plus grave. Le père Merlier
ne disait toujours rien. Puis, un soir, silencieusement,
il amena lui-même Dominique. Françoise, justement,
mettait la table. Elle ne parut pas étonnée, elle se
contenta d'ajouter un couvert ; seulement, les petits
trous de ses joues venaient de se creuser de nouveau,
et son rire avait reparu. Le matin, le père Merlier
était allé trouver Dominique dans sa masure, sur la
lisière du bois. Là, les deux hommes avaient causé
pendant trois heures, les portes et les fenêtres fer-
mées. Jamais personne n'a su ce qu'ils avaient pu
se dire. Ce qu'il y a de certain, c'est que le père
Merlier en sortant traitait déjà Dominique comme
son fils. Sans doute, le vieillard avait trouvé le garçon
qu'il était allé chercher, un brave garçon, dans ce
paresseux qui se couchait sur l'herbe pour se faire
aimer des filles.

Tout Rocreuse clabauda. Les femmes, sur les
portes, ne tarissaient pas au sujet de la folie du père
Merlier, qui introduisait ainsi chez lui un garnement.
Il laissa dire. Peut-être s'était-il souvenu de son
propre mariage. Lui non plus ne possédait pas un sou
vaillant, lorsqu'il avait épousé Madeleine et son mou-
lin ; cela pourtant ne l'avait point empêché de faire un
bon mari. D'ailleurs, Dominique coupa court aux can-

cans, en se mett. nt si rudement à la besogne, que le
pays en fut émerveillé. Justement le garçon du mou-
lin était tombé au sort, et jamais Dominique ne
voulut qu'on en engageât un autre. Il porta les sacs,
conduisit la charrette, se battit avec la vieille roue,
quand elle se faisait prier pour tourner, tout cela
d'un tel cœur, qu'on venait le voir par plaisir. Le père
Merlier avait son rire silencieux. Il était très fier
d'avoir deviné ce garçon. Il n'y a rien comme l'amour
pour donner du courage aux jeunes gens.

Au milieu de toute cette grosse besogne, Françoise
et Dominique s'adoraient. Ils ne se parlaient guère,
mais ils se regardaient avec une douceur souriante.
Jusque-là, le père Merlier n'avait pas dit un seul mot
au sujet du mariage ; et tous deux respectaient ce
silence, attendant la volonté du vieillard. Enfin, un
jour, vers le milieu de juillet, il avait fait mettre trois
tables dans la cour, sous le grand orme, en invitant
ses amis de Rocreuse à venir le soir boire un coup
avec lui. Quand la cour fut pleine et que tout le
monde eut le verre en main, le père Merlier leva le
sien très haut, en disant :

— C'est pour avoir le plaisir de vous annoncer que
Françoise épousera ce gaillard-là dans un mois, le
jour de la Saint-Louis.

Alors, on trinqua bruyamment. Tout le monde
riait. Mais le père Merlier haussant la voix, dit
encore :

— Dominique, embrasse ta promise. Ça se doit.

Et ils s'embrassèrent, très rouges pendant que
l'assistance riait plus fort. Ce fut une vraie fête.
On vida un petit tonneau. Puis, quand il n'y eut
là que les amis intimes, on causa d'une façon

calme. La nuit était tombée, une nuit étoilée et très
claire. Dominique et Françoise, assis sur un banc,
l'un près de l'autre, ne disaient rien. Un vieux paysan
parlait de la guerre que l'empereur avait déclarée à la
Prusse. Tous les gars du village étaient déjà partis.
La veille, des troupes avaient encore passé. On allait
se cogner dur.

— Bah! dit le père Mer... avec l'égoïsme d'un
homme heureux, Dominique est étranger, il ne par-
tira pas... Et si les Prussiens venaient, il serait là
pour défendre sa femme.

Cette idée que les Prussiens pouvaient venir parut
une bonne plaisanterie. On allait leur flanquer une
raclée soignée, et ce serait vite fini.

— Je les ai déjà vus, je les ai déjà vus, répéta d'une
voix sourde le vieux paysan.

Il y eut un silence. Puis, on trinqua une fois encore.
Françoise et Dominique n'avaient rien entendu; ils
s'étaient pris doucement la main, derrière le banc,
sans qu'on pût les voir, et cela leur semblait si bon,
qu'ils restaient là, les yeux perdus au fond des
ténèbres.

Quelle nuit tiède et superbe! Le village s'endor-
mait aux deux bords de la route blanche, dans une
tranquillité d'enfant. On n'entendait plus, de loin en
loin, que le chant de quelque coq éveillé trop tôt. Des
grands bois voisins, descendaient de longues haleines
qui passaient sur les toitures comme des caresses. Les
prairies, avec leurs ombrages noirs, prenaient une
majesté mystérieuse et recueillie, tandis que toutes
les sources, toutes les eaux courantes qui jaillissaient
dans l'ombre, semblaient être la respiration fraîche
et rythmée de la campagne endormie. Par instants,

la vieille roue du moulin, ensommeillée, paraissait rêver comme ces vieux chiens de garde qui aboient en ronflant; elle avait des craquements, elle causait toute seule, bercée par la chute de la Morelle, dont la nappe rendait le son musical et continu d'un tuyau d'orgues. Jamais une paix plus large n'était descendue sur un coin plus heureux de nature.

## II

Un mois plus tard, jour pour jour, juste la veille de
la Saint-Louis, Rocreuse était dans l'épouvante. Les
Prussiens avaient battu l'empereur et s'avançaient à
marches forcées vers le village. Depuis une semaine,
des gens qui passaient sur la route annonçaient les
Prussiens : « Ils sont à Lormière, ils sont à Novelles » ;
et, à entendre dire qu'ils se rapprochaient si vite,
Rocreuse, chaque matin, croyait les voir descendre
par les bois de Gagny. Ils ne venaient point cependant,
cela effrayait davantage. Bien sûr qu'ils tomberaient
sur le village pendant la nuit et qu'ils égorgeraient
tout le monde.

La nuit précédente, un peu avant le jour, il y avait
eu une alerte. Les habitants s'étaient réveillés, en
entendant un grand bruit d'hommes sur la route. Les
femmes déjà se jetaient à genoux et faisaient des
signes de croix, lorsqu'on avait reconnu des pantalons
rouges, en entr'ouvrant prudemment les fenêtres.
C'était un détachement français. Le capitaine avait
tout de suite demandé le maire du pays, et il était
resté au moulin, après avoir causé avec le père Merlier.

Le soleil se levait gaiement, ce jour-là. Il ferait

2

chaud, à midi. Sur les bois, une clarté blonde flot-
tait, tandis que dans les fonds, au-dessus des prairies,
montaient des vapeurs blanches. Le village, propre
et joli, s'éveillait dans la fraîcheur, et la campagne,
avec sa rivière et ses fontaines, avait des grâces
mouillées de bouquet. Mais cette belle journée ne
faisait rire personne. On venait de voir le capitaine
tourner autour du moulin, regarder les maisons voi-
sines, passer de l'autre côté de la Morelle, et de là,
étudier le pays avec une lorgnette ; le père Merlier,
qui l'accompagnait, semblait donner des explications.
Puis, le capitaine avait posté des soldats derrière des
murs, derrière des arbres, dans des trous. Le gros du
détachement campait dans la cour du moulin. On
allait donc se battre ? Et quand le père Merlier revint,
on l'interrogea. Il fit un long signe de tête, sans parler.
Oui, on allait se battre.

Françoise et Dominique étaient là, dans la cour,
qui le regardaient. Il finit par ôter sa pipe de la
bouche, et dit cette simple phrase :

— Ah ! mes pauvres petits, ce n'est pas demain que
je vous marierai !

Dominique, les lèvres serrées, avec un pli de colère
au front, se haussait parfois, restait les yeux fixés sur
les bois de Gagny, comme s'il eût voulu voir arriver
les Prussiens. Françoise, très pâle, sérieuse, allait et
venait, fournissant aux soldats ce dont ils avaient
besoin. Ils faisaient la soupe dans un coin de la cour,
et plaisantaient, en attendant de manger.

Cependant, le capitaine paraissait ravi. Il avait
visité les chambres et la grande salle du moulin don-
nant sur la rivière. Maintenant, assis près d'u puits, il
causait avec le père Merlier.

— Vous avez là une vraie forteresse, disait-il. Nous tiendrons bien jusqu'à ce soir... Les bandits sont en retard. Ils devraient être ici.

Le meunier restait grave. Il voyait son moulin flamber comme une torche. Mais il ne se plaignait pas, jugeant cela inutile. Il ouvrit seulement la bouche pour dire :

— Vous devriez faire cacher la barque derrière la roue. Il y a là un trou où elle tient... Peut-être qu'elle pourra servir.

Le capitaine donna un ordre. Ce capitaine était un bel homme d'une quarantaine d'années, grand et de figure aimable. La vue de Françoise et de Dominique semblait le réjouir. Il s'occupait d'eux, comme s'il avait oublié la lutte prochaine. Il suivait Françoise des yeux, et son air disait clairement qu'il la trouvait charmante. Puis, se tournant vers Dominique :

— Vous n'êtes donc pas à l'armée, mon garçon? lui demanda-t-il brusquement.

— Je suis étranger, répondit le jeune homme.

Le capitaine parut goûter médiocrement cette raison. Il cligna les yeux et sourit. Françoise était plus agréable à fréquenter que le canon. Alors, en le voyant sourire, Dominique ajouta :

— Je suis étranger, mais je loge une balle dans une pomme, à cinq cents mètres .. Tenez, mon fusil de chasse est là, derrière vous.

— Il pourra vous servir, répliqua simplement le capitaine.

Françoise s'était approchée, un peu tremblante. Et, sans se soucier du monde qui était là, Dominique prit et serra dans les siennes les deux mains qu'elle lui tendait, comme pour se mettre sous sa protection. Le

capitaine avait souri de nouveau, mais il n'ajouta pas
une parole. Il demeurait assis, son épée entre les
jambes, les yeux perdus, paraissant rêver.

Il était déjà dix heures. La chaleur devenait très
forte. Un lourd silence se faisait. Dans la cour, à
l'ombre des hangars, les soldats s'étaient mis à
manger la soupe. Aucun bruit ne venait du village,
dont les habitants avaient tous barricadé leurs mai-
sons, portes et fenêtres. Un chien, resté seul sur la
route, hurlait. Des bois et des prairies voisines,
pâmés par la chaleur, sortait une voix lointaine, pro-
longée, faite de tous les souffles épars. Un coucou
chanta. Puis, le silence s'élargit encore.

Et, dans cet air endormi, brusquement, un coup de
feu éclata. Le capitaine se leva vivement, les soldats
lâchèrent leurs assiettes de soupe, encore à moitié
pleines. En quelques secondes, tous furent à leur
poste de combat; de bas en haut, le moulin se trou-
vait occupé. Cependant, le capitaine, qui s'était porté
sur la route, n'avait rien vu; à droite, à gauche, la
route s'étendait, vide et toute blanche. Un deuxième
coup de feu se fit entendre, et toujours rien, pas
une ombre. Mais, en se retournant, il aperçut du
côté de Gagny, entre deux arbres, un léger flocon de
fumée qui s'envolait, pareil à un fil de la Vierge. Le
bois restait profond et doux.

— Les gredins se sont jetés dans la forêt, murmura-
t-il. Ils nous savent ici.

Alors, la fusillade continua, de plus en plus nourrie,
entre les soldats français, postés autour du moulin, et
les Prussiens, cachés derrière les arbres. Les balles
sifflaient au-dessus de la Morelle, sans causer de
pertes ni d'un côté ni de l'autre. Les coups étaient

irréguliers, partaient de chaque buisson; et l'on
n'apercevait toujours que les petites fumées, balancées
mollement par le vent. Cela dura près de deux heures.
L'officier chantonnait d'un air indifférent. Françoise
et Dominique, qui étaient restés dans la cour, se
haussaient et regardaient par-dessus une muraille
basse. Ils s'intéressaient surtout à un petit soldat,
posté au bord de la Morelle, derrière la carcasse d'un
vieux bateau; il était à plat ventre, guettait, lâchait
son coup de feu, puis se laissait glisser dans un
fossé, un peu en arrière, pour recharger son fusil; et
ses mouvements étaient si drôles, si rusés, si souples,
qu'on se laissait aller à sourire en le voyant. Il dut
apercevoir quelque tête de Prussien, car il se leva
vivement et épaula; mais, avant qu'il eût tiré, il jeta
un cri, tourna sur lui-même et roula dans le fossé, où
ses jambes eurent un instant le roidissement convulsif
des pattes d'un poulet qu'on égorge. Le petit soldat
venait de recevoir une balle en pleine poitrine. C'était
le premier mort. Instinctivement, Françoise avait
saisi la main de Dominique et la lui serrait, dans une
crispation nerveuse.

— Ne restez pas là, dit le capitaine. Les balles
viennent jusqu'ici.

En effet, un petit coup sec s'était fait entendre dans
le vieil orme, et un bout de branche tombait en se
balançant. Mais les deux jeunes gens ne bougèrent
pas, cloués par l'anxiété du spectacle. A la lisière du
bois, un Prussien était brusquement sorti de derrière
un arbre comme d'une coulisse, battant l'air de ses
bras et tombant à la renverse. Et rien ne bougea plus,
les deux morts semblaient dormir au grand soleil, on
ne voyait toujours personne dans la campagne alour-

2.

die. Le pétillement de la fusillade lui-même cessa.
Seule, la Morelle chuchotait avec son bruit clair.

Le père Merlier regarda le capitaine d'un air de sur-
prise, comme pour lui demander si c'était fini.

— Voilà le grand coup, murmura celui-ci. Méfiez-
vous. Ne restez pas là.

Il n'avait pas achevé qu'une décharge effroyable ut
lieu. Le grand orme fut comme fauché, une volée de
feuilles tournoya. Les Prussiens avaient heureuse-
ment tiré trop haut. Dominique entraîna, emporta
presque Françoise, tandis que le père Merlier les sui-
vait, en criant :

— Mettez-vous dans le petit caveau, les murs sont
solides.

Mais ils ne l'écoutèrent pas, ils entrèrent dans la
grande salle, où une dizaine de soldats attendaient en
silence, les volets fermés, guettant par des fentes.
Le capitaine était resté seul dans la cour, accroupi
derrière la petite muraille, pendant que des décharges
furieuses continuaient. Au dehors, les soldats qu'il
avait postés, ne cédaient le terrain que pied à pied.
Pourtant, ils rentraient un à un en rampant, quand
l'ennemi les avait délogés de leurs cachettes.
Leur consigne était de gagner du temps, de ne
point se montrer, pour que les Prussiens ne pussent
savoir quelles forces ils avaient devant eux. Une
heure encore s'écoula. Et, comme un sergent arri-
vait, disant qu'il n'y avait plus dehors que deux ou
trois hommes, l'officier tira sa montre, en murmu-
rant :

— Deux heures et demie... Allons, il faut tenir
quatre heures.

Il fit fermer le grand portail de la cour, et tout fut

préparé pour une résistance énergique. Comme les
Prussiens se trouvaient de l'autre côté de la Morelle,
un assaut immédiat n'était pas à craindre. Il y avait
bien un pont à deux kilomètres, mais ils ignoraient
sans doute son existence, et il était peu croyable qu'ils
tenteraient de passer à gué la rivière. L'officier fit
donc simplement surveiller la route. Tout l'effort allait
porter du côté de la campagne.

La fusillade de nouveau avait cessé. Le moulin
semblait mort sous le grand soleil. Pas un volet n'était
ouvert, aucun bruit ne sortait de l'intérieur. Peu à
peu, cependant, des Prussiens se montraient à la
lisière du bois de Gagny. Ils allongeaient la tête, s'en-
hardissaient. Dans le moulin, plusieurs soldats épau-
laient déjà; mais le capitaine cria :

— Non, non, attendez... Laissez-les s'approcher.

Ils y mirent beaucoup de prudence, regardant le
moulin d'un air méfiant. Cette vieille demeure, silen-
cieuse et morne, avec ses rideaux de lierre, les inquié-
tait. Pourtant, ils avançaient. Quand ils furent une
cinquantaine dans la prairie, en face, l'officier dit un
seul mot :

— Allez!

Un déchirement se fit entendre, des coups isolés
suivirent. Françoise, agitée d'un tremblement, avait
porté malgré elle les mains à ses oreilles. Dominique,
derrière les soldats, regardait; et, quand la fumée se
fut un peu dissipée, il aperçut trois Prussiens étendus
sur le dos, au milieu du pré. Les autres s'étaient jetés
derrière les saules et les peupliers. Et le siège com-
mença.

Pendant plus d'une heure, le moulin fut criblé de
balles. Elles en fouettaient les vieux murs comme une

grêle. Lorsqu'elles frappaient sur de la pierre, on les
entendait s'écraser et retomber à l'eau. Dans le bois,
elles s'enfonçaient avec un bruit sourd. Parfois, un
craquement annonçait que la roue venait d'être tou-
chée. Les soldats, à l'intérieur, ménageaient leurs
coups, ne tiraient que lorsqu'ils pouvaient viser. De
temps à autre, le capitaine consultait sa montre. Et,
comme une balle fendait un volet et allait se loger
dans le plafond :

— Quatre heures, murmura-t-il. Nous ne tiendrons
jamais.

Peu à peu, en effet, cette fusillade terrible ébranlait
le vieux moulin. Un volet tomba à l'eau, troué comme
une dentelle, et il fallut le remplacer par un matelas.
Le père Merlier, à chaque instant, s'exposait pour
constater les avaries de sa pauvre roue, dont les cra-
quements lui allaient au cœur. Elle était bien finie,
cette fois ; jamais il ne pourrait la raccommoder.
Dominique avait supplié Françoise de se retirer, mais
elle voulait rester avec lui ; elle s'était assise derrière
une grande armoire de chêne, qui la protégeait. Une
balle pourtant arriva dans l'armoire, dont les flancs
rendirent un son grave. Alors, Dominique se plaça
devant Françoise. Il n'avait pas encore tiré, il tenait
son fusil à la main, ne pouvant approcher des fenêtres
dont les soldats tenaient toute la largeur. A chaque
décharge, le plancher tressaillait.

— Attention ! attention ! cria tout d'un coup le
capitaine.

Il venait de voir sortir du bois toute une masse
sombre. Aussitôt s'ouvrit un formidable feu de pelo-
ton. Ce fut comme une trombe qui passa sur le moulin.
Un autre volet partit, et par l'ouverture béante de la

fenêtre, les balles entrèrent. Deux soldats roulèrent
sur le carreau. L'un ne remua plus; on le poussa
contre le mur, parce qu'il encombrait. L'autre se tor-
dit en demandant qu'on l'achevât; mais on ne l'écou-
tait point, les balles entraient toujours, chacun se ga-
rait et tâchait de trouver une meurtrière pour riposter.
Un troisième soldat fut blessé; celui-là ne dit pas une
parole, il se laissa couler au bord d'une table, avec
des yeux fixes et hagards. En face de ces morts, Fran-
çoise, prise d'horreur, avait repoussé machinalement
sa chaise, pour s'asseoir à terre, contre le mur; elle
se croyait là plus petite et moins en danger. Cepen-
dant, on était allé prendre tous les matelas de la mai-
son, on avait rebouché à moitié la fenêtre. La salle
s'emplissait de débris, d'armes rompues, de meubles
éventrés.

— Cinq heures, dit le capitaine. Tenez bon... Ils
vont chercher à passer l'eau.

A ce moment, Françoise poussa un cri. Une balle,
qui avait ricoché, venait de lui effleurer le front.
Quelques gouttes de sang parurent. Dominique la
regarda; puis, s'approchant de la fenêtre, il lâcha son
premier coup de feu, et il ne s'arrêta plus. Il char-
geait, tirait, sans s'occuper de ce qui se passait près
de lui; de temps à autre seulement, il jetait un coup
d'œil sur Françoise. D'ailleurs, il ne se pressait pas,
visait avec soin. Les Prussiens, longeant les peupliers,
tentaient le passage de la Morelle, comme le capitaine
l'avait prévu; mais, dès qu'un d'entre eux se hasardait,
il tombait frappé à la tête par une balle de Dominique.
Le capitaine, qui suivait ce jeu, était émerveillé. Il
complimenta le jeune homme, en lui disant qu'il
serait heureux d'avoir beaucoup de tireurs de sa force.

Dominique ne l'entendait pas. Une balle lui entama l'épaule, une autre lui contusionna le bras. Et il tirait toujours.

Il y eut deux nouveaux morts. Les matelas, déchiquetés, ne bouchaient plus les fenêtres. Une dernière décharge semblait devoir emporter le moulin. La position n'était plus tenable. Cependant, l'officier répétait :

— Tenez bon... Encore une demi-heure.

Maintenant, il comptait les minutes. Il avait promis à ses chefs d'arrêter l'ennemi là jusqu'au soir, et il n'aurait pas reculé d'une semelle avant l'heure qu'il avait fixée pour la retraite. Il gardait son air aimable, souriait à Françoise, afin de la rassurer. Lui-même venait de ramasser le fusil d'un soldat mort et faisait le coup de feu.

Il n'y avait plus que quatre soldats dans la salle. Les Prussiens se montraient en masse sur l'autre bord de la Morelle, et il était évident qu'ils allaient passer la rivière d'un moment à l'autre. Quelques minutes s'écoulèrent encore. Le capitaine s'entêtait, ne voulait pas donner l'ordre de la retraite, lorsqu'un sergent accourut, en disant :

— Ils sont sur la route, ils vont nous prendre par derrière.

Les Prussiens devaient avoir trouvé le pont. Le capitaine tira sa montre.

— Encore cinq minutes, dit-il. Ils ne seront pas ici avant cinq minutes.

Puis, à six heures précises, il consentit enfin à faire sortir ses hommes par une petite porte qui donnait sur une ruelle. De là, ils se jetèrent dans un fossé, ils gagnèrent la forêt de Sauval. Le capitaine avait, avant

de partir, salué très poliment le père Merlier, en s'ex-
cusant. Et il avait même ajouté :

— Amusez-les... Nous reviendrons.

Cependant, Dominique était resté seul dans la salle.
Il tirait toujours, n'entendant rien, ne comprenant
rien. Il n'éprouvait que le besoin de défendre Fran-
çoise. Les soldats étaient partis, sans qu'il s'en dou-
tât le moins du monde. Il visait et tuait son homme
à chaque coup. Brusquement, il y eut un grand bruit.
Les Prussiens, par derrière, venaient d'envahir la
cour. Il lâcha un dernier coup, et ils tombèrent sur
lui, comme son fusil fumait encore.

Quatre hommes le tenaient. D'autres vociféraient
autour de lui, dans une langue effroyable. Ils faillirent
l'égorger tout de suite. Françoise s'était jetée en avant,
suppliante. Mais un officier entra et se fit remettre le
prisonnier. Après quelques phrases qu'il échangea en
allemand avec les soldats, il se tourna vers Dominique
et lui dit rudement, en très bon français :

— Vous serez fusillé dans deux heures.

# III

C'était une règle posée par l'état-major allemand :
tout Français n'appartenant pas à l'armée régulière et
pris les armes à la main, devait être fusillé. Les com-
pagnies franches elles-mêmes n'étaient pas reconnues
comme belligérantes. En faisant ainsi de terribles
exemples sur les paysans qui défendaient leurs foyers,
les Allemands voulaient empêcher la levée en masse,
qu'ils redoutaient.

L'officier, un homme grand et sec, d'une cinquan-
taine d'années, fit subir à Dominique un bref interro-
gatoire. Bien qu'il parlât le français très purement, il
avait une raideur toute prussienne.

— Vous êtes de ce pays ?

— Non, je suis Belge.

— Pourquoi avez-vous pris les armes ?... Tout ceci
ne doit pas vous regarder.

Dominique ne répondit pas. A ce moment, l'officier
aperçut Françoise debout et très pâle, qui écoutait ;
sur son front blanc, sa légère blessure mettait une
barre rouge. Il regarda les jeunes gens l'un après
l'autre, parut comprendre, et se contenta d'ajouter :

— Vous ne niez pas avoir tiré ?

— J'ai tiré tant que j'ai pu, répondit tranquillement Dominique.

Cet aveu était inutile, car il était noir de poudre, couvert de sueur, taché de quelques gouttes de sang qui avaient coulé de l'éraflure de son épaule.

— C'est bien, répéta l'officier. Vous serez fusillé dans deux heures.

Françoise ne cria pas. Elle joignit les mains et les éleva dans un geste de muet désespoir. L'officier remarqua ce geste. Deux soldats avaient emmené Dominique dans une pièce voisine, où ils devaient le garder à vue. La jeune fille était tombée sur une chaise, les jambes brisées; elle ne pouvait pleurer, elle étouffait. Cependant, l'officier l'examinait toujours. Il finit par lui adresser la parole :

— Ce garçon est votre frère? demanda-t-il.

Elle dit non de la tête. Il resta raide, sans un sourire. Puis, au bout d'un silence :

— Il habite le pays depuis longtemps?

Elle dit oui, d'un nouveau signe.

— Alors il doit très bien connaître les bois voisins?

Cette fois, elle parla.

— Oui, monsieur, dit-elle en le regardant avec quelque surprise.

Il n'ajouta rien et tourna sur ses talons, en demandant qu'on lui amenât le maire du village. Mais Françoise s'était levée, une légère rougeur au visage, croyant avoir saisi le but de ses questions et reprise d'espoir. Ce fut elle-même qui courut pour trouver son père.

Le père Merlier, dès que les coups de feu avaient cessé, était vivement descendu par la galerie de bois, pour visiter sa roue. Il adorait sa fille, il avait une

3

solide amitié pour Dominique, son futur gendre; mais
sa roue tenait aussi une large place dans son cœur.
Puisque les deux petits, comme il les appelait, étaient
sortis sains et saufs de la bagarre, il songeait à son
autre tendresse, qui avait singulièrement souffert,
celle-là. Et, penché sur la grande carcasse de bois, il
en étudiait les blessures d'un air navré. Cinq palettes
étaient en miettes, la charpente centrale était criblée.
Il fourrait les doigts dans les trous des balles, pour en
mesurer la profondeur; il réfléchissait à la façon dont
il pourrait réparer toutes ces avaries. Françoise le
trouva qui bouchait déjà des fentes avec des débris et
de la mousse.

— Père, dit-elle, ils vous demandent.

Et elle pleura enfin, en lui contant ce qu'elle venait
d'entendre. Le père Merlier hocha la tête. On ne fu-
sillait pas les gens comme ça. Il fallait voir. Et il ren-
tra dans le moulin, de son air silencieux et paisible.
Quand l'officier lui eut demandé des vivres pour ses
hommes, il répondit que les gens de Rocreuse n'étaient
pas habitués à être brutalisés, et qu'on n'obtiendrait
rien d'eux si l'on employait la violence. Il se chargeait
de tout, mais à la condition qu'on le laissât agir seul.
L'officier parut se fâcher d'abord de ce ton tranquille;
puis, il céda, devant les paroles brèves et nettes du
vieillard. Même il le rappela, pour lui demander :

— Ces bois-là, en face, comment les nommez-vous?

— Les bois de Sauval.

— Et quelle est leur étendue?

Le meunier le regarda fixement.

— Je ne sais pas, répondit-il.

Et il s'éloigna. Une heure plus tard, la contribution
de guerre en vivres et en argent, réclamée par

l'officier, était dans la cour du moulin. La nuit venait,
Françoise suivait avec anxiété les mouvements des
soldats. Elle ne s'éloignait pas de la pièce dans laquelle
était enfermé Dominique. Vers sept heures, elle eut
une émotion poignante ; elle vit l'officier entrer chez
le prisonnier, et, pendant un quart d'heure, elle enten-
tendit leurs voix qui s'élevaient. Un instant, l'officier
reparut sur le seuil pour donner un ordre en allemand,
qu'elle ne comprit pas ; mais, lorsque douze hommes
furent venus se ranger dans la cour, le fusil au bras,
un tremblement la saisit, elle se sentit mourir. C'en
était donc fait ; l'exécution allait avoir lieu. Les douze
hommes restèrent là dix minutes, la voix de Domi-
nique continuait à s'élever sur un ton de refus violent.
Enfin, l'officier sortit, en fermant brutalement la porte
et en disant :

— C'est bien, réfléchissez... Je vous donne jusqu'à
demain matin.

Et, d'un geste, il fit rompre les rangs aux douze
hommes. Françoise restait hébétée. Le père Merlier,
qui avait continué de fumer sa pipe, en regardant le
peloton d'un air simplement curieux, vint la prendre
par le bras, avec une douceur paternelle. Il l'emmena
dans sa chambre.

— Tiens-toi tranquille, lui dit-il, tâche de dor-
mir... Demain, il fera jour, et nous verrons.

En se retirant, il l'enferma par prudence. Il avait
pour principe que les femmes ne sont bonnes à rien,
et qu'elles gâtent tout, lorsqu'elles s'occupent d'une
affaire sérieuse. Cependant, Françoise ne se coucha
pas. Elle demeura longtemps assise sur son lit, écou-
tant les rumeurs de la maison. Les soldats allemands,
campés dans la cour, chantaient et riaient ; ils durent

manger et boire jusqu'à onze heures, car le tapage ne cessa pas un instant. Dans le moulin même, des pas lourds résonnaient de temps à autre, sans doute des sentinelles qu'on relevait. Mais, ce qui l'intéressait surtout, c'étaient les bruits qu'elle pouvait saisir dans la pièce qui se trouvait sous sa chambre. Plusieurs fois elle se coucha par terre, elle appliqua son oreille contre le plancher. Cette pièce était justement celle où l'on avait enfermé Dominique. Il devait marcher du mur à la fenêtre, car elle entendit longtemps la cadence régulière de sa promenade; puis, il se fit un grand silence, il s'était sans doute assis. D'ailleurs, les rumeurs cessaient, tout s'endormait. Quand la maison lui parut s'assoupir, elle ouvrit sa fenêtre le plus doucement possible, elle s'accouda.

Au dehors, la nuit avait une sérénité tiède. Le mince croissant de la lune, qui se couchait derrière les bois de Sauval, éclairait la campagne d'une lueur de veilleuse. L'ombre allongée des grands arbres barrait de noir les prairies, tandis que l'herbe, aux endroits découverts, prenait une douceur de velours verdâtre. Mais Françoise ne s'arrêtait guère au charme mystérieux de la nuit. Elle étudiait la campagne, cherchant les sentinelles que les Allemands avaient dû poster de côté. Elle voyait parfaitement leurs ombres s'échelonner le long de la Morelle. Une seule se trouvait devant le moulin, de l'autre côté de la rivière, près d'un saule dont les branches trempaient dans l'eau. Françoise la distinguait parfaitement. C'était un grand garçon qui se tenait immobile, la face tournée vers le ciel, de l'air rêveur d'un berger.

Alors, quand elle eut ainsi inspecté les lieux

avec soin, elle revint s'asseoir sur son lit. Elle y resta une heure, profondément absorbée. Puis elle écouta de nouveau : la maison n'avait plus un souffle. Elle retourna à la fenêtre, jeta un coup d'œil ; mais sans doute une des cornes de la lune qui apparaissait encore derrière les arbres, lui parut gênante, car elle se remit à attendre. Enfin, l'heure lui sembla venue. La nuit était toute noire, elle n'apercevait plus la sentinelle en face, la campagne s'étalait comme une mare d'encre. Elle tendit l'oreille un instant et se décida. Il y avait là, passant près de la fenêtre, une échelle de fer, des barres scellées dans le mur, qui montait de la roue au grenier, et qui servait autrefois aux meuniers pour visiter certains rouages ; puis, le mécanisme avait été modifié, depuis longtemps l'échelle disparaissait sous les lierres épais qui couvraient ce côté du moulin.

Françoise, bravement, enjamba la balustrade de sa fenêtre, saisit une des barres de fer et se trouva dans le vide. Elle commença à descendre. Ses jupons l'embarrassaient beaucoup. Brusquement, une pierre se détacha de la muraille et tomba dans la Morelle avec un rejaillissement sonore. Elle s'était arrêtée, glacée d'un frisson. Mais elle comprit que la chute d'eau, de son ronflement continu, couvrait à distance tous les bruits qu'elle pouvait faire, et elle descendit alors plus hardiment, tâtant le lierre du pied, s'assurant des échelons. Lorsqu'elle fut à la hauteur de la chambre qui servait de prison à Dominique, elle s'arrêta. Une difficulté imprévue faillit lui faire perdre tout son courage : la fenêtre de la pièce du bas n'était pas régulièrement percée au-dessous de la fenêtre de sa chambre, elle s'écartait de l'échelle, et lors-

3.

qu'elle allongea la main, elle ne rencontra que la
muraille. Lui faudrait-il donc remonter, sans pousser
son projet jusqu'au bout? Ses bras se lassaient, le
murmure de la Morelle, au-dessous d'elle, commen-
çait à lui donner des vertiges. Alors, elle arracha du
mur de petits fragments de plâtre et les lança dans
la fenêtre de Dominique. Il n'entendait pas, peut-être
dormait-il. Elle émietta encore la muraille, elle s'é-
corchait les doigts. Et elle était à bout de force, elle
se sentait tomber à la renverse, lorsque Dominique
ouvrit enfin doucement.

— C'est moi, murmura-t-elle. Prends-moi vite, je
tombe.

C'était la première fois qu'elle le tutoyait. Il la sai-
sit, en se penchant, et l'apporta dans la chambre. Là,
elle eut une crise de larmes, étouffant ses sanglots,
pour qu'on ne l'entendit pas. Puis, par un effort su-
prême, elle se calma.

—Vous êtes gardé? demanda-t-elle à voix basse.

Dominique, encore stupéfait de la voir ainsi, fit un
simple signe, en montrant sa porte. De l'autre côté,
on entendait un ronflement; la sentinelle, cédant
au sommeil, avait dû se coucher par terre, contre la
porte, en se disant que, de cette façon, le prisonnier
ne pouvait bouger.

— Il faut fuir, reprit-elle vivement. Je suis venue
pour vous supplier de fuir et pour vous dire adieu.

Mais lui ne paraissait pas l'entendre. Il répétait :

— Comment, c'est vous, c'est vous... Oh! que vous
m'avez fait peur! Vous pouviez vous tuer.

Il lui prit les mains, il les baisa.

— Que je vous aime, Françoise!... Vous êtes aussi
courageuse que bonne. Je n'avais qu'une crainte,

c'était de mourir sans vous avoir revue... Mais vous êtes là, et maintenant ils peuvent me fusiller. Quand j'aurai passé un quart d'heure avec vous, je serai prêt.

Peu à peu, il l'avait attirée à lui, et elle appuyait sa tête sur son épaule. Le danger les rapprochait. Ils oubliaient tout dans cette étreinte.

— Ah! Françoise, reprit Dominique d'une voix caressante, c'est aujourd'hui la Saint-Louis, le jour si longtemps attendu de notre mariage. Rien n'a pu nous séparer, puisque nous voilà tous les deux seuls, fidèles au rendez-vous... N'est-ce pas? c'est à cette heure le matin des noces.

— Oui, oui, répéta-t-elle, le matin des noces.

Ils échangèrent un baiser en frissonnant. Mais, tout d'un coup, elle se dégagea, la terrible réalité se dressait devant elle.

— Il faut fuir, il faut fuir, bégaya-t-elle. Ne perdons pas une minute.

Et comme il tendait les bras dans l'ombre pour la reprendre, elle le tutoya de nouveau :

— Oh! je t'en prie, écoute-moi... Si tu meurs, je mourrai. Dans une heure, il fera jour. Je veux que tu partes tout de suite.

Alors, rapidement, elle expliqua son plan. L'échelle de fer descendait jusqu'à la roue; là, il pourrait s'aider des palettes et entrer dans la barque qui se trouvait dans un enfoncement. Il lui serait facile ensuite de gagner l'autre bord de la rivière et de s'échapper.

— Mais il doit y avoir des sentinelles? dit-il.

— Une seule, en face, au pied du premier saule.

— Et si elle m'aperçoit, si elle veut crier?

Françoise frissonna. Elle lui mit dans la main un couteau qu'elle avait descendu. Il y eut un silence.

— Et votre père, et vous ? reprit Dominique. Mais
non, je ne puis fuir... Quand je ne serai plus là, ces
soldats vous massacreront peut-être... Vous ne les
connaissez pas. Ils m'ont proposé de me faire grâce,
si je consentais à les guider dans la forêt de Sauval.
Lorsqu'ils ne me trouveront plus, ils sont capables de
tout.

. La jeune fille ne s'arrêta pas à discuter. Elle répon-
dait simplement à toutes les raisons qu'il don-
nait :

— Par amour pour moi, fuyez... Si vous m'aimez,
Dominique, ne restez pas ici une minute de plus.

Puis, elle promit de remonter dans sa chambre.
On ne saurait pas qu'elle l'avait aidé. Elle finit par le
prendre dans ses bras, par l'embrasser, pour le con-
vaincre, avec un élan de passion extraordinaire. Lui,
était vaincu. Il ne posa plus qu'une question.

— Jurez-moi que votre père connaît votre démarche
et qu'il me conseille la fuite ?

— C'est mon père qui m'a envoyée, répondit
hardiment Françoise.

Elle mentait. Dans ce moment, elle n'avait qu'un
besoin immense, le savoir en sûreté, échapper à cette
abominable pensée que le soleil allait être le signal
de sa mort. Quand il serait loin, tous les malheurs
pouvaient fondre sur elle; cela lui paraîtrait doux,
du moment où il vivrait. L'égoïsme de sa tendresse
le voulait vivant, avant toutes choses.

— C'est bien, dit Dominique, je ferai comme il
vous plaira.

Alors, ils ne parlèrent plus. Dominique alla rouvrir
la fenêtre. Mais, brusquement, un bruit les glaça. La
porte fut ébranlée, et ils crurent qu'on l'ouvrait. Évi-

demment, une ronde avait entendu leurs voix. Et tous deux debout, serrés l'un contre l'autre, attendaient dans une angoisse indicible. La porte fut de nouveau secouée ; mais elle ne s'ouvrit pas. Ils eurent chacun un soupir étouffé ; ils venaient de comprendre, ce devait être le soldat couché en travers du seuil, qui s'était retourné. En effet, le silence se fit, les ronflements recommencèrent.

Dominique voulut absolument que Françoise remontât d'abord chez elle. Il la prit dans ses bras, il lui dit un muet adieu. Puis, il l'aida à saisir l'échelle et se cramponna à son tour. Mais il refusa de descendre un seul échelon avant de la savoir dans sa chambre. Quand Françoise fut rentrée, elle laissa tomber d'une voix légère comme un souffle :

— Au revoir, je t'aime !

Elle resta accoudée, elle tâcha de suivre Dominique. La nuit était toujours très noire. Elle chercha la sentinelle et ne l'aperçut pas ; seul, le saule faisait une tâche pâle, au milieu des ténèbres. Pendant un instant, elle entendit le frôlement du corps de Dominique le long du lierre. Ensuite la roue craqua, et il y eut un léger clapotement qui lui annonça que le jeune homme venait de trouver la barque. Une minute plus tard, en effet, elle distingua la silhouette sombre de la barque sur la nappe grise de la Morelle. Alors, une angoisse terrible la reprit à la gorge. A chaque instant, elle croyait entendre le cri d'alarme de la sentinelle ; les moindres bruits, épars dans l'ombre, lui semblaient des pas précipités de soldats, des froissements d'armes, des bruits de fusils qu'on armait. Pourtant, les secondes s'écoulaient, la campagne gardait sa paix souveraine. Dominique devait aborder

à l'autre rive. Françoise ne voyait plus rien. Le silence
était majestueux. Et elle entendit un piétinement,
un cri rauque, la chute sourde d'un corps. Puis, le
silence se fit plus profond. Alors, comme si elle eût
senti la mort passer, elle resta toute froide, en face de
l'épaisse nuit.

## IV

Dès le petit jour, des éclats de voix ébranlèrent le moulin. Le père Merlier était venu ouvrir la porte de Françoise. Elle descendit dans la cour, pâle et très calme. Mais là, elle ne put réprimer un frisson, en face du cadavre d'un soldat prussien, qui était allongé près du puits, sur un manteau étalé.

Autour du corps, des soldats gesticulaient, criaient sur un ton de fureur. Plusieurs d'entre eux montraient les poings au village. Cependant, l'officier venait de faire appeler le père Merlier, comme maire de la commune.

— Voici, lui dit-il d'une voix étranglée par la colère, un de nos hommes que l'on a trouvé assassiné sur le bord de la rivière... Il nous faut un exemple éclatant, et je compte que vous allez nous aider à découvrir le meurtrier.

—Tout ce que vous voudrez, répondit le meunier avec son flegme. Seulement, ce ne sera pas commode.

L'officier s'était baissé pour écarter un pan du manteau, qui cachait la figure du mort. Alors apparut une horrible blessure. La sentinelle avait été frappée à la

gorge, et l'arme était restée dans la plaie. C'était un couteau de cuisine à manche noir.

— Regardez ce couteau, dit l'officier au père Merlier, peut-être nous aidera-t-il dans nos recherches.

Le vieillard avait eu un tressaillement. Mais il se remit aussitôt, il répondit, sans qu'un muscle de sa face bougeât :

— Tout le monde a des couteaux pareils, dans nos campagnes... Peut-être que votre homme s'ennuyait de se battre et qu'il se sera fait son affaire lui-même. Ça se voit.

— Taisez-vous! cria furieusement l'officier. Je ne sais ce qui me retient de mettre le feu aux quatre coins du village.

La colère heureusement l'empêchait de remarquer la profonde altération du visage de Françoise. Elle avait dû s'asseoir sur le banc de pierre, près du puits. Malgré elle, ses regards ne quittaient plus ce cadavre, étendu à terre, presque à ses pieds. C'était un grand et beau garçon, qui ressemblait à Dominique, avec des cheveux blonds et des yeux bleus. Cette ressemblance lui retournait le cœur. Elle pensait que le mort avait peut-être laissé là-bas, en Allemagne, quelque amoureuse qui allait pleurer. Et elle reconnaissait son couteau dans la gorge du mort. Elle l'avait tué.

Cependant, l'officier parlait de frapper Rocreuse de mesures terribles, lorsque des soldats accoururent. On venait de s'apercevoir seulement de l'évasion de Dominique. Cela causa une agitation extrême. L'officier se rendit sur les lieux, regarda par la fenêtre laissée ouverte, comprit tout, et revint exaspéré.

Le père Merlier parut très contrarié de la fuite de Dominique.

— L'imbécile! murmura-t-il, il gâte tout.

Françoise qui l'entendit, fut prise d'angoisse. Son père, d'ailleurs, ne soupçonnait pas sa complicité. Il hocha la tête, en lui disant à demi-voix:

— A présent, nous voilà propres!

— C'est ce gredin! c'est ce gredin! criait l'officier. Il aura gagné les bois... Mais il faut qu'on nous le retrouve, ou le village payera pour lui.

Et, s'adressant au meunier:

— Voyons, vous devez savoir où il se cache?

Le père Merlier eut son rire silencieux, en montrant la large étendue des coteaux boisés.

— Comment voulez-vous trouver un homme là dedans? dit-il.

— Oh! il doit y avoir des trous que vous connaissez. Je vais vous donner dix hommes. Vous les guiderez.

— Je veux bien. Seulement, il nous faudra huit jours pour battre tous les bois des environs.

La tranquillité du vieillard enrageait l'officier. Il comprenait en effet le ridicule de cette battue. Ce fut alors qu'il aperçut sur le banc Françoise pâle et tremblante. L'attitude anxieuse de la jeune fille le frappa. Il se tut un instant, examinant tour à tour le meunier et Françoise.

— Est-ce que cet homme, finit-il par demander brutalement au vieillard, n'est pas l'amant de votre fille?

Le père Merlier devint livide, et l'on put croire qu'il allait se jeter sur l'officier pour l'étrangler. Il se raidit, il ne répondit pas. Françoise avait mis son visage entre ses mains.

— Oui, c'est cela, continua le Prussien, vous ou

4

votre fille l'avez aidé à fuir. Vous êtes son com-
plice... Une dernière fois, voulez-vous nous le
livrer?

Le meunier ne répondit pas. Il s'était détourné,
regardant au loin d'un air indifférent, comme si
l'officier ne s'adressait pas à lui. Cela mit le comble
à la colère de ce dernier.

— Eh bien! déclara-t-il, vous allez être fusillé à sa
place.

Et il commanda une fois encore le peloton d'exé-
tion. Le père Merlier garda son flegme. Il eut à peine
un léger haussement d'épaules, tout ce drame lui
semblait d'un goût médiocre. Sans doute il ne croyait
pas qu'on fusillât un homme si aisément. Puis, quand
le peloton fut là, il dit avec gravité :

— Alors, c'est sérieux?... Je veux bien. S'il vous en
faut un absolument, moi autant qu'un autre.

Mais Françoise s'était levée, affolée, bégayant :

— Grâce, monsieur, ne faites pas du mal à mon
père. Tuez-moi à sa place... C'est moi qui ai aidé
Dominique à fuir. Moi seule suis coupable.

— Tais-toi, fillette, s'écria le père Merlier. Pour-
quoi mens-tu?... Elle a passé la nuit enfermée dans
sa chambre, monsieur. Elle ment, je vous assure.

— Non, je ne mens pas, reprit ardemment la jeune
fille. Je suis descendue par la fenêtre, j'ai poussé
Dominique à s'enfuir... C'est la vérité, la seule vérité. .

Le vieillard était devenu très pâle. Il voyait bien
dans ses yeux qu'elle ne mentait pas, et cette histoire
l'épouvantait. Ah! ces enfants, avec leurs cœurs,
comme ils gâtaient tout! Alors, il se fâcha.

— Elle est folle, ne l'écoutez pas. Elle vous raconte
des histoires stupides... Allons, finissons-en.

Elle voulut protester encore. Elle s'agenouilla, elle joignit les mains. L'officier, tranquillement, assistait à cette lutte douloureuse.

— Mon Dieu! finit-il par dire, je prends votre père, parce que je ne tiens plus l'autre... Tâchez de retrouver l'autre, et votre père sera libre.

Un moment, elle le regarda, les yeux agrandis par l'atrocité de cette proposition.

— C'est horrible, murmura-t-elle. Où voulez-vous que je retrouve Dominique, à cette heure? Il est parti, je ne sais plus.

— Enfin, choisissez. Lui ou votre père.

— Oh! mon Dieu! est-ce que je puis choisir? Mais je saurais où est Dominique, que je ne pourrais pas choisir!... C'est mon cœur que vous coupez... J'aimerais mieux mourir tout de suite. Oui, ce serait plus tôt fait. Tuez-moi, je vous en prie, tuez-moi...

Cette scène de désespoir et de larmes finissait par impatienter l'officier. Il s'écria:

— En voilà assez! Je veux être bon, je consens à vous donner deux heures... Si, dans deux heures, votre amoureux n'est pas là, votre père payera pour lui.

Et il fit conduire le père Merlier dans la chambre qui avait servi de prison à Dominique. Le vieux demanda du tabac et se mit à fumer. Sur son visage impassible on ne lisait aucune émotion. Seulement, quand il fut seul, tout en fumant, il pleura deux grosses larmes qui coulèrent lentement sur ses joues. Sa pauvre et chère enfant, comme elle souffrait!

Françoise était restée au milieu de la cour. Des soldats prussiens passaient en riant. Certains lui jetaient des mots, des plaisanteries qu'elle ne comprenait pas.

Elle regardait la porte par laquelle son père venait de disparaître. Et, d'un geste lent, elle portait la main à son front, comme pour l'empêcher d'éclater.

L'officier tourna sur ses talons, en répétant :

— Vous avez deux heures. Tâchez de les utiliser.

Elle avait deux heures. Cette phrase bourdonnait dans sa tête. Alors, machinalement, elle sortit de la cour, elle marcha devant elle. Où aller? que faire? Elle n'essayait même pas de prendre un parti, parce qu'elle sentait bien l'inutilité de ses efforts. Pourtant, elle aurait voulu voir Dominique. Ils se seraient entendus tous les deux, ils auraient peut-être trouvés un expédient. Et, au milieu de la confusion de ses pensées, elle descendit au bord de la Morelle, qu'elle traversa en dessous de l'écluse, à un endroit où il y avait de grosses pierres. Ses pieds la conduisirent sous le premier saule, au coin de la prairie. Comme elle se baissait, elle aperçut une mare de sang qui la fit pâlir. C'était bien là. Et elle suivit les traces de Dominique dans l'herbe foulée ; il avait dû courir, on voyait une ligne de grands pas coupant la prairie de biais. Puis, au delà, elle perdit ces traces. Mais, dans un pré voisin, elle crut les retrouver. Cela la conduisit à la lisière de la forêt, où toute indication s'effaçait.

Françoise s'enfonça quand même sous les arbres. Cela la soulageait d'être seule. Elle s'assit un instant. Puis, en songeant que l'heure s'écoulait, elle se remit debout. Depuis combien de temps avait-elle quitté le moulin? Cinq minutes? une demi-heure? Elle n'avait plus conscience du temps. Peut-être Dominique était-il allé se cacher dans un taillis qu'elle connaissait, et où ils avaient, une après-midi, mangé des noisettes

ensemble. Elle se rendit au taillis, le visita. Un merle
seul s'envola, en sifflant sa phrase douce et triste.
Alors, elle pensa qu'il s'était réfugié dans un creux
de roches, où il se mettait parfois à l'affût ; mais
le creux de roches était vide. A quoi bon le cher-
cher ? elle ne le trouverait pas ; et peu à peu le désir
de le découvrir la passionnait, elle marchait plus vite.
L'idée qu'il avait dû monter dans un arbre lui vint
brusquement. Elle avança dès lors, les yeux levés, et
pour qu'il la sût près de lui, elle l'appelait tous les
quinze à vingt pas. Des coucous répondaient, un
souffle qui passait dans les branches lui faisait croire
qu'il était là et qu'il descendait. Une fois même, elle
s'imagina le voir ; elle s'arrêta, étranglée, avec l'envie
de fuir. Qu'allait-elle lui dire ? Venait-elle donc pour
l'emmener et le faire fusiller ? Oh ! non, elle ne par-
lerait point de ces choses. Elle lui crierait de se sau-
ver, de ne pas rester dans les environs. Puis, la pen-
sée de son père qui l'attendait, lui causa une douleur
aiguë. Elle tomba sur le gazon, en pleurant, en répé-
tant tout haut :

— Mon Dieu ! mon Dieu ! pourquoi suis-je là !
Elle était folle d'être venue. Et, comme prise de
peur, elle courut, elle chercha à sortir de la forêt.
Trois fois, elle se trompa, et elle croyait qu'elle ne
retrouverait plus le moulin, lorsqu'elle déboucha dans
une prairie, juste en face de Rocreuse. Dès qu'elle
aperçut le village, elle s'arrêta. Est-ce qu'elle allait
rentrer seule ?

Elle restait debout, quand une voix l'appela douce-
ment :

— Françoise ! Françoise !
Et elle vit Dominique qui levait la tête, au bord d'un

fossé. Juste Dieu! elle l'avait trouvé! Le ciel voulait donc sa mort? Elle retint un cri, elle se laissa glisser dans le fossé.

— Tu me cherchais? demanda-t-il.

— Oui, répondit-elle, la tête bourdonnante, ne sachant ce qu'elle disait.

— Ah! que se passe-t-il?

Elle baissa les yeux, elle balbutia.

— Mais, rien, j'étais inquiète, je désirais te voir.

Alors, tranquillisé, il lui expliqua qu'il n'avait pas voulu s'éloigner. Il craignait pour eux. Ces gredins de Prussiens étaient très capables de se venger sur les femmes et sur les vieillards. Enfin, tout allait bien, et il ajouta en riant:

— La noce sera pour dans huit jours, voilà tout.

Puis, comme elle restait bouleversée, il revint grave.

— Mais, qu'as-tu? tu me caches quelque chose.

— Non, je te jure. J'ai couru pour venir.

Il l'embrassa, en disant que c'était imprudent pour elle et pour lui de causer davantage; et il voulut remonter le fossé, afin de rentrer dans la forêt. Elle le retint. Elle tremblait.

— Écoute, tu ferais peut-être bien tout de même de rester là... Personne ne te cherche, tu ne crains rien.

— Françoise, tu me caches quelque chose, répéta-t-il.

De nouveau, elle jura qu'elle ne lui cachait rien. Seulement, elle aimait mieux le savoir près d'elle. Et elle bégaya encore d'autres raisons. Elle lui parut si singulière, que maintenant lui-même aurait refusé de s'éloigner. D'ailleurs, il croyait au retour

des Français. On avait vu des troupes du côté de Sauval.

— Ah! qu'ils se pressent, qu'ils soient ici le plus tôt possible! murmura-t-elle avec ferveur.

A ce moment, onze heures sonnèrent au clocher de Rocreuse. Les coups arrivaient, clairs et distincts. Elle se leva, effarée ; il y avait deux heures qu'elle avait quitté le moulin.

— Écoute, dit-elle rapidement, si nous avions besoin de toi, je monterai dans ma chambre et j'agiterai mon mouchoir.

Et elle partit en courant, pendant que Dominique, très inquiet, s'allongeait au bord du fossé, pour surveiller le moulin. Comme elle allait rentrer dans Rocreuse, Françoise rencontra un vieux mendiant, le père Bontemps, qui connaissait tout le pays. Il la salua, il venait de voir le meunier au milieu des Prussiens ; puis, en faisant des signes de croix et en marmottant des mots entrecoupés, il continua sa route.

— Les deux heures sont passées, dit l'officier quand Françoise parut.

Le père Merlier était là, assis sur le banc, près du puits. Il fumait toujours. La jeune fille, de nouveau, supplia, pleura, s'agenouilla. Elle voulait gagner du temps. L'espoir de voir revenir les Français avait grandi en elle, et tandis qu'elle se lamentait, elle croyait entendre au loin les pas cadencés d'une armée. Oh! s'ils avaient paru, s'ils les avaient tous délivrés!

— Écoutez, monsieur, une heure, encore une heure... Vous pouvez bien nous accorder une heure!

Mais l'officier restait inflexible. Il ordonna même à deux hommes de s'emparer d'elle et de l'emmener,

pour qu'on procédât à l'exécution du vieux tranquillement. Alors, un combat affreux se passa dans le cœur de Françoise. Elle ne pouvait laisser ainsi assassiner son père. Non, non, elle mourrait plutôt avec Dominique; et elle s'élançait vers sa chambre, lorsque Dominique lui-même entra dans la cour.

L'officier et les soldats poussèrent un cri de triomphe. Mais lui, comme s'il n'y avait eu là que Françoise, s'avança vers elle, tranquille, un peu sévère.

— C'est mal, dit-il. Pourquoi ne m'avez-vous pas ramené? Il a fallu que le père Bontemps me contât les choses... Enfin, me voilà.

# V

Il était trois heures. De grands nuages noirs avaient lentement empli le ciel, la queue de quelque orage voisin. Ce ciel jaune, ces haillons cuivrés changeaient la vallée de Rocreuse, si gaie au soleil, en un coupe-gorge plein d'une ombre louche. L'officier prussien s'était contenté de faire enfermer Dominique, sans se prononcer sur le sort qu'il lui réservait. Depuis midi, Françoise agonisait dans une angoisse abominable. Elle ne voulait pas quitter la cour, malgré les instances de son père. Elle attendait les Français. Mais les heures s'écoulaient, la nuit allait venir, et elle souffrait d'autant plus, que tout ce temps gagné ne paraissait pas devoir changer l'affreux dénouement.

Cependant, vers trois heures, les Prussiens firent leurs préparatifs de départ. Depuis un instant, l'officier s'était, comme la veille, enfermé avec Dominique. Françoise avait compris que la vie du jeune homme se décidait. Alors, elle joignit les mains, elle pria. Le père Merlier, à côté d'elle, gardait son attitude muette et rigide de vieux paysan, qui ne lutte pas contre la fatalité des faits.

— Oh! mon Dieu! oh! mon Dieu! balbutiait Françoise, ils vont le tuer...

Le meunier l'attira près de lui et la prit sur ses genoux comme un enfant.

A ce moment, l'officier sortait, tandis que, derrière lui, deux hommes amenaient Dominique.

— Jamais, jamais! criait ce dernier. Je suis prêt à mourir.

— Réfléchissez bien, reprit l'officier. Ce service que vous me refusez, un autre nous le rendra. Je vous offre la vie, je suis généreux... Il s'agit simplement de nous conduire à Montredon, à travers bois. Il doit y avoir des sentiers.

Dominique ne répondait plus.

— Alors, vous vous entêtez?

— Tuez-moi, et finissons-en, répondit-il.

Françoise, les mains jointes, le suppliait de loin. Elle oubliait tout, elle lui aurait conseillé une lâcheté. Mais le père Merlier lui saisit les mains, pour que les Prussiens ne vissent pas son geste de femme affo'' .

— Il a raison, murmura-t-il, il vaut mieux mourir.

Le peloton d'exécution était là. L'officier attendait une faiblesse de Dominique. Il comptait toujours le décider. Il y eut un silence. Au loin, on entendait de violents coups de tonnerre. Une chaleur lourde écrasait la campagne. Et ce fut dans ce silence qu'un cri retentit :

— Les Français! les Français!

C'étaient eux, en effet. Sur la route de Sauval, à la lisière du bois, on distinguait la ligne des pantalons rouges. Ce fut, dans le moulin, une agitation extraordinaire. Les soldats prussiens couraient, avec des

exclamations gutturales. D'ailleurs, pas un coup de feu n'avait encore été tiré.

— Les Français! les Français! cria Françoise en battant des mains.

Elle était comme folle. Elle venait de s'échapper de l'étreinte de son père, et elle riait, les bras en l'air. Enfin, ils arrivaient donc, et ils arrivaient à temps, puisque Dominique était encore là, debout!

Un feu de peloton terrible qui éclata comme un coup de foudre à ses oreilles, la fit se retourner. L'officier venait de murmurer :

— Avant tout, réglons cette affaire.

Et, poussant lui-même Dominique contre le mur d'un hangar, il avait commandé le feu. Quand Françoise se tourna, Dominique était par terre, la poitrine trouée de douze balles.

Elle ne pleura pas, elle resta stupide. Ses yeux devinrent fixes, et elle alla s'asseoir sous le hangar, à quelques pas du corps. Elle le regardait, elle avait par moments un geste vague et enfantin de la main. Les Prussiens s'étaient emparés du père Merlier comme d'un otage.

Ce fut un beau combat. Rapidement, l'officier avait posté ses hommes, comprenant qu'il ne pouvait battre en retraite, sans se faire écraser. Autant valait-il vendre chèrement sa vie. Maintenant, c'étaient les Prussiens qui défendaient le moulin, et les Français qui l'attaquaient. La fusillade commença avec une violence inouïe. Pendant une demi-heure, elle ne cessa pas. Puis, un éclat sourd se fit entendre, et un boulet cassa une maîtresse branche de l'orme séculaire. Les Français avaient du canon. Une batterie, dressée juste au-dessus du fossé, dans lequel s'était caché Domi-

nique, balayait la grande rue de Rocreuse. La lutte,
désormais, ne pouvait être longue.

Ah! le pauvre moulin! Des boulets le perçaient de
part en part. Une moitié de la toiture fut enlevée.
Deux murs s'écroulèrent. Mais c'était surtout du côté
de la Morelle que le désastre devint lamentable. Les
lierres, arrachés des murailles ébranlées, pendaient
comme des guenilles; la rivière emportait des débris
de toutes sortes, et l'on voyait, par une brèche, la
chambre de Françoise, avec son lit, dont les rideaux
blancs étaient soigneusement tirés. Coup sur coup,
la vieille roue reçut deux boulets, et elle eut un
gémissement suprême : les palettes furent charriées
dans le courant, la carcasse s'écrasa. C'était l'âme du
gai moulin qui venait de s'exhaler.

Puis, les Français donnèrent l'assaut. Il y eut un
furieux combat à l'arme blanche. Sous le ciel couleur
de rouille, le coupe-gorge de la vallée s'emplissait de
morts. Les larges prairies semblaient farouches, avec
leurs grands arbres isolés, leurs rideaux de peupliers
qui les tachaient d'ombre. A droite et à gauche, les
forêts étaient comme les murailles d'un cirque qui
enfermaient les combattants, tandis que les sources,
les fontaines et les eaux courantes prenaient des bruits
de sanglots, dans la panique de la campagne.

Sous le hangar, Françoise n'avait pas bougé, accrou-
pie en face du corps de Dominique. Le père Merlier
venait d'être tué raide par une balle perdue. Alors,
comme les Prussiens étaient exterminés et que le
moulin brûlait, le capitaine français entra le premier
dans la cour. Depuis le commencement de la cam-
pagne, c'était l'unique succès qu'il remportait. Aussi,
tout enflammé, grandissant sa haute taille, riait-il

de son air aimable de beau cavalier. Et, apercevant
Françoise imbécile entre les cadavres de son mari et
de son père, au milieu des ruines fumantes du mou-
lin, il la salua galamment de son épée, en criant :

— Victoire! victoire!

# BOULE DE SUIF

PAR

GUY DE MAUPASSANT

# BOULE DE SUIF

Pendant plusieurs jours de suite des lambeaux
d'armée en déroute avaient traversé la ville. Ce n'était
point de la troupe, mais des hordes débandées. Les
hommes avaient la barbe longue et sale, des uniformes
en guenilles, et ils avançaient d'une allure molle, sans
drapeau, sans régiment. Tous semblaient accablés,
éreintés, incapables d'une pensée ou d'une résolution,
marchant seulement par habitude, et tombant de
fatigue sitôt qu'ils s'arrêtaient. On voyait surtout des
mobilisés, gens pacifiques, rentiers tranquilles, pliant
sous le poids du fusil; des petits moblots alertes,
faciles à l'épouvante et prompts à l'enthousiasme,
prêts à l'attaque comme à la fuite; puis, au milieu
d'eux, quelques culottes rouges, débris d'une divison
moulue dans une grande bataille; des artilleurs
sombres alignés avec ces fantassins divers; et, par-
fois, le casque brillant d'un dragon au pied pesant
qui suivait avec peine la marche plus légère des
lignards.

Des légions de francs-tireurs aux appellations
héroïques : « les Vengeurs de la Défaite — les

5.

Citoyens de la Tombe — les Partageurs de la Mort » — passaient à leur tour, avec des airs de bandits.

Leurs chefs, anciens commerçants en draps ou en graines, ex-marchands de suif ou de savon, guerriers de circonstance, nommés officiers pour leurs écus ou la longueur de leurs moustaches, couverts d'armes, de flanelle et de galons, parlaient d'une voix retentissante, discutaient plans de campagne, et prétendaient soutenir seuls la France agonisante sur leurs épaules de fanfarons; mais ils redoutaient parfois leurs propres soldats, gens de sac et de corde, souvent braves à outrance, pillards et débauchés.

Les Prussiens allaient entrer dans Rouen, disait-on.

La Garde nationale qui, depuis deux mois, faisait des reconnaissances très prudentes dans les bois voisins, fusillant parfois ses propres sentinelles, et se préparant au combat quand un petit lapin remuait sous des broussailles, était rentrée dans ses foyers. Ses armes, ses uniformes, tout son attirail meurtrier dont elle épouvantait naguère les bornes des routes nationales à trois lieues à la ronde avaient subitement disparu.

Les derniers soldats français venaient enfin de traverser la Seine pour gagner Pont-Audemer par Saint-Sever et Bourg-Achard; et, marchant après tous, le général désespéré, ne pouvant rien tenter avec ces loques disparates, éperdu lui-même dans la grande débâcle d'un peuple habitué à vaincre et désastreusement battu malgré sa bravoure légendaire, s'en allait à pied, entre deux officiers d'ordonnance.

Puis un calme profond, une attente épouvantée et silencieuse avaient plané sur la cité. Beaucoup de bourgeois bedonnants, émasculés par le commerce,

attendaient anxieusement les vainqueurs, tremblant qu'on ne considérât comme une arme leurs broches à rôtir ou leurs grands couteaux de cuisine.

La vie semblait arrêtée, les boutiques étaient closes, la rue muette. Quelquefois un habitant, intimidé par ce silence, filait rapidement le long des murs.

L'angoisse de l'attente faisait désirer la venue de l'ennemi.

Dans l'après-midi du jour qui suivit le départ des troupes françaises, quelques uhlans, sortis on ne sait d'où, traversèrent la ville avec célérité. Puis, un peu plus tard, une masse noire descendit de la côte Sainte-Catherine, tandis que deux autres flots envahisseurs apparaissaient par les routes de Darnetal et de Boisguillaume. Les avant-gardes des trois corps, juste au même moment, se joignirent sur la place de l'Hôtel de Ville; et, par toutes les rues voisines, l'armée allemande arrivait, déroulant ses bataillons qui faisaient sonner les pavés sous leur pas dur et rythmé.

Des commandements criés d'une voix inconnue et gutturale montaient le long des maisons qui semblaient mortes et désertes, tandis que, derrière les volets fermés, des yeux guettaient ces hommes victorieux, maîtres de la cité, des fortunes et des vies de par le « droit de la guerre ». Les habitants, dans leurs chambres assombries, avaient l'affolement que donnent les cataclysmes, les grands bouleversements meurtriers de la terre, contre lesquels toute sagesse et toute force sont inutiles. Car la même sensation reparaît chaque fois que l'ordre établi des choses est renversé, que la sécurité n'existe plus, que tout ce que protégeaient les lois des hommes ou celles de la

nature se trouve à la merci d'une brutalité incon-
sciente et féroce. Le tremblement de terre écrasant
sous les maisons croulantes un peuple entier; le
fleuve débordé qui roule les paysans noyés avec les
cadavres des bœufs et les poutres arrachées aux
toits, ou l'armée glorieuse massacrant ceux qui se
défendent, emmenant les autres prisonniers, pillant
au nom du Sabre et remerciant un Dieu au son du
canon, sont autant de fléaux effrayants qui décon-
certent toute croyance à la justice éternelle, toute
la confiance qu'on nous enseigne en la protection du
ciel et la raison de l'homme.

Mais à chaque porte des petits détachements frap-
paient, puis disparaissaient dans les maisons. C'était
l'occupation après l'invasion. Le devoir commençait
pour les vaincus de se montrer gracieux envers les
vainqueurs.

Au bout de quelque temps, une fois la première
terreur disparue, un calme nouveau s'établit. Dans
beaucoup de familles l'officier prussien mangeait à
table. Il était parfois bien élevé, et, par politesse,
plaignait la France, disait sa répugnance en prenant
part à cette guerre. On lui était reconnaissant de ce
sentiment; puis on pouvait, un jour ou l'autre, avoir
besoin de sa protection. En le ménageant on obtien-
drait peut-être quelques hommes de moins à nourrir.
Et pourquoi blesser quelqu'un dont on dépendait
tout à fait? Agir ainsi serait moins de la bravoure
que de la témérité. — Et la témérité n'est plus un
défaut des bourgeois de Rouen, comme au temps des
défenses héroïques où s'illustra leur cité. — On
se disait enfin, raison suprême tirée de l'urbanité
française, qu'il demeurait bien permis d'être poli

dans son intérieur pourvu qu'on ne se montrât pas familier en publ , avec le soldat étranger. Au dehors on ne se connaissait plus, mais dans la maison on causait volontiers, et l'Allemand demeurait plus long-temps, chaque soir, à se chauffer au foyer commun.

La ville même reprenait peu à peu de son aspect ordinaire. Les Français ne sortaient guère encore, mais les soldats Prussiens grouillaient dans les rues. Du reste, les officiers de hussards bleus, qui traînaient avec arrogance leurs grands outils de mort sur le pavé, ne semblaient pas avoir pour les simples citoyens énormément plus de mépris que les officiers de chasseurs, qui, l'année d'avant, buvaient aux mêmes cafés.

Il y avait cependant quelque chose dans l'air, quelque chose de subtil et d'inconnu, une atmosphère étrangère intolérable, comme une odeur répandue, l'odeur de l'invasion. Elle emplissait les demeures et les places publiques, changeait le goût des aliments, donnait l'impression d'être en voyage, très loin, chez des tribus barbares et dangereuses.

Les vainqueurs exigeaient de l'argent, beaucoup d'argent. Les habitants payaient toujours; ils étaient riches d'ailleurs. Mais plus un négociant normand devient opulent et plus il souffre de tout sacrifice, de toute parcelle de sa fortune qu'il voit passer aux mains d'un autre.

Cependant, à deux ou trois lieues sous la ville, en suivant le cours de la rivière, vers Croisset, Dieppe-dalle ou Biessart, les mariniers et les pêcheurs rame-naient souvent du fond de l'eau quelque cadavre d'Allemand gonflé dans son uniforme, tué d'un coup de couteau ou de savate, la tête écrasée par une pierre, ou jeté à l'eau d'une poussée du haut d'un

pont. Les vases du fleuve ensevelissaient ces vengeances obscures, sauvages et légitimes, héroïsmes inconnus, attaques muettes, plus périlleuses que les batailles au grand jour et sans le retentissement de la gloire.

Car la haine de l'Étranger arme toujours quelques Intrépides prêts à mourir pour une Idée.

Enfin, comme les envahisseurs, bien qu'assujétissant la ville à leur inflexible discipline, n'avaient accompli aucune des horreurs que la renommée leur faisait commettre tout le long de leur marche triomphale, on s'enhardit, et le besoin du négoce travailla de nouveau le cœur des commerçants du pays. Quelques-uns avaient de gros intérêts engagés au Havre que l'armée française occupait, et ils voulurent tenter de gagner ce port en allant par terre à Dieppe où ils s'embarqueraient.

On employa l'influence des officiers allemands dont on avait fait la connaissance, et une autorisation de départ fut obtenue du général en chef.

Donc, une grande diligence à quatre chevaux ayant été retenue pour ce voyage, et dix personnes s'étant fait inscrire chez le voiturier, on résolut de partir un mardi matin, avant le jour, pour éviter tout rassemblement.

Depuis quelque temps déjà la gelée avait durci la terre, et le lundi, vers trois heures, de gros nuages noirs venant du nord apportèrent la neige qui tomba sans interruption pendant toute la soirée et toute la nuit.

A quatre heures et demie du matin les voyageurs se réunirent dans la cour de l'Hôtel de Normandie, où l'on devait monter en voiture.

Ils étaient encore pleins de sommeil, et grelottaient de froid sous leurs couvertures. On se voyait mal dans l'obscurité; et l'entassement des lourds vêtements d'hiver faisait ressembler tous ces corps à des curés obèses avec leurs longues soutanes. Mais deux hommes se reconnurent, un troisième les aborda, ils causèrent : — « J'emmène ma femme, » — dit l'un. — « J'en fais autant. » — « Et moi aussi. » — Le premier ajouta : — « Nous ne reviendrons pas à Rouen, et si les Prussiens approchent du Havre nous gagnerons l'Angleterre. » — Tous avaient les mêmes projets, étant de complexion semblable.

Cependant on n'attelait pas la voiture. Une petite lanterne que portait un valet d'écurie sortait de temps à autre d'une porte obscure pour disparaître immédiatement dans une autre. Des pieds de chevaux frappaient la terre, amortis par le fumier des litières; et une voix d'homme parlant aux bêtes et jurant s'entendait au fond du bâtiment. Un léger murmure de grelots annonça qu'on maniait les harnais; ce murmure devint bientôt un frémissement clair et continu, rythmé par le mouvement de l'animal, s'arrêtant parfois, puis reprenant dans une brusque secousse qu'accompagnait le bruit mat d'un sabot ferré battant le sol.

La porte subitement se ferma. Tout bruit cessa. Les bourgeois gelés s'étaient tus; ils demeuraient immobiles et roidis.

Un rideau de flocons blancs ininterrompu miroitait sans cesse en descendant vers la terre; il effaçait les formes, poudrait les choses d'une mousse de glace; et l'on n'entendait plus dans le grand silence de la ville calme et ensevelie sous l'hiver que ce froissement

vague innommable et flottant de la neige qui tombe, plutôt sensation que bruit, entremê nent d'atomes légers qui semblaient emplir l'espace, couvrir le monde.

L'homme reparut, avec sa lanterne, tirant au bout d'une corde un cheval triste qui ne venait pas volontiers. Il le plaça contre le timon, attacha les traits, tourna longtemps autour pour assurer les harn is, car il ne pouvait se servir que d'une main, l'autre portant sa lumière. Comme il allait chercher la seconde bête, il remarqua tous ces voyageurs immobiles, déjà blancs de neige, et leur dit : — « Pourquoi ne montez-vous pas dans la voiture, vous serez à l'abri, au moins. »

Ils n'y avaient pas songé, sans doute, et ils se précipitèrent. Les trois hommes installèrent leurs femmes dans le fond, montèrent ensuite; puis les autres formes indécises et voilées prirent à leur tour les dernières places sans échanger une parole.

Le plancher était couvert de paille où les pieds s'enfoncèrent. Les dames du fond, ayant apporté des petites chaufferettes en cuivre avec un charbon chimique, allumèrent ces appareils, et, pendant quelque temps, à voix basse, elles en énumérèrent les avantages, se répétant des choses qu'elles savaient déjà depuis longtemps.

Enfin, la diligence étant attelée avec six chevaux au lieu de quatre à cause du tirage plus pénible, une voix du dehors demanda : — « Tout le monde est-il monté? » — Une voix du dedans répondit : — « Oui. » — On partit.

La voiture avançait lentement, lentement, à tout petits pas. Les roues s'enfonçaient dans la neige; le

coffre entier geignait avec des craquements sourds ; les bêtes glissaient, soufflaient, fumaient ; et le fouet gigantesque du cocher claquait sans repos, voltigeait de tous les côtés, se nouant et se déroulant comme un serpent mince, et cinglant brusquement quelque croupe rebondie qui se tendait alors sous un effort plus violent.

Mais le jour imperceptiblement grandissait. Ces flocons légers qu'un voyageur, Rouennais pur sang, avait comparés à une pluie de coton, ne tombaient plus. Une lueur sale filtrait à travers de gros nuages obscurs et lourds qui rendaient plus éclatante la blancheur de la campagne où apparaissaient tantôt une ligne de grands arbres vêtus de givre, tantôt une chaumière avec un capuchon de neige.

Dans la voiture on se regardait curieusement, à la triste clarté de cette aurore.

Tout au fond, aux meilleures places, sommeillaient, en face l'un de l'autre, M. et M<sup>me</sup> Loiseau, des marchands de vin en gros de la rue Grand-Pont.

Ancien commis d'un patron ruiné dans les affaires Loiseau avait acheté le fonds et fait fortune. Il vendait à très bon marché de très mauvais vin aux petits débitants des campagnes, et passait parmi ses connaissances et ses amis pour un fripon madré, un vrai Normand plein de ruses et de jovialité.

Sa réputation de filou était si bien établie, qu'un soir, à la préfecture, M. Tournel, auteur de fables et de chansons, esprit mordant e. fin, une gloire locale, ayant proposé aux dames qu'il voyait un peu somnolentes de faire une partie de « Loiseau vole », le mot lui-même vola à travers les salons du préfet, puis, gagnant ceux de la ville, avait fait rire pen-

dant un mois toutes les mâchoires de la province.

Loiseau était en outre célèbre par ses farces de toute nature, ses plaisanteries bonnes ou mauvaises; et personne ne pouvait parler de lui sans ajouter immédiatement : — « Il est impayable ce Loiseau. »

De taille exiguë, il présentait un ventre en ballon surmonté d'une face rougeaude entre deux favoris grisonnants.

Sa femme, grande, forte, résolue, avec la voix haute et la décision rapide, était l'ordre et l'arithmétique de la maison de commerce qu'il animait par son activité joyeuse.

A côté d'eux se tenait, plus digne, appartenant à une caste supérieure, M. Carré-Lamadon, homme considérable, posé dans les cotons, propriétaire de trois filatures, officier de la Légion d'honneu , et membre du Conseil général. Il était resté tout le temps de l'Empire chef de l'opposition bienveillante, uniquement pour se faire payer plus cher son ralliement à la cause qu'il combattait avec des armes courtoises, selon sa propre expression. Mᵐᵉ Carré-Lamadon, beaucoup plus jeune que son mari, demeurait la consolation des officiers de bonne famille envoyés à Rouen en garnison.

Elle faisait vis-à-vis à son époux, toute petite, toute mignonne, toute jolie, pelotonnée dans ses fourrures, et regardait d'un œil navré l'intérieur lamentable de la voiture.

Ses voisins, le comte et la comtesse Hubert de Bréville, portaient un des noms les plus anciens et les plus nobles de Normandie. Le comte, vieux gentilhomme de grande tournure, s'efforçait d'accentuer, par les artifices de sa toilette, sa ressemblance naturelle avec

le roy Henry IV qui, suivant une légende glorieuse
pour la famille, avait rendu grosse une dame de Bré-
ville dont le mari, pour ce fait, était devenu comte et
gouverneur de province.

Collègue de M. Carré-Lamadon au Conseil général,
le comte Hubert représentait le parti orléaniste dans
le département. L'histoire de son mariage avec la fille
d'un petit armateur de Nantes était toujours demeurée
mystérieuse. Mais comme la comtesse avait grand
air, recevait mieux que personne, passait même pour
avoir été aimée par un des fils de Louis-Philippe, toute
la noblesse lui faisait fête, et son salon demeurait le
premier du pays, le seul où se conservât la vieille
galanterie, et dont l'entrée fût difficile.

La fortune des Bréville, toute en biens fonds, attei-
gnait, disait-on, cinq cent mille livres de revenu.

Ces six personnes formaient le fond de la voiture,
le côté de la société rentée, sereine et forte, des
honnêtes gens autorisés qui ont de la Religion et des
Principes.

Par un hasard étrange toutes les femmes se trou-
vaient sur le même banc; et la comtesse avait encore
pour voisines deux bonnes sœurs qui égrenaient de
longs chapelets en marmottant des *Pater* et des *Ave*.
L'une était vieille avec une face défoncée par la petite
vérole comme si elle eût reçu à bout portant une
bordée de mitraille en pleine figure. L'autre, très
chétive, avait une tête jolie et maladive sur une poi-
trine de phthisique rongée par cette foi dévorante qui
fait les martyrs et les illuminés.

En face des deux religieuses un homme et une
femme attiraient les regards de tous.

L'homme, bien connu, était Cornudet le démoc, la

terreur des gens respectables. Depuis vingt ans il trempait sa grande barbe rousse dans les bocks de tous les cafés démocratiques. Il avait mangé avec les frères et amis une assez belle fortune qu'il tenait de son père ancien confiseur, et il attendait impatiemment la République pour obtenir enfin la place méritée par tant de consommations révolutionnaires. Au quatre septembre, par suite d'une farce peut-être, il s'était cru nommé préfet, mais quand il voulut entrer en fonctions, les garçons de bureau, demeurés seuls maîtres de la place, refusèrent de le reconnaître, ce qui le contraignit à la retraite. Fort bon garçon du reste, inoffensif et serviable, il s'était occupé avec une ardeur incomparable d'organiser la défense. Il avait fait creuser des trous dans les plaines, coucher tous les jeunes arbres des forêts voisines, semé des pièges sur toutes les routes, et, à l'approche de l'ennemi, satisfait de ses préparatifs, il s'était vivement replié vers la ville. Il pensait maintenant se rendre plus utile au Havre où de nouveaux retranchements allaient être nécessaires.

La femme, une de celles appelées galantes, était célèbre par son embonpoint précoce qui lui avait valu le surnom de Boule de suif. Petite, ronde de partout, grasse à lard, avec des doigts bouffis, étranglés aux phalanges, pareils à des chapelets de courtes saucisses ; avec une peau luisante et tendue, une gorge énorme qui saillait sous sa robe, elle restait cependant appétissante et courue, tant sa fraîcheur faisait plaisir à voir. Sa figure était une pomme rouge, un bouton de pivoine prêt à fleurir ; et là dedans s'ouvraient, en haut, deux yeux noirs magnifiques, ombragés de grands cils épais qui mettaient une ombre dedans ; en

bas, une bouche charmante, étroite, humide pour le baiser, meublée de quenottes luisantes et microscopiques.

Elle était de plus, disait-on, pleine de qualités inappréciables.

Aussitôt qu'elle fut reconnue, des chuchotements coururent parmi les femmes honnêtes, et les mots de « prostituée », de « honte publique » furent chuchotés si haut qu'elle leva la tête. Alors elle promena sur ses voisins un regard tellement provoquant et hardi qu'un grand silence aussitôt régna, et tout le monde baissa les yeux à l'exception de Loiseau, qui la guettait d'un air émoustillé.

Mais bientôt la conversation reprit entre les trois dames que la présence de cette fille avait rendues subitement amies, presque intimes. Elles devaient faire, leur semblait-il, comme un faisceau de leurs dignités d'épouses en face de cette vendue sans vergogne; car l'amour légal le prend toujours de haut avec son libre confrère.

Les trois hommes aussi, rapprochés par un instinct de conservateurs à l'aspect de Cornudet, parlaient argent d'un certain ton dédaigneux pour les pauvres. Le comte Hubert disait les dégâts que lui avaient fait subir les Prussiens, les pertes qui résulteraient du bétail volé et des récoltes perdues, avec une assurance de grand seigneur dix fois millionnaire que ces ravages gêneraient à peine une année. M. Carré-Lamadon, fort éprouvé dans l'industrie cotonnière, avait eu soin d'envoyer six cent mille francs en Angleterre, une poire pour la soif qu'il se ménageait à toute occasion. Quant à Loiseau, il s'était arrangé pour vendre à l'Intendance française tous les vins

communs qui lui restaient en cave, de sorte que l'État lu devait une somme formidable qu'il comptait bien toucher au Havre.

Et tous les trois se jetaient des coups d'œil rapides et amicaux. Bien que de conditions différentes, ils se sentaient frères par l'argent, de la grande franc-maçonnerie de ceux qui possèdent, qui font sonner de l'or en mettant la main dans la poche de leur culotte.

La voiture allait si lentement qu'à dix heures du matin on n'avait pas fait quatre lieues. Les hommes descendirent trois fois pour monter des côtes à pied. On commençait à s'inquiéter, car on devait déjeuner à Tôtes et l'on désespérait maintenant d'y parvenir avant la nuit. Chacun guettait pour apercevoir un cabaret sur la route, quand la diligence sombra dans un amoncellement de neige, et il fallut deux heures pour la dégager.

L'appétit grandissait, troublait les esprits ; et aucune gargote, aucun marchand de vin ne se montraient, l'approche des Prussiens et le passage des troupes françaises affamées ayant effrayé toutes les industries.

Les messieurs coururent aux provisions dans les fermes au bord du chemin, mais ils n'y trouvèrent pas même de pain, car le paysan défiant cachait ses réserves dans la crainte d'être pillé par les soldats qui, n'ayant rien à se mettre sous la dent, prenaient par force ce qu'ils découvraient.

Vers une heure de l'après-midi, Loiseau annonça que décidément il se sentait un rude creux dans l'estomac. Tout le monde souffrait comme lui depuis longtemps ; et le violent besoin de manger, augmentant toujours, avait tué les conversations.

De temps en temps quelqu'un bâillait; un autre presque aussitôt l'imitait; et chacun, à tour de rôle, suivant son caractère, son savoir-vivre et sa position sociale, ouvrait la bouche avec fracas ou modestement en portant vite sa main devant le trou béant d'où sortait une vapeur.

Boule de suif, à plusieurs reprises, se pencha comme si elle cherchait quelque chose sous ses jupons. Elle hésitait une seconde, regardait ses voisins, puis se redressait tranquillement. Les figures étaient pâles et crispées. Loiseau affirma qu'il payerait mille francs un jambonneau. Sa femme fit un geste comme pour protester; puis elle se calma. Elle souffrait toujours en entendant parler d'argent gaspillé, et ne comprenait même pas les plaisanteries sur ce sujet. — « Le fait est que je ne me sens pas bien, dit le comte, comment n'ai-je pas songé à apporter des provisions. » — Chacun se faisait le même reproche.

Cependant Cornudet avait une gourde pleine de rhum; il en offrit; on refusa froidement. Loiseau seul en accepta deux gouttes, et, lorsqu'il rendit la gourde, il remercia : — « C'est bon tout de même, ça réchauffe et ça trompe l'appétit. » — L'alcool le mit en belle humeur et il proposa de faire comme sur le petit navire de la chanson : de manger le plus gras des voyageurs. Cette allusion indirecte à Boule de suif choqua les gens bien élevés. On ne répondit pas; Cornudet seul eut un sourire. Les deux bonnes sœurs avaient cessé de marmotter leur rosaire, et, les mains enfoncées dans leurs grandes manches, elles se tenaient immobiles, baissant obstinément les yeux, offrant sans doute au ciel la souffrance qu'il leur envoyait.

Enfin, à trois heures, comme on se trouvait au mi-

lieu d'une plaine interminable, sans un seul village en vue, Boule de suif se baissant vivement, retira de sous la banquette un large panier couvert d'une serviette blanche.

Elle en sortit d'abord une petite assiette de faïence, une fine timbale en argent, puis une vaste terrine dans laquelle deux poulets entiers, tout découpés, avaient confi sous leur gelée; et l'on apercevait encore dans le panier d'autres bonnes choses enveloppées, des pâtés, les fruits, des friandises, les provisions préparées pour un voyage de trois jours afin de ne point toucher à la cuisine des auberges. Quatre goulots de bouteilles passaient entre les paquets de nourriture. Elle prit une aile de poulet et, délicatement, se mit à la manger avec un de ces petits pains qu'on appelle « Régence » en Normandie.

Tous les regards étaient tendus vers elle. Puis l'odeur se répandit, élargissant les narines, faisant venir aux bouches une salive abondante avec une contraction douloureuse de la mâchoire sous les oreilles. Le mépris des dames pour cette fille devenait féroce, comme une envie de la tuer, ou de la jeter en bas de la voiture, dans la neige, elle, sa timbale, son panier et ses provisions.

Mais Loiseau dévorait des yeux la terrine de poulet. Il dit : — « A la bonne heure, madame a eu plus de précaution que nous. Il y a des personnes qui savent toujours penser à tout. » — Elle leva la tête vers lui : — « Si vous en désirez, monsieur? C'est dur de jeûner depuis le matin. » — Il salua : — « Ma foi, franchement, je ne refuse pas, je n'en peux plus. A la guerre comme à la guerre, n'est-ce pas, madame? »

— Et, jetant un regard circulaire, il ajouta : — « Dans des moments comme celui-ci on est bien aise de trouver des gens qui vous obligent. » — Il avait un journal qu'il étendit pour ne point tacher son pantalon, et sur la pointe d'un couteau toujours logé dans sa poche, il enleva une cuisse toute vernie de gelée, la dépeça des dents, puis la mâcha avec une satisfaction si évidente qu'il y eut dans la voiture un grand soupir de détresse.

Mais Boule de suif, d'une voix humble et douce proposa aux bonnes sœurs de partager sa collation. Elles acceptèrent toutes les deux instantanément, et, sans lever les yeux, se mirent à manger très vite après avoir balbutié des remerciements. Cornudet ne refusa pas non plus les offres de sa voisine, et l'on forma avec les religieuses une sorte de table en développant des journaux sur les genoux.

Les bouches s'ouvraient et se fermaient sans cesse, avalaient, mastiquaient, engloutissaient férocement. Loiseau, dans son coin, travaillait dur, et, à voix basse, il engageait sa femme à l'imiter. Elle résista longtemps, puis, après une crispation qui lui parcourut les entrailles, elle céda. Alors son mari, arrondissant sa phrase, demanda à leur « charmante compagne » si elle lui permettait d'offrir un petit morceau à M<sup>me</sup> Loiseau. Elle dit : — « Mais oui, certainement, monsieur, » avec un sourire aimable, et tendit la terrine.

Un embarras se produisit lorsqu'on eut débouché la première bouteille de bordeaux : il n'y avait qu'une timbale. On se la passa après l'avoir essuyée. Cornudet seul, par galanterie sans doute, posa ses lèvres à la place humide encore des lèvres de sa voisine.

Alors, entourés de gens qui mangeaient, suffoqués par les émanations des nourritures, le comte et la comtesse de Bréville, ainsi que M. et M^me Carré-Lamadon souffrirent ce supplice odieux qui a gardé le nom de Tantale. Tout d'un coup la jeune femme du manufacturier poussa un soupir qui fit retourner les têtes; elle était aussi blanche que la neige du dehors; ses yeux se fermèrent, son front tomba; elle avait perdu connaissance. Son mari, affolé, implorait le secours de tout le monde. Chacun perdait l'esprit, quand la plus âgée des bonnes sœurs, soutenant la tête de la malade, glissa entre ses lèvres la timbale de Boule de suif et lui fit avaler quelques gouttes de vin. La jolie dame remua, ouvrit les yeux, sourit et déclara d'une voix mourante qu'elle se sentait fort bien maintenant. Mais afin que cela ne se renouvelât plus, la religieuse la contraignit à boire un plein verre de bordeaux, et elle ajouta : — « C'est la faim, pas autre chose. »

Alors Boule de suif, rougissante et embarrassée, balbutia en regardant les quatre voyageurs restés à jeun : — « Mon Dieu, si j'osais offrir à ces messieurs et à ces dames... » Elle se tut, craignant un outrage. Loiseau prit la parole : — « Eh parbleu, dans des cas pareils tout le monde est frère et doit s'aider. Allons mesdames, pas de cérémonie, acceptez, que diable! Savons-nous si nous trouverons seulement une maison où passer la nuit? Du train dont nous allons nous ne serons pas à Tôtes avant demain midi. » — On hésitait, personne n'osant assumer la responsabilité du « oui ». Mais le comte trancha la question. Il se tourna vers la grosse fille intimidée, et prenant son grand air de gentilhomme, il lui dit :

— « Nous acceptons avec reconnaissance, madame. »

Le premier pas seul coûtait. Une fois le Rubicon passé on s'en donna carrément. Le panier fut vidé. Il contenait encore un pâté de foies gras, un pâté de mauviettes, un morceau de langue fumée, des poires de Crassane, un pavé de Pont-Lévêque, des petits-fours et une tasse pleine de cornichons et d'oignons au vinaigre : Boule de suif, comme toutes les femmes, adorant les crudités.

On ne pouvait manger les provisions de cette fille sans lui parler. Donc on causa, avec réserve d'abord, puis, comme elle se tenait fort bien, on s'abandonna davantage. Mesdames de Bréville et Carré-Lamadon, qui avaient un grand savoir-vivre, se firent gracieuses avec délicatesse. La comtesse surtout montra cette condescendance aimable des très nobles dames qu'aucun contact ne peut salir, et fut charmante. Mais la forte M<sup>me</sup> Loiseau, qui avait une âme de gendarme, resta revêche, parlant peu et mangeant beaucoup.

On s'entretint de la guerre naturellement. On raconta des faits horribles des Prussiens, des traits de bravoure des Français; et tous ces gens qui fuyaient rendirent hommage au courage des autres. Les histoires personnelles commencèrent bientôt; et Boule de suif raconta, avec une émotion vraie, avec cette chaleur de parole qu'ont parfois les filles pour exprimer leurs emportements naturels, comment elle avait quitté Rouen : — « J'ai cru d'abord que je pourrais rester, disait-elle. J'avais ma maison pleine de provisions, et j'aimais mieux nourrir quelques soldats que m'expatrier je ne sais où. Mais quand je les ai vus, ces Prussiens, ce fut plus fort que moi! Ils m'ont tourné le sang de colère; et j'ai pleuré de honte

toute la journée. Oh! si j'étais un homme, allez! Je
les regardais de ma fenêtre, ces gros porcs avec
leur casque à pointe, et ma bonne me tenait les
mains pour m'empêcher de leur jeter mon mobi-
lier sur le dos. Puis il en est venu pour loger chez
moi; alors j'ai sauté à la gorge du premier. Ils ne
sont pas plus difficiles à étrangler que d'autres! Et je
l'aurais terminé, celui-là, si l'on ne m'avait pas tirée
par les cheveux. Il a fallu me cacher après ça. Enfin,
quand j'ai trouvé une occasion, je suis partie, et
me voici. »

On la félicita beaucoup. Elle grandissait dans l'es-
time de ses compagnons qui ne s'étaient pas montrés
si crânes; et Cornudet, en l'écoutant, gardait un sou-
rire approbateur et bienveillant d'apôtre; de même un
prêtre entend un dévot louer Dieu, car les démo-
crates à longue barbe ont le monopole du patriotisme
comme les hommes en soutane ont celui de la reli-
gion. Il parla à son tour d'un ton doctrinaire, avec
l'emphase apprise dans les proclamations qu'on col-
lait chaque jour aux murs, et il finit par un morceau
d'éloquence où il étrillait magistralement cette « cra-
pule de Badinguet ».

Mais Boule de suif aussitôt se fâcha, car elle était
bonapartiste. Elle devenait plus rouge qu'une guigne,
et, bégayant d'indignation. — « J'aurais bien voulu
vous voir à sa place, vous autres. Ça aurait été du propre,
ah oui! C'est vous qui l'avez trahi, cet homme! On
n'aurait plus qu'à quitter la France si l'on était gou-
verné par des polissons comme vous! ». — Cornudet
impassible gardait un sourire dédaigneux et supé-
rieur, mais on sentait que les gros mots allaient ar-
river quand le comte s'interposa et calma, non sans

peine, la fille exaspérée, en proclamant avec autorité que toutes les opinions sincères étaient respectables. Cependant la comtesse et la manufacturière, qui avaient dans l'âme la haine irraisonnée des gens comme il faut pour la République, et cette instinctive tendresse que nourrissent toutes les femmes pour les gouvernements à panache et despotiques, se sentaient, malgré elles, attirées vers cette prostituée pleine de dignité, dont les sentiments ressemblaient si fort aux leurs.

Le panier était vide. A dix on l'avait tari sans peine, en regrettant qu'il ne fût pas plus grand. La conversation continua quelque temps, un peu refroidie néanmoins depuis qu'on avait fini de manger.

La nuit tombait, l'obscurité peu à peu devint profonde, et le froid, plus sensible pendant les digestions, faisait frissonner Boule de suif, malgré sa graisse. Alors M<sup>me</sup> de Bréville lui proposa sa chaufferette dont le charbon depuis le matin avait été plusieurs fois renouvelé, et l'autre accepta tout de suite, car elle se sentait les pieds gelés. M<sup>mes</sup> Carré-Lamadon et Loiseau donnèrent les leurs aux religieuses.

Le cocher avait allumé ses lanternes. Elles éclairaient d'une lueur vive un nuage de buée au-dessus de la croupe en sueur des timoniers, et, des deux côtés de la route, la neige qui semblait se dérouler sous le reflet mobile des lumières.

On ne distinguait plus rien dans la voiture; mais tout à coup un mouvement se fit entre Boule de suif et Cornudet; et Loiseau, dont l'œil fouillait l'ombre, crut voir l'homme à la grande barbe s'écarter vivement comme s'il eût reçu quelque bon coup lancé sans bruit.

Des petits points de feu parurent en avant sur la route. C'était Tôtes. On avait marché onze heures, ce qui, avec les deux heures de repos laissés en quatre fois aux chevaux pour manger l'avoine et souffler, faisait quatorze. On entra dans le bourg et devant l'Hôtel du Commerce on s'arrêta.

La portière s'ouvrit! Un bruit bien connu fit tressaillir tous les voyageurs; c'étaient les heurts d'un fourreau de sabre sur le sol. Aussitôt la voix d'un Allemand cria quelque chose.

Bien que la diligence fût immobile personne ne descendait, comme si l'on se fût attendu à être massacré à la sortie. Alors le conducteur apparut tenant à la main une de ses lanternes qui éclaira subitement jusqu'au fond de la voiture les deux rangs de têtes effarées, dont les bouches étaient ouvertes et les yeux écarquillés de surprise et d'épouvante.

A côté du cocher se tenait, en pleine lumière, un officier allemand, un grand jeune homme excessivement mince et blond, serré dans son uniforme comme une fille en son corset, et portant sur le côté sa casquette plate et cirée qui le faisait ressembler au chasseur d'un hôtel anglais. Sa moustache démesurée, à longs poils droits, s'amincissant indéfiniment de chaque côté et terminée par un seul fil blond si mince qu'on n'en apercevait pas la fin, semblait peser sur les coins de sa bouche, et, tirant la joue, imprimait aux lèvres un pli tombant.

Il invita en français d'Alsacien les voyageurs à sortir, disant d'un ton raide : — « Foulez-fous tescentre, messieurs et tames? »

Les deux bonnes sœurs obéirent les premières avec une docilité de saintes filles habituées à toutes les

soumissions. Le comte et la comtesse parurent ensuite, suivis du manufacturier et de sa femme, puis de Loiseau poussant devant lui sa grande moitié. Celui-ci, en mettant pied à terre, dit à l'officier : — « Bonjour monsieur », par un sentiment de prudence bien plus que de politesse. L'autre, insolent comme les gens tout-puissants, le regarda sans répondre.

Boule de suif et Cornudet, bien que près de la portière, descendirent les derniers, graves et hautains devant l'ennemi. La grosse fille tâchait de se dominer et d'être calme; le démoc tourmentait d'une main tragique et un peu tremblante sa longue barbe roussâtre. Ils voulaient garder de la dignité, comprenant qu'en ces rencontres-là chacun représente un peu son pays; et pareillement révoltés par la souplesse de leurs compagnons, elle, tâchait de se montrer plus fière que ses voisines les femmes honnêtes, tandis que lui, sentant bien qu'il devait l'exemple, continuait en toute son attitude sa mission de résistance commencée au défoncement des routes.

On entra dans la vaste cuisine de l'auberge, et l'Allemand, s'étant fait présenter l'autorisation de départ signée par le général en chef et où étaient mentionnés les noms, le signalement et la profession de chaque voyageur, examina longuement tout ce monde, comparant les personnes aux renseignements écrits.

Puis il dit brusquement : — « C'est pien », et il disparut.

Alors on respira. On avait faim encore; le souper fut commandé. Une demi-heure était nécessaire pour l'apprêter; et, pendant que deux servantes avaient l'air de s'en occuper, on alla visiter les chambres. Elles se trouvaient toutes dans un long couloir que

terminait une porte vitrée marquée d'un numéro parlant.

Enfin on allait se mettre à table, quand le patron de l'auberge parut lui-même. C'était un ancien marchand de chevaux, un gros homme asthmatique, qui avait toujours des sifflements, des enrouements, des chants de glaires dans le larynx. Son père lui avait transmis le nom de Follenvie.

Il demanda :

— « Mademoiselle Élisabeth Rousset? »

Boule de suif tressaillit, se retourna :

— « C'est moi. »

— Mademoiselle, l'officier prussien veut vous parler immédiatement.

— A moi?

— Oui, si vous êtes bien mademoiselle Élisabeth Rousset. »

Elle se troubla, réfléchit une seconde, puis déclara carrément :

— « C'est possible, mais je n'irai pas. »

Un mouvement se fit autour d'elle; chacun discutait, cherchait la cause de cet ordre. Le comte s'approcha :

— « Vous avez tort, madame, car votre refus peut amener des difficultés considérables, non seulement pour vous, mais même pour tous vos compagnons. Il ne faut jamais résister aux gens qui sont les plus forts. Cette démarche assurément ne peut présenter aucun danger; c'est sans doute pour quelque formalité oubliée. »

Tout le monde se joignit à lui, on la pria, on la pressa, on la sermonna, et l'on finit par la convaincre; car tous redoutaient les complications qui pour-

raient résulter d'un coup de tête. Elle dit enfin :

— « C'est pour vous que je le fais, bien sûr !»

La comtesse lui prit la main :

— « Et nous vous en remercions. »

Elle sortit. On l'attendit pour se mettre à table. Chacun se désolait de n'avoir pas été demandé à la place de cette fille violente et irascible, et préparait mentalement des platitudes pour le cas où on l'appellerait à son tour.

Mais au bout de dix minutes elle reparut, soufflant, rouge à suffoquer, exaspérée. Elle balbutiait : — « Oh la canaille ! la canaille ! »

Tous s'empressaient pour savoir, mais elle ne dit rien ; et comme le comte insistait, elle répondit avec une grande dignité : — « Non, cela ne vous regarde pas, je ne peux pas parler. »

Alors on s'assit autour d'une haute soupière d'où sortait un parfum de choux. Malgré cette alerte, le souper fut gai. Le cidre était bon, le ménage Loiseau et les bonnes sœurs en prirent, par économie. Les autres demandèrent du vin ; Cornudet réclama de la bière. Il avait une façon particulière de déboucher la bouteille, de faire mousser le liquide, de le considérer en penchant le verre, qu'il élevait ensuite entre la lampe et son œil pour bien apprécier la couleur. Quand il buvait, sa grande barbe, qui avait gardé la nuance de son breuvage aimé, semblait tressaillir de tendresse ; ses yeux louchaient pour ne point perdre de vue sa chope, et il avait l'air de remplir l'unique fonction pour laquelle il était né. On eût dit qu'il établissait en son esprit un rapprochement et comme une affinité entre les deux grandes passions qui occupaient toute sa vie : le Pale Ale et la Révolution ; et

assurément il ne pouvait déguster l'un sans songer à
l'autre.

M. et M^me Follenvie dînaient tout au bout de la
table. L'homme, râlant comme une locomotive crevée,
avait trop de tirage dans la poitrine pour pouvoir
parler en mangeant; mais la femme ne se taisait
jamais. Elle raconta toutes ses impressions à l'arrivée
des Prussiens, ce qu'ils faisaient, ce qu'ils disaient,
les exécrant d'abord parce qu'ils lui coûtaient de
l'argent, et, ensuite, parce qu'elle avait deux fils à
l'armée. Elle s'adressait surtout à la comtesse, flattée
de causer avec une dame de qualité.

Puis elle baissa t la voix pour dire les choses déli-
cates, et son mari, de temps en temps, l'interrompait:
— « Tu ferais mieux de te taire, madame Follen-
vie ». — Mais elle n'en tenait aucun compte, et conti-
nuait:

« Oui, madame, ces gens-là, ça ne fait que
manger des pommes de terre et du cochon, et puis
du cochon et des pommes de terre. Et il ne faut pas
croire qu'ils sont propres — Oh non! — Ils ordurent
partout, sauf le respect que je vous dois. Et si vous les
voyiez faire l'exercice pendant des heures et des jours;
ils sont là tous dans un champ: — et marche en avant,
et marche en arrière, et tourne par-ci, et tourne par-
là. — S'ils cultivaient la terre au moins, ou s'ils tra-
vaillaient aux routes dans leur pays! Mais non,
madame, ces militaires ça n'est profitable à personne!
Faut-il que le pauvre peuple les nourrisse pour n'ap-
prendre rien qu'à massacrer! Je ne suis qu'une
vieille femme sans éducation, c'est vrai, mais en les
voyant qui s'esquintent le tempérament à piétiner du
matin au soir, je me dis: — Quand il y a des gens qui

font tant de découvertes pour être utiles, faut-il que
d'autres se donnent tant de mal pour être nuisibles.
Vraiment, n'est-ce pas une abomination de tuer des
gens, qu'ils soient Prussiens, ou bien Anglais, ou bien
Polonais, ou bien Français? — Si l'on se revenge sur
quelqu'un qui vous a fait tort, c'est mal, puisqu'on
vous condamne; mais quand on extermine nos gar-
çons comme du gibier, avec des fusils, c'est donc
bien, puisqu'on donne des décorations à celui qui en
détruit le plus? — Non, voyez-vous, je ne comprendrai
jamais ça! »

Cornudet éleva la voix :

« La guerre est une barbarie quand on attaque un
voisin paisible; c'est un devoir sacré quand on défend
la patrie. »

La vieille femme baissa la tête :

— « Oui, quand on se défend, c'est autre chose;
mais si l'on ne devrait pas plutôt tuer tous les rois qui
font ça pour leur plaisir? »

L'œil de Cornudet s'enflamma :

— « Bravo citoyenne, » dit-il.

M. Carré-Lamadon réfléchissait profondément. Bien
qu'il fût fanatique des illustres capitaines, le bon sens
de cette paysanne le faisait songer à l'opulence qu'ap-
porteraient dans un pays tant de bras inoccupés et
par conséquent ruineux, tant de forces qu'on entre-
tient improductives, si on les employait aux grands
travaux industriels qu'il faudra des siècles pour
achever.

Mais Loiseau, quittant sa place, alla causer tout bas
avec l'aubergiste. Le gros homme riait, toussait, cra-
chait; son énorme ventre sautillait de joie aux plai-
santeries de son voisin, et il lui acheta six feuillettes

de bordeaux pour le printemps, quand les Prussiens seraient partis.

Le souper à peine achevé, comme on était brisé de fatigue, on se coucha.

Cependant Loiseau, qui avait observé les choses, fit mettre au lit son épouse, puis colla tantôt son oreille et tantôt son œil au trou de la serrure, pour tâcher de découvrir ce qu'il appelait : « les mystères du corridor ».

Au bout d'une heure environ, il entendit un frôlement, regarda bien vite, et aperçut Boule de suif qui paraissait plus replète encore sous un peignoir de cachemire bleu, bordé de dentelles blanches. Elle tenait un bougeoir à la main et se dirigeait vers le gros numéro tout au fond du couloir. Mais une porte, à côté, s'entr'ouvrit, et, quand elle revint, au bout de quelques minutes, Cornudet, en bretelles, la suivait. Ils parlaient bas, puis ils s'arrêtèrent. Boule de suif semblait défendre l'entrée de sa chambre avec énergie. Loiseau, malheureusement, n'entendait pas les paroles, mais à la fin, comme ils élevaient la voix, il put en saisir quelques-unes. Cornudet insistait avec vivacité. Il disait :

— « Voyons, vous êtes bête, qu'est-ce que ça vous fait ? »

Elle avait l'air indignée et répondit :

— « Non, mon cher, il y a des moments où ces choses-là ne se font pas ; et puis, ici, ce serait une honte. »

Il ne comprenait point, sans doute, et demanda pourquoi. Alors elle s'emporta, élevant encore le ton :

— « Pourquoi ? Vous ne comprenez pas pourquoi ?

Quand il y a des Prussiens dans la maison, dans la chambre à côté peut-être? »

Il se tut. Cette pudeur patriotique de catin qui ne se laissait point caresser près de l'ennemi, dut réveiller en son cœur sa dignité défaillante, car, après l'avoir seulement embrassée, il regagna sa porte à pas de loup.

Loiseau, très allumé, quitta la serrure, battit un entrechat dans sa chambre, mit son madras, souleva le drap sous lequel gisait la dure carcasse de sa compagne qu'il réveilla d'un baiser en murmurant: — « M'aimes-tu, chérie? »

Alors toute la maison devint silencieuse. Mais bientôt s'éleva quelque part, dans une direction indéterminée qui pouvait être la cave aussi bien que le grenier, un ronflement puissant, monotone, régulier, un bruit sourd et prolongé, avec des tremblements de chaudière sous pression. M. Follenvie dormait.

Comme on avait décidé qu'on partirait à huit heures le lendemain, tout le monde se trouva dans la cuisine; mais la voiture, dont la bâche avait un toit de neige, se dressait solitaire au milieu de la cour, sans chevaux et sans conducteur. On chercha en vain celui-ci dans les écuries, dans les fourrages, dans les remises. Alors tous les hommes se résolurent à battre le pays et ils sortirent. Ils se trouvèrent sur la place, avec l'église au fond et, des deux côtés, des maisons basses où l'on apercevait des soldats prussiens. Le premier qu'ils virent épluchait des pommes de terre. Le second, plus loin, lavait la boutique du coiffeur. Un autre, barbu jusqu'aux yeux, embrassait un mioche qui pleurait et le berçait sur ses genoux pour tâcher de l'apaiser; et les grosses paysannes dont les hommes

étaient à « l'armée de la guerre », indiquaient par signes à leurs vainqueurs obéissants le travail qu'il fallait entreprendre : fendre du bois, tremper la soupe, moudre le café ; un d'eux même lavait le linge de son hôtesse, une aïeule toute impotente.

Le comte, étonné, interrogea le bedeau qui sortait du presbytère. Le vieux rat d'église lui répondit :
— « Oh ! ceux-là ne sont pas méchants ; c'est pas des Prussiens à ce qu'on dit. Ils sont de plus loin ; je ne sais pas bien d'où ; et ils ont tous laissé une femme et des enfants au pays ; ça ne les amuse pas, la guerre, allez ! Je suis sûr qu'on pleure bien aussi là-bas après les hommes ; et ça fournira une fameuse misère chez eux comme chez nous. Ici, encore, on n'est pas trop malheureux pour le moment, parce qu'ils ne font pas de mal et qu'ils travaillent comme s'ils étaient dans leurs maisons. Voyez-vous, monsieur, entre pauvres gens, faut bien qu'on s'aide.... C'est les grands qui font la guerre. »

Cornudet, indigné de l'entente cordiale établie entre les vainqueurs et les vaincus, se retira, préférant s'enfermer dans l'auberge. Loiseau eut un mot pour rire : — « Ils repeuplent. » M. Carré-Lamadon eut un mot grave : — « Ils réparent. » Mais on ne trouvait pas le cocher. A la fin on le découvrit dans le café du village, attablé fraternellement avec l'ordonnance de l'officier. Le comte l'interpella :

— « Ne vous avait-t-on pas donné l'ordre d'atteler pour huit heures ?

— Ah bien oui, mais on m'en a donné un autre depuis.

— Lequel ?

— De ne pas atteler du tout.

— Qui vous a donné cet ordre?

— Ma foi ! le commandant prussien.

— Pourquoi?

— Je n'en sais rien. Allez lui demander. On me défend d'atteler, moi je n'attelle pas. — Voilà.

— C'est lui-même qui vous a dit cela?

— Non, monsieur, c'est l'aubergiste qui m'a donné l'ordre de sa part.

— Quand ça?

— Hier soir, comme j'allais me coucher. »

Les trois hommes rentrèrent fort inquiets.

On demanda M. Follenvie, mais la servante répondit que monsieur, à cause de son asthme, ne se levait jamais avant dix heures. Il avait même formellement défendu de le réveiller plus tôt, excepté en cas d'incendie.

On voulut voir l'officier, mais cela était impossible absolument, bien qu'il logeât dans l'auberge. M. Follenvie seul était autorisé à lui parler pour les affaires civiles. Alors on attendit. Les femmes remontèrent dans leurs chambres, et des futilités les occupèrent.

Cornudet s'installa sous la haute cheminée de la cuisine où flambait un grand feu. Il se fit apporter là une des petites tables du café, une canette, et il tira sa pipe qui jouissait parmi les démocrates d'une considération presque égale à la sienne, comme si elle avait servi la patrie en servant à Cornudet. C'était une superbe pipe en écume admirablement culottée, aussi noire que les dents de son maître, mais parfumée, recourbée, luisante, familière à sa main, et complétant sa physionomie. Et il demeura immobile, les yeux tantôt fixés sur la flamme du foyer, tantôt sur la

mousse qui couronnait sa chope ; et chaque fois qu'il avait bu, il passait d'un air satisfait ses longs doigts maigres dans ses longs cheveux gras pendant qu'il humait sa moustache frangée d'écume.

Loiseau, sous prétexte de se dégourdir les jambes, alla placer du vin aux débitants du pays. Le comte et le manufacturier se mirent à causer politique. Ils prévoyaient l'avenir de la France. L'un croyait aux d'Orléans, l'autre à un sauveur inconnu, un héros qui se révélerait quand tout serait désespéré : un du Guesclin, une Jeanne d'Arc peut-être ? ou un autre Napoléon Ier ? Ah ! si le prince impérial n'était pas si jeune ? Cornudet, les écoutant, souriait en homme qui sait le mot des destinées. Sa pipe embaumait la cuisine.

Comme dix heures sonnaient, M. Follenvie parut. On l'interrogea bien vite ; mais il ne put que répéter deux ou trois fois, sans une variante, ces paroles :
— L'officier m'a dit comme ça : « Monsieur Follenvie, vous défendrez qu'on attelle demain la voiture de ces voyageurs. Je ne veux pas qu'ils partent sans mon ordre. Vous entendez. Ça suffit. »

Alors on voulut voir l'officier. Le comte lui envoya sa carte où M. Carré-Lamadou ajouta son nom et tous ses titres. Le Prussien fit répondre qu'il admettrait ces deux hommes à lui parler quand il aurait déjeuné, c'est-à-dire vers une heure.

Les dames reparurent et l'on mangea quelque peu, malgré l'inquiétude. Boule de suif semblait malade et prodigieusement troublée.

On achevait le café quand l'ordonnance vint chercher ces messieurs.

Loiseau se joignit aux deux premiers ; mais comme

on essayait d'entraîner Cornudet pour donner plus de
solennité à leur démarche, il déclara fièrement qu'il
entendait n'avoir jamais aucun rapport avec les Alle-
mands; et il se remit dans sa cheminée, demandant
une autre canette.

Les trois hommes montèrent et furent introduits
dans la plus belle chambre de l'auberge où l'officier
les reçut, étendu dans un fauteuil, les pieds sur la
cheminée, fumant une longue pipe de porcelaine, et
enveloppé par une robe de chambre flamboyante, dé-
robée sans doute dans la demeure abandonnée de
quelque bourgeois de mauvais goût. Il ne se leva pas,
ne les salua pas, ne les regarda pas. Il présentait un
magnifique échantillon de la goujaterie naturelle au
militaire victorieux.

Au bout de quelques instants il dit enfin :

— « Qu'est-ce que fous foulez ? »

Le comte prit la parole : — « Nous désirons partir,
monsieur.

— Non.

— Oserai-je vous demander la cause de ce refus ?

— Parce que che ne feux pas.

— Je vous ferai respectueusement observer, mon-
sieur, que votre général en chef nous a délivré une
permission de départ pour gagner Dieppe; et je ne
pense pas que nous ayons rien fait pour mériter vos
rigueurs.

— Che ne feux pas... foilà tout... Fous poufez
tescentre. »

S'étant inclinés tous les trois 'ls se retirèrent.

L'après-midi fut lamentable. On ne comprenait rien
à ce caprice d'Allemand; et les idées les plus singu-
lières troublaient les têtes. Tout le monde se tenait

8

dans la cuisine et l'on discutait sans fin, imaginant des choses invraisemblables. On voulait peut-être les garder comme otages — mais dans quel but? — ou les emmener prisonniers? ou, plutôt, leur demander une rançon considérable? A cette pensée une panique les affola. Les plus riches étaient les plus épouvantés, se voyant déjà contraints, pour racheter leur vie, de verser des sacs pleins d'or entre les mains de ce soldat insolent. Ils se creusaient la cervelle pour découvrir des mensonges acceptables, dissimuler leurs richesses, se faire passer pour pauvres, très pauvres. Loiseau enleva sa chaîne de montre et la cacha dans sa poche. La nuit qui tombait augmenta les appréhensions. La lampe fut allumée, et comme on avait encore deux heures avant le dîner, M^me Loiseau proposa une partie de trente et un. Ce serait une distraction. On accepta. Cornudet lui-même, ayant éteint sa pipe par politesse, y prit part.

Le comte battit les cartes — donna — Boule de suif avait trente et un d'emblée; et bientôt l'intérêt de la partie apaisa la crainte qui hantait les esprits. Mais Cornudet s'aperçut que le ménage Loiseau s'entendait pour tricher.

Comme on allait se mettre à table, M. Follenvie reparut; et de sa voix graillonnante il prononça : « L'officier prussien fait demander à M^lle Élisabeth Rousset si elle n'a pas encore changé d'avis. »

Boule de suif resta debout, toute pâle; puis devenant subitement cramoisie, elle eut un tel étouffement de colère qu'elle ne pouvait plus parler. Enfin elle éclata : — « Vous lui direz à cette crapule, à ce saligaud, à cette charogne de Prussien, que jamais je ne voudrai; vous entendez bien, jamais, jamais, jamais ».

Le gros aubergiste sortit. Alors Boule de suif fut entourée, interrogée, sollicitée par tout le monde de dévoiler le mystère de sa visite. Elle résista d'abord ; mais l'exaspération l'emporta bientôt : — « Ce qu'il veut ?... ce qu'il veut ?... Il veut coucher avec moi ! » cria-t-elle. Personne ne se choqua du mot, tant l'indignation fut vive. Cornudet brisa sa chope en la reposant violemment sur la table. C'était une clameur de réprobation contre ce soudard ignoble, un souffle de colère, une union de tous pour la résistance, comme si l'on eût demandé à chacun une partie du sacrifice exigé d'elle. Le comte déclara avec dégoût que ces gens-là se conduisaient à la façon des anciens barbares. Les femmes surtout témoignèrent à Boule de suif une commisération énergique et caressante. Les bonnes sœurs, qui ne se montraient qu'aux repas, avaient baissé la tête et ne disaient rien.

On dîna néanmoins lorsque la première fureur fut apaisée ; mais on parla peu, on songeait.

Les dames se retirèrent de bonne heure ; et les hommes, tout en fumant, organisèrent un écarté auquel fut convié M. Follenvie qu'on avait l'intention d'interroger habilement sur les moyens à employer pour vaincre la résistance de l'officier. Mais il ne songeait qu'à ses cartes, sans rien écouter, sans rien répondre ; et il répétait sans cesse : « Au jeu, messieurs, au jeu. » Son attention était si tendue qu'il en oubliait de cracher, ce qui lui mettait parfois des points d'orgue dans la poitrine. Ses poumons sifflants donnaient toute la gamme de l'asthme, depuis les notes graves et profondes jusqu'aux enrouements aigus des jeunes coqs essayant de chanter.

Il refusa même de monter quand sa femme, qui

tombait de sommeil, vint le chercher. Alors elle partit toute seule, car elle était « du matin », toujours levée avec le soleil, tandis que son homme était « du soir », toujours prêt à passer la nuit avec des amis. Il lui cria : « Tu placeras mon lait de poule devant le feu,'» et se remit à sa partie. Quand on vit bien qu'on n'en pourrait rien tirer on déclara qu'il était temps de s'en aller, et chacun gagna son lit.

On se leva encore d'assez bonne heure le lendemain, avec un espoir indéterminé, un désir plus grand de s'en aller, une terreur du jour à passer dans cette horrible petite auberge.

Hélas! les chevaux restaient à l'écurie, le cocher demeurait invisible. On alla, par désœuvrement, tourner autour de la voiture.

Le déjeuner fut bien triste; et il s'était produit comme un refroidissement vis-à-vis de Boule de suif, car la nuit, qui porte conseil, avait un peu modifié les jugements. On en voulait presque à cette fille, maintenant, de n'avoir pas été trouver secrètement le Prussien, afin de ménager, au réveil, une bonne surprise à ses compagnons. Quoi de plus simple ? Qui l'eût su d'ailleurs ? Elle aurait pu sauver les apparences en faisant dire à l'officier qu'elle prenait en pitié leur détresse. Pour elle ça avait si peu d'importance !

Mais personne n'avouait encore ces pensées.

Dans l'après-midi, comme on s'ennuyait à périr, le comte proposa de faire une promenade aux alentours du village. Chacun s'enveloppa avec soin et la petite société partit, à l'exception de Cornudet, qui préférait rester près du feu, et des bonnes sœurs, qui passaient leurs journées dans l'église ou chez le curé.

Le froid, plus intense de jour en jour, piquait cruel-
lement le nez et les oreilles ; les pieds devenaient si
douloureux que chaque pas était une souffrance ; et
lorsque la campagne se découvrit, elle leur apparut si
effroyablement lugubre sous cette blancheur illimitée
que tout le monde aussitôt retourna, l'âme glacée et
le cœur serré.

Les quatre femmes marchaient devant, les trois
hommes suivaient, un peu derrière.

Loiseau, qui comprenait la situation, demanda tout
à coup si cette «garce-là» allait les faire rester long-
temps encore dans un pareil endroit. Le comte, tou-
jours courtois, dit qu'on ne pouvait exiger d'une
femme un sacrifice aussi pénible, et qu'il devait venir
d'elle-même. M. Carré-Lamadon remarqua que si les
Français faisaient, comme il en était question, un
retour offensif par Dieppe, la rencontre ne pourrait
avoir lieu qu'à Tôtes. Cette réflexion rendit les deux
autres soucieux. — «Si l'on se sauvait à pied, » — dit
Loiseau. Le comte haussa les épaules : — « Y songez-
vous, dans cette neige ? avec nos femmes ? Et puis
nous serions tout de suite poursuivis, rattrapés en dix
minutes, et ramenés prisonniers à la merci des sol-
dats. » — C'était vrai ; on se tut.

Les dames parlaient toilette ; mais une certaine con-
trainte semblait les désunir.

Tout à coup, au bout de la rue, l'officier parut. Sur
la neige qui fermait l'horizon il profilait sa grande
taille de guêpe en uniforme, et marchait, les genoux
écartés, de ce mouvement particulier aux militaires
qui s'efforcent de ne point maculer leurs bottes soi-
gneusement cirées.

Il s'inclina en passant près des dames, et regarda

dédaigneusement les hommes qui eurent, du reste, la dignité de ne se point découvrir, bien que Loiseau ébauchât un geste pour retirer sa coiffure.

Boule de suif était devenue rouge jusqu'aux oreilles ; et les trois femmes mariées ressentaient une grande humiliation d'être ainsi rencontrées par ce soldat, dans la compagnie de cette fille qu'il avait si cavalièrement traitée.

Alors on parla de lui, de sa tournure, de son visage. M^me Carré-Lamadon, qui avait connu beaucoup d'officiers et qui les jugeait en connaisseur, trouvait celui-là pas mal du tout ; elle regrettait même qu'il ne fût pas Français, parce qu'il ferait un fort joli hussard dont toutes les femmes assurément raffoleraient.

Une fois rentrés, on ne sut plus que faire. Des paroles aigres furent même échangées à propos de choses insignifiantes. Le dîner silencieux dura peu, et chacun monta se coucher, espérant dormir pour tuer le temps.

On descendit le lendemain avec des visages fatigués et des cœurs exaspérés. Les femmes parlaient à peine à Boule de suif.

Une cloche tinta. C'était pour un baptême. La grosse fille avait un enfant élevé chez des paysans d'Yvetot. Elle ne le voyait pas une fois l'an, et n'y songeait jamais ; mais la pensée de celui qu'on allait baptiser lui jeta au cœur une tendresse subite et violente pour le sien, et elle voulut absolument assister à la cérémonie.

Aussitôt qu'elle fut partie, tout le monde se regarda, puis on rapprocha les chaises, car on sentait bien qu'à la fin il fallait décider quelque chose. Loiseau eut une inspiration : il était d'avis de proposer à l'officier

de garder Boule de suif toute seule, et de laisser partir les autres.

M. Follenvie se chargea encore de la commission, mais il redescendit presque aussitôt. L'Allemand, qui connaissait la nature humaine, l'avait mis à la porte. Il prétendait retenir tout le monde tant que son désir ne serait pas satisfait.

Alors le tempérament populacier de M^me Loiseau éclata : — « Nous n'allons pourtant pas mourir de vieillesse ici. Puisque c'est son métier, à cette gueuse, le faire ça avec tous les hommes, je trouve qu'elle n'a pas le droit de refuser l'un plutôt que l'autre. Je vous demande un peu, ça a pris tout ce qu'elle a trouvé dans Rouen, même des cochers ! oui, madame, le cocher de la préfecture ! Je le sais bien, moi, il achète son vin à la maison. Et aujourd'hui qu'il s'agit de nous tirer d'embarras, elle fait la mijaurée, cette morveuse !... Moi, je trouve qu'il se conduit très bien, cet officier. Il est peut-être privé depuis longtemps ; et nous étions là trois qu'il aurait sans doute préférées. Mais non, il se contente de celle à tout le monde. Il respecte les femmes mariées. Songez donc, il est le maître. Il n'avait qu'à dire : « Je veux, » et il pouvait nous prendre de force avec ses soldats. »

Les deux femmes eurent un petit frisson. Les yeux de la jolie M^me Carré-Lamadon brillaient, et elle était un peu pâle, comme si elle se sentait déjà prise de force par l'officier.

Les hommes, qui discutaient à l'écart, se rapprochèrent. Loiseau, furibond, voulait livrer « cette misérable » pieds et poings liés à l'ennemi. Mais le comte, issu de trois générations d'ambassadeurs, et doué d'un

physique de diplomate, était partisan de l'habileté :
— « Il faudrait la décider, » — dit-il.

Alors on conspira.

Les femmes se serrèrent, le ton de la voix fut baissé,
et la discussion devint générale, chacun donnant son
avis. C'était fort convenable du reste. Ces dames sur-
tout trouvaient des délicatesses de tournures, des
subtilités d'expression charmantes, pour dire les choses
les plus scabreuses. Un étranger n'aurait rien com-
pris tant les précautions du langage étaient observées.
Mais la légère tranche de pudeur dont est bardée
toute femme du monde ne recouvrant que la surface,
elles s'épanouissaient dans cette aventure polissonne,
s'amusaient follement au fond, se sentant dans leur
élément, tripotant de l'amour avec la sensualité d'un
cuisinier gourmand qui prépare le souper d'un
autre.

La gaieté revenait d'elle-même, tant l'histoire leur
semblait drôle à la fin. Le comte trouva des plaisan-
teries un peu risquées, mais si bien dites qu'elles fai-
saient sourire. A son tour Loiseau lâcha quelques
grivoiseries plus raides dont on ne se blessa point ; et
la pensée brutalement exprimée par sa femme domi-
nait tous les esprits : « Puisque c'est son métier à
cette fille, pourquoi refuserait-elle celui-là plus qu'un
autre ? » La gentille M^me Carré-Lamadon semblait
même penser qu'à sa place elle refuserait celui-là
moins qu'un autre.

On prépara longuement le blocus, comme pour
une forteresse investie. Chacun convint du rôle qu'il
jouerait, des arguments dont il s'appuierait, des ma-
nœuvres qu'il devrait exécuter. On régla le plan des
attaques, les ruses à employer, et les surprises de

l'assaut, pour forcer cette citadelle vivante à recevoir l'ennemi dans la place.

Cornudet cependant restait à l'écart, complètement étranger à cette affaire.

Une attention si profonde tendait les esprits, qu'on n'entendit point rentrer Boule de suif. Mais le comte souffla un léger : « Chut » qui fit relever tous les yeux. Elle était là. On se tut brusquement, et un certain embarras empêcha d'abord de lui parler. La comtesse, plus assouplie que les autres aux duplicités des salons, l'interrogea : — « Était-ce amusant, ce baptème ? »

La grosse fille, encore émue, raconta tout, et les figures, et les attitudes, et l'aspect même de l'église. Elle ajouta : — « C'est si bon de prier quelquefois. »

Cependant, jusqu'au déjeuner, ces dames se contentèrent d'être aimables avec elle, pour augmenter sa confiance et sa docilité à leurs conseils.

Aussitôt à table, on commença les approches. Ce fut d'abord une conversation vague sur le dévouement. On cita des exemples anciens : Judith et Holopherne, puis, sans aucune raison, Lucrèce avec Sextus, Cléopâtre faisant passer par sa couche tous les généraux ennemis, et les y réduisant à des servilités d'esclave. Alors se déroula une histoire fantaisiste, éclose dans l'imagination de ces millionnaires ignorants, où les citoyennes de Rome allaient endormir à Capoue Annibal entre leurs bras, et, avec lui, ses lieutenants, et les phalanges des mercenaires. On cita toutes les femmes qui ont arrêté des conquérants, fait de leur corps un champ de bataille, un moyen de dominer, une arme, qui ont vaincu par leurs caresses héroïques

des êtres hideux ou détestés, et sacrifié leur chasteté, à la vengeance et au dévouement.

On parla même en termes voilés de cette Anglaise de grande famille qui s'était laissé inoculer une horrible et contagieuse maladie pour la transmettre à Bonaparte sauvé miraculeusement, par une faiblesse subite, à l'heure du rendez-vous fatal.

Et tout cela s'était raconté d'une façon convenable et modérée, où parfois éclatait un enthousiasme voulu propre à exciter l'émulation.

On aurait pu croire, à la fin, que le seul rôle de la femme, ici-bas, était un perpétuel sacrifice de sa personne, un abandon continu aux caprices des soldatesques.

Les deux bonnes sœurs ne semblaient point entendre, perdues en des pensées profondes. Boule de suif ne disait rien.

Pendant toute l'après-midi on la laissa réfléchir. Mais au lieu de l'appeler « madame » comme on avait fait jusque-là, on lui disait simplement « mademoiselle », sans que personne sût bien pourquoi, comme si l'on avait voulu la faire descendre d'un degré dans l'estime qu'elle avait escaladée, lui faire sentir sa situation honteuse.

Au moment où l'on servit le potage, M. Follenvie reparut, répétant sa phrase de la veille : — « L'officier prussien fait demander à Mᵉ Élisabeth Rousset si elle n'a point encore changé d'avis. »

Boule de suif répondit sèchement : — « Non, monsieur. »

Mais au dîner la coalition faiblit. Loiseau eut trois phrases malheureuses. Chacun se battait les flancs pour découvrir des exemples nouveaux et ne trouvait

rien, quand la comtesse, sans préméditation peut-
être, éprouvant un vague besoin de rendre hommage
à la Religion, interrogea la plus âgée des bonnes sœurs
sur les grands faits de la vie des saints. Or beaucoup
avaient commis des actes qui seraient des crimes à
nos yeux ; mais l'Eglise absout sans peine ces forfaits
quand ils sont accomplis pour la gloire de Dieu, ou
pour le bien du prochain. C'était un argument puis-
sant ; la comtesse en profita. Alors, soit par une de
ces ententes tacites, de ces complaisances voilées, où
excelle quiconque porte un habit ecclésiastique, soit
simplement par l'effet d'une inintelligence heureuse,
d'une secourable bêtise, la vieille religieuse apporta
à la conspiration un formidable appui. On la croyait
timide, elle se montra hardie, verbeuse, violente.
Celle-là n'était pas troublée par les tâtonnements de
la casuistique ; sa doctrine semblait une barre de fer ;
sa foi n'hésitait jamais ; sa conscience n'avait point de
scrupules. Elle trouvait tout simple le sacrifice
d'Abraham, car elle aurait immédiatement tué père
et mère sur un ordre venu d'en haut ; et rien, à son
avis, ne pouvait déplaire au Seigneur quand l'intention
était louable. La comtesse, mettant à profit l'autorité
sacrée de sa complice inattendue, lui fit faire comme
une paraphrase édifiante de cet axiome de morale :
« La fin justifie les moyens. »

Elle l'interrogeait.

— « Alors, ma sœur, vous pensez que Dieu accepte
toutes les voies, et pardonne le fait quand le motif est
pur.

— Qui pourrait en douter, madame ? Une action
blâmable en soi devient souvent méritoire par la
pensée qui l'inspire. »

Et elles continuaient ainsi, démêlant les volontés de Dieu, prévoyant ses décisions, le faisant s'intéresser à des choses qui, vraiment, ne le regardaient guère.

Tout cela était enveloppé, habile, discret. Mais chaque parole de la sainte fille en cornette faisait brèche dans la résistance indignée de la courtisane. Puis, la conversation se détournant un peu, la femme aux chapelets pendants parla des maisons de son ordre, de sa supérieure, d'elle-même, et de sa mignonne voisine la chère sœur Saint-Nicéphore. On les avait demandées au Havre pour soigner dans les hôpitaux des centaines de soldats atteints de la petite vérole. Elle les dépeignit, ces misérables, détailla leur maladie. Et tandis qu'elles étaient arrêtées en route par les caprices de ce Prussien, un grand nombre de Français pouvaient mourir qu'elles auraient sauvés peut-être! C'était sa spécialité, à elle, de soigner les militaires; elle avait été en Crimée, en Italie, en Autriche, et, racontant ses campagnes, elle se révéla tout à coup une de ces religieuses à tambours et à trompettes qui semblent faites pour suivre les camps, ramasser des blessés dans les remous des batailles, et, mieux qu'un chef, dompter d'un mot les grands soudards indisciplinés; une vraie bonne sœur Rantan-plan dont la figure ravagée, crevée de trous sans nombre, paraissait une image des dévastations de la guerre.

Personne ne dit rien après elle, tant l'effet semblait excellent.

Aussitôt le repas terminé on remonta bien vite dans les chambres pour ne descendre, le lendemain, qu'assez tard dans la matinée.

Le déjeuner fut tranquille. On donnait à la graine

semée la veille le temps de germer et de pousser ses fruits.

La comtesse proposa de faire une promenade dans l'après-midi; alors le comte, comme il était convenu, prit le bras de Boule de suif, et demeura derrière les autres, avec elle.

Il lui parla de ce ton familier, paternel, un peu dédaigneux, que les hommes posés emploient avec les filles, l'appelant : « ma chère enfant », la traitant du haut de sa position sociale, de son honorabilité indiscutée. Il pénétra tout de suite au vif de la question :

— « Donc vous préférez nous laisser ici, exposés comme vous-même à toutes les violences qui suivraient un échec des troupes prussiennes, plutôt que de consentir à une de ces complaisances que vous avez eues si souvent en votre vie. »

Boule de suif ne répondit rien.

Il la prit par la douceur, par le raisonnement, par les sentiments. Il sut rester « monsieur le comte », tout en se montrant galant quand il le fallut, complimenteur, aimable enfin. Il exalta le service qu'elle leur rendrait, parla de leur reconnaissance; puis soudain, la tutoyant gaiement : — « Et tu sais, ma chère, il pourrait se vanter d'avoir goûté d'une jolie fille comme il n'en trouvera pas beaucoup dans son pays. »

Boule de suif ne répondit pas et rejoignit la société.

Aussitôt rentrée, elle monta chez elle et ne reparut plus. L'inquiétude était extrême. Qu'allait-elle faire? Si elle résistait, quel embarras!

L'heure du dîner sonna; on l'attendit en vain.

9

M. Follenvie, entrant alors, annonça que M<sup>lle</sup> Rousset se sentait indisposée, et qu'on pouvait se mettre à table. Tout le monde dressa l'oreille. Le comte s'approcha de l'aubergiste, et, tout bas : — « Ça y est? » — « Oui. » — Par convenance, il ne dit rien à ses compagnons, mais il leur fit seulement un léger signe de la tête. Aussitôt un grand soupir de soulagement sortit de toutes les poitrines, une allégresse parut sur les visages. Loiseau cria : — « Saperlipopette! je paye du champagne si l'on en trouve dans l'établissement; » — et M<sup>me</sup> Loiseau eut une angoisse lorsque le patron revint avec quatre bouteilles aux mains. Chacun était devenu subitement communicatif et bruyant; une joie égrillarde emplissait les cœurs. Le comte parut s'apercevoir que M<sup>me</sup> Carré-Lamadon était charmante, le manufacturier fit des compliments à la comtesse. La conversation fut vive, enjouée, pleine de traits.

Tout à coup, Loiseau, la face anxieuse et levant les bras, hurla : — « Silence! » — Tout le monde se tut, surpris, presque effrayé déjà. Alors il tendit l'oreille en faisant « Chut » des deux mains, leva les yeux vers le plafond, écouta de nouveau, et reprit, de sa voix naturelle : — « Rassurez-vous, tout va bien. »

On hésitait à comprendre, mais bientôt un sourire passa.

Au bout d'un quart d'heure il recommença la même farce, la renouvela souvent dans la soirée; et il faisait semblant d'interpeller quelqu'un à l'étage au-dessus, en lui donnant des conseils à double sens puisés dans son esprit de commis voyageur. Par moments il prenait un air triste pour soupirer — « Pauvre fille; » — ou bien il murmurait entre ses dents d'un

air rageur : — « Gueux de Prussien, va ! » — Quel-
quefois, au moment où l'on n'y songeait plus, il
poussait d'une voix vibrante plusieurs : — « Assez !
assez ! » — et ajoutait, comme se parlant à lui-
même : — « Pourvu que nous la revoyions ; qu'il ne
l'en fasse pas mourir, le misérable ! »

Bien que ces plaisanteries fussent d'un goût déplo-
rable, elles amusaient et ne blessaient personne, car
l'indignation dépend des milieux comme le reste, et
l'atmosphère qui s'était peu à peu créée autour d'eux
était chargée de pensées grivoises.

Au dessert, les femmes elles-mêmes firent des allu-
sions spirituelles et discrètes. Les regards luisaient ;
on avait bu beaucoup. Le comte, qui conservait
même en ses écarts sa grande apparence de gravité,
trouva une comparaison fort goûtée sur la fin des
hivernages au pôle et la joie des naufragés qui voient
s'ouvrir une route vers le sud.

Loiseau, lancé, se leva, un verre de champagne à
la main : — « Je bois à notre délivrance ! » — Tout le
monde fut debout ; on l'acclamait. Les deux bonnes
sœurs, elles-mêmes, sollicitées par ces dames, con-
sentirent à tremper leurs lèvres dans ce vin mousseux
dont elles n'avaient jamais goûté. Elles déclarèrent
que cela ressemblait à la limonade gazeuse, mais que
c'était plus fin cependant.

Loiseau résuma la situation.

— « C'est malheureux de ne pas avoir de piano
parce qu'on pourrait pincer un quadrille. »

Cornudet n'avait pas dit un mot, pas fait un geste ;
il paraissait même plongé dans des pensées très
graves, et tirait parfois, d'un geste furieux, sa grande
barbe qu'il semblait vouloir allonger encore. Enfin,

vers minuit, comme on allait se séparer, Loiseau qui titubait, lui tapa soudain sur le ventre et lui dit en bredouillant : — « Vous n'êtes pas farce, vous, ce soir ; vous ne dites rien, citoyen ? » — Mais Cornudet releva brusquement la tête, et parcourant la société d'un regard luisant et terrible : — « Je vous dis à tous que vous venez de faire une infamie ! » — Il se leva, gagna la porte, répéta encore une fois : « Une infamie ! » et disparut.

Cela jeta un froid d'abord. Loiseau interloqué restait bête ; mais il reprit son aplomb, puis, tout à coup, se tordit en répétant : — « Ils sont trop verts, mon vieux, ils sont trop verts. » — Comme on ne comprenait pas, il raconta les : « mystères du corridor ». Alors il y eut une reprise de gaieté formidable. Ces dames s'amusaient comme des folles. Le comte et M. Carré-Lamadon pleuraient à force de rire. Ils ne pouvaient croire.

— « Comment. Vous êtes sûr ? Il voulait....

— Je vous dis que je l'ai vu.

— Et, elle a refusé....

— Parce que le Prussien était dans la chambre à côté.

— Pas possible ?

— Je vous le jure. »

Le comte étouffait. L'industriel se comprimait le ventre à deux mains. Loiseau continuait :

« Et, vous comprenez, ce soir, il ne la trouve pas drôle, mais pas du tout. »

Et tous les trois repartaient, malades, essoufflés, toussant.

On se sépara là-dessus. Mais Mᵐᵉ Loiseau, qui était de la nature des horties, fit remarquer à son mari,

au moment où ils se couchaient, que « cette chipie »
de petite Carré-Lamadon avait ri jaune toute la soirée:
— « Tu sais, .es femmes, quand ça en tient pour l'uni-
forme, qu'il soit Français ou bien Prussien ça leur
est, ma foi, bien égal. Si ce n'est pas une pitié, Sei-
gneur Dieu ! »

Et toute la nuit, dans l'obscurité du corridor cou-
rurent comme des frémissements, des oruils légers, à
peine sensibles, pareils à des souffles, des effleure-
ments de pieds nus, d'imperceptibles craquements.
Et l'on ne dormit que très tard, assurément, car des
filets de lumière glissèrent longtemps sous les portes.
Le champagne a de ces effets-là; il trouble, dit-on, le
sommeil.

Le lendemain, un clair soleil d niver rendait la
neige éblouissante. La diligence, attelée enfin, atten-
dait devant la porte, tandis qu'une armée de pigeons
blancs, rengorgés dans leurs plumes épaisses, avec
un œil rose, taché, au milieu, d'un point noir, se pro-
menaient gravement entre les jambes des six che-
vaux, et cherchaient leur vie dans le crottin fumant
qu'ils éparpillaient.

Le cocher, enveloppé dans sa peau de mouton,
grillait une pipe sur le siège, et tous les voyageurs
radieux faisaient rapidement empaqueter des provi-
sions pour le reste du voyage.

On n'attendait plus que Boule de suif. Elle parut.

Elle semblait un peu troublée, honteuse; et elle
s'avança timidement vers ses compagnons, qui, tous,
d'un même mouvement, se détournèrent comme s'ils
ne l'avaient pas aperçue. Le comte prit avec dignité
le bras de sa femme et l'éloigna de ce contact impur.

La grosse fille s'arrêta, stupéfaite; alors, ramassant

9.

tout son courage, elle aborda la femme du manu-
facturier d'un : « bonjour, madame » humblement
murmuré. L'autre fit de la tête seule un petit salut
impertinent qu'elle accompagna d'un regard de vertu
outragée. Tout le monde semblait affairé, et l'on se
tenait loin d'elle comme si elle eût apporté une infec-
tion dans ses jupes. Puis on se précipita vers la voiture
où elle arriva seule, la dernière, et reprit en silence la
place qu'elle avait occupée pendant la première
partie de la route.

On semblait ne pas la voir, ne pas la connaître;
mais M^me Loiseau, la considérant de loin avec indigna-
tion, dit à mi-voix à son mari : — « Heureusement
que je ne suis pas à côté d'elle. »

La lourde voiture s'ébranla, et le voyage recom-
mença.

On ne parla point d'abord. Boule de suif n'osait
pas lever les yeux. Elle se sentait en même temps
indignée contre tous ses voisins, et humiliée d'avoir
cédé, souillée par les baisers de ce Prussien entre les
bras duquel on l'avait hypocritement jetée.

Mais la comtesse, se tournant vers M^me Carré-
Lamadon, rompit bientôt ce pénible silence.

— « Vous connaissez, je crois, M^me d'Étrelles ?

— Oui, c'est une de mes amies.

— Quelle charmante femme !

— Ravissante ! Une vraie nature d'élite, fort in-
struite d'ailleurs, et artiste jusqu'au bout des doigts;
elle chante à ravir et dessine dans la perfection. »

Le manufacturier causait avec le comte, et au
milieu du fracas des vitres un mot parfois jaillissait :
« Coupon — échéance — prime — à terme. »

Loiseau, qui avait chipé le vieux jeu de cartes de

l'auberge engraissé par cinq ans de frottement sur les tables mal essuyées, attaqua un bésigue avec sa femme.

Les bonnes sœurs prirent à leur ceinture le long rosaire qui pendait, firent ensemble le signe de la croix, et tout à coup leurs lèvres se mirent à remuer vivement, se hâtant de plus en plus, précipitant leur vague murmure comme pour une course d'*oremus;* et de temps en temps elles baisaient une médaille, se signaient de nouveau, puis recommençaient leur marmottement rapide et continu.

Cornudet songeait, immobile.

Au bout de trois heures de route, Loiseau ramassa ses cartes : — « Il fait faim », dit-il.

Alors sa femme atteignit un paquet ficelé d'où elle fit sortir un morceau de veau froid. Elle le découpa proprement par tranches minces et fermes, et tous deux se mirent à manger.

— « Si nous en faisions autant, » — dit la comtesse. On y consentit et elle déballa les provisions préparées pour les deux ménages. C'était, dans un de ces vases allongés dont le couvercle porte un lièvre en faïence, pour indiquer qu'un lièvre en pâté gît au-dessous, une charcuterie succulente, où de blanches rivières de lard traversaient la chair brune du gibier, mêlée à d'autres viandes hachées fin. Un beau carré de gruyère, apporté dans un journal, gardait imprimé : « faits divers » sur sa pâte onctueuse.

Les deux bonnes sœurs développèrent un rond de saucisson qui sentait l'ail ; et Cornudet, plongeant les deux mains en même temps dans les vastes poches de son paletot sac, tira de l'une quatre œufs durs et de l'autre le crouton d'un pain. Il détacha la coque, la jeta sous ses pieds dans la paille et se mit à mordre à

même les œufs, faisant tomber sur sa vaste barbe
des parcelles de jaune clair qui semblaient, là dedans,
des étoiles.

Boule de suif, dans la hâte et l'effarement de son
lever, n'avait pu songer à rien; et elle regardait,
exaspérée, suffoquant de rage, tous ces gens qui man-
geaient placidement. Une colère tumultueuse la crispa
d'abord, et elle ouvrit la bouche pour leur crier leur
fait avec un flot d'injures qui lui montait aux lèvres;
mais elle ne pouvait pas parler tant l'exaspération
l'étranglait.

Personne ne la regardait, ne songeait à elle. Elle
se sentait noyée dans le mépris de ces gredins hon-
nêtes qui l'avaient sacrifiée d'abord, rejetée ensuite,
comme une chose malpropre et inutile. Alors elle
songea à son grand panier tout plein de bonnes
choses qu'ils avaient goulûment dévorées, à ses deux
poulets luisants de gelée, à ses pâtés, à ses poires, à
ses quatre bouteilles de bordeaux; et sa fureur tom-
bant soudain, comme une corde trop tendue qui casse,
elle se sentit prête à pleurer. Elle fit des efforts terri-
bles, se raidit, avala ses sanglots comme les enfants,
mais les pleurs montaient, luisaient au bord de ses
paupières, et bientôt deux grosses larmes se déta-
chant des yeux roulèrent lentement sur ses joues.
D'autres les suivirent plus rapides, coulant comme les
gouttes d'eau qui filtrent d'une roche, et tombant
régulièrement sur la courbe rebondie de sa poitrine.
Elle restait droite, le regard fixe, la face rigide et
pâle, espérant qu'on ne la verrait pas.

Mais la comtesse s'en aperçut et prévint son mari
d'un signe. Il haussa les épaules comme pour dire :
« Que voulez-vous, ce n'est pas ma faute. » M<sup>me</sup> Loi-

seau eut un rire muet de triomphe et murmura :
— « Elle pleure sa honte. »

Les deux bonnes sœurs s'étaient remises à prier après
avoir roulé dans un papier le reste de leur saucisson.

Alors Cornudet, qui digérait ses œufs, étendit ses
longues jambes sous la banquette d'en face, se ren-
versa, croisa ses bras, sourit comme un homme qui
vient de trouver une bonne farce, et se mit à siffloter
la *Marseillaise*.

Toutes les figures se rembrunirent. Le chant popu-
laire, assurément, ne plaisait point à ses voisins. Ils
devinrent nerveux, agacés, et avaient l'air prêts à
hurler comme des chiens qui entendent un orgue de
barbarie. Il s'en aperçut, ne s'arrêta plus. Parfois
même il fredonnait les paroles :

> Amour sacré de la patrie,
> Conduis, soutiens, nos bras vengeurs,
> Liberté, liberté chérie,
> Combats avec tes défenseurs !

On fuyait plus vite, la neige étant plus dure ; et jus-
qu'à Dieppe, pendant les longues heures mornes du
voyage, à travers les cahots du chemin, par la nuit
tombante, puis dans l'obscurité profonde de la voi-
ture, il continua, avec une obstination féroce, son
sifflement vengeur et monotone, contraignant les
esprits las et exaspérés à suivre le chant d'un bout à
l'autre, à se rappeler chaque parole qu'ils appli-
quaient sur chaque mesure.

Et Boule de suif pleurait toujours ; et parfois un
sanglot qu'elle n'avait pu retenir passait, entre deux
couplets, dans les ténèbres.

# SAC AU DOS

PAR

J. K. HUYSMANS

# SAC AU DOS

—

Aussitôt que j'eus achevé mes études, mes parents jugèrent utile de me faire comparoir devant une table habillée de drap vert et surmontée de bustes de vieux messieurs qui s'inquiétèrent de savoir si j'avais appris assez de langue morte pour être promu au grade de bachelier.

L'épreuve fut satisfaisante. —Un dîner où tout l'arrière-ban de ma famille fut convoqué, célébra mes succès, s'inquiéta de mon avenir, et résolut enfin que je ferais mon droit.

Je passai tant bien que mal le premier examen et je mangeai l'argent de mes inscriptions de deuxième année avec une blonde qui prétendait avoir de l'affection pour moi, à certaines heures.

Je fréquentai assidûment le quartier latin et j'y appris beaucoup de choses, entre autres à m'intéresser à des étudiants qui crachaient, tous les soirs, dans des bocks, leurs idées sur la politique, puis à goûter aux œuvres de Georges Sand et de Heine, d'Edgard Quinet et d'Henri Mürger

La puberté de la sottise m'était venue.

Cela dura bien un an ; je mûrissais peu à peu, les luttes électorales de la fin de l'Empire me laissèrent froid ; je n'étais le fils ni d'un sénateur ni d'un proscrit, je n'avais qu'à suivre sous n'importe quel régime les traditions de médiocrité et de misère depuis longtemps adoptées par ma famille.

Le droit ne me plaisait guère. Je pensais que le Code avait été mal rédigé exprès pour fournir à certaines gens l'occasion d'ergoter, à perte de vue, sur ses moindres mots ; aujourd'hui encore, il me semble qu'une phrase clairement écrite ne peut raisonnablement comporter des interprétations aussi diverses.

Je me sondais, cherchant un état que je pusse embrasser sans trop de dégoût, quand feu l'Empereur m'en trouva un ; il me fit soldat de par la maladresse de sa politique.

La guerre avec la Prusse éclata. A vrai dire, je ne compris pas les motifs qui rendaient nécessaires ces boucheries d'armées. Je n'éprouvais ni le besoin de tuer les autres, ni celui de me faire tuer par eux. Quoi qu'il en fût, incorporé dans la garde mobile de la Seine, je reçus l'ordre, après être allé chercher une vêture et des godillots, de passer chez un perruquier et de me trouver à sept heures du soir à la caserne de la rue de Lourcine.

Je fus exact au rendez-vous. Après l'appel des noms, une partie du régiment se jeta sur les portes et emplit la rue. Alors la chaussée houla et les zincs furent pleins.

Pressés les uns contre les autres, des ouvriers en sarrau, des ouvrières en haillons, des soldats sanglés et guêtrés, sans armes, scandaient, avec le cliquetis des verres, la *Marseillaise* qu'ils s'époumonnaient à

chanter faux. Coiffés de képis d'une profondeur in-
croyable et ornés de visières d'aveugles et de cocardes
tricolores en fer-blanc, affublés d'une jaquette d'un
bleu noir avec col et parements garance, culottes
d'un pantalon bleu de lin traversé d'une bande rouge,
les mobiles de la Seine hurlaient à la lune avant que
d'aller faire la conquête de la Prusse. C'était un hour-
vari assourdissant chez les mastroquets, un vacarme
de verres, de bidons, de cris, coupé, çà et là, par le
grincement des fenêtres que le vent battait. Soudain
un roulement de tambour couvrit toutes ces clameurs.
Une nouvelle colonne sortait de la caserne; alors ce
fut une noce, une godaille indescriptible. Ceux des
soldats qui buvaient dans les boutiques s'élancèrent
dehors, suivis de leurs parents et de leurs amis qui se
disputaient l'honneur de porter leur sac; les rangs
étaient rompus, c'était un pêle-mêle de militaires et de
bourgeois; des mères pleuraient, des pères plus cal-
mes suaient le vin, des enfants sautaient de joie et
braillaient, de toute leur voix aiguë, des chansons
patriotiques!

On traversa tout Paris à la débandade, à la lueur des
éclairs qui flagellaient de blancs zigzags les nuages en
tumulte. La chaleur était écrasante, le sac était lourd,
on buvait à chaque coin de rue, on arriva enfin à la
gare d'Aubervilliers. Il y eut un moment de silence
rompu par des bruits de sanglots, dominés encore par
une hurlée de *Marseillaise*, puis on nous empila
comme des bestiaux dans des wagons. « Bonsoir, Jules!
à bientôt! sois raisonnable! écris-moi surtout!»—On
se serra la main une dernière fois, le train siffla, nous
avions quitté la gare.

Nous étions bien une pelletée de cinquante hommes

dans la boîte qui nous roulait. Quelques-uns pleuraient à grosses gouttes, hués par d'autres qui, soûls perdus, plantaient des chandelles allumées dans leur pain de munition et gueulaient à tue-tête : « A bas Badinguet et vive Rochefort ! » Plusieurs, à l'écart dans un coin, regardaient, silencieux et mornes, le plancher qui trépidait dans la poussière. Tout à coup le convoi fait halte, — je descends. — Nuit complète, — minuit vingt-cinq minutes.

De tous côtés, s'étendent des champs, et au loin, éclairés par les feux saccadés des éclairs, une maisonnette, un arbre, dessinent leur silhouette sur un ciel gonflé d'orage. On n'entend que le grondement de la machine dont les gerbes d'étincelles filant du tuyau s'éparpillent comme un bouquet d'artifice le long du train. Tout le monde descend, remonte jusqu'à la locomotive qui grandit dans la nuit et devient immense. L'arrêt dura bien deux heures. Les disques flambaient rouges, le mécanicien attendait qu'ils tournassent. Ils redevinrent blancs ; nous remontons dans les wagons, mais un homme qui arrive en courant et en agitant une lanterne, dit quelques mots au conducteur qui recule tout de suite jusqu'à une voie de garage où nous reprenons notre immobilité. Nous ne savions, ni les uns ni les autres, où nous étions. Je redescends de voiture et, assis sur un talus, je grignotais un morceau de pain et buvais un coup, quand un vacarme d'ouragan souffla au loin, s'approcha, hurlant et crachant des flammes, et un interminable train d'artillerie passa à toute vapeur, charriant des chevaux, des hommes, des canons dont les cous de bronze étincelaient dans un tumulte de lumières. Cinq minutes après, nous reprîmes notre

marche lente, interrompue par des haltes de plus en
plus longues. Le jour finit par se lever et, penché à la
portière du wagon, fatigué par les secousses de la
nuit, je regarde la campagne qui nous environne :
une enfilade de plaines crayeuses et fermant l'horizon,
une bande d'un vert pâle comme celui des turquoises
malades, un pays plat, triste, grêle, la Champagne
pouilleuse !

Peu à peu le soleil s'allume, nous roulions tou-
jours ; nous finîmes pourtant bien par arriver! Partis
le soir à huit heures, nous étions rendus le lendemain
à trois heures de l'après-midi à Châlons. Deux mobiles
étaient restés en route, l'un qui avait piqué une tête
du haut d'un wagon dans une rivière; l'autre qui
s'était brisé la tête au rebord d'un pont. Le reste,
après avoir pillé les cahutes et les jardins rencontrés
sur la route, aux stations du train, bâillait, les lèvres
bouffies de vin et les yeux gros, ou bien jouait, se
jetant d'un bout de la voiture à l'autre des tiges d'ar-
bustes et des cages à poulets qu'ils avaient volés.

Le débarquement s'opéra avec le même ordre que
le départ. Rien n'était prêt : ni cantine, ni paille,
ni manteaux, ni armes, rien, absolument rien.
Des tentes seulement pleines de fumier et de poux,
quittées à l'instant par des troupes parties à la fron-
tière. Trois jours durant, nous vécûmes au hasard de
Mourmelon, mangeant un cervelas un jour, buvant un
bol de café au lait un autre, exploités à outrance par
les habitants, couchant n'importe comment, sans
paille et sans couverture. Tout cela n'était vraiment
pas fait pour nous engager à prendre goût au métier
qu'on nous infligeait.

Une fois installées, les compagnies se scindèrent;

10.

les ouvriers s'en furent dans les tentes habitées par
leurs semblables, et les bourgeois firent de même.
La tente où je me trouvais n'était pas mal composée,
car nous étions parvenus à expulser, à la force des
litres, deux gaillards dont la puanteur de pieds native
s'aggravait d'une incurie prolongée et voiontaire.

Un jour ou deux s'écoulent; on nous faisait
monter la garde avec des piquets, nous buvions
beaucoup d'eau-de-vie, et les claquedents de Mour-
melon étaient sans cesse pleins, quand subitement
Canrobert nous passe en revue sur le front de ban-
dière. Je le vois encore, sur un grand cheval, courbé
en deux sur la selle, les cheveux au vent, les mous-
taches cirées dans un visage blême. Une révolte
éclate. Privés de tout, et mal convaincus par ce maré-
chal que nous ne manquions de rien, nous beuglâmes
en chœur, lorsqu'il parla de réprimer par la force
nos plaintes : « Ran, plan, plan! cent mille hommes
par terre, à Paris! à Paris! »

Canrobert devint livide et il cria, en plantant son
cheval au milieu de nous : Chapeau bas devant un
maréchal de France! De nouvelles huées partirent
des rangs; alors tournant bride, suivi de son état-
major en déroute, il nous menaça du doigt, sifflant
entre ses dents serrées : Vous me le payerez cher,
messieurs les Parisiens !

Deux jours après cet épisode, l'eau glaciale du camp
me rendit tellement malade que je dus entrer d'ur-
gence à l'hôpital. Je boucle mon sac après la visite
du médecin, et sous la garde d'un caporal me voilà
parti clopin-clopant, traînant la jambe et suant sous
mon harnais. L'hôpital regorgeait de monde, on me
renvoie. Je vais alors à l'une des ambulances les plus

voisines, un lit restait vide, je suis admis. Je dépose
enfin mon sac, et en attendant que le major m'inter-
dise de bouger, je vais me promener dans le petit
jardin qui relie le corps des bâtiments. Soudain sur-
git d'une porte un homme à la barbe hérissée et aux
yeux glauques. Il plante ses mains dans les poches
d'une longue robe couleur de cachou et me crie du
plus loin qu'il m'aperçoit :

— Eh ! l'homme ! qu'est-ce que vous foutez là ?

Je m'approche, je lui explique le motif qui m'a-
mène. Il secoue les bras et hurle :

— Rentrez ! vous n'aurez le droit de vous promener
dans le jardin que lorsqu'on vous aura donné un
costume.

Je rentre dans la salle, un infirmier arrive et m'ap-
porte une capote, un pantalon, des savates et un bon-
net. Je me regarde ainsi fagoté dans ma petite glace.
Quelle figure et quel accoutrement, bon Dieu ! avec
mes yeux culottés et mon teint hâve, avec mes che-
veux coupés ras et mon nez dont les bosses luisent,
avec ma grande robe gris-souris, ma culotte d'un
roux pisseux, mes savates immenses et sans talons,
mon bonnet de coton gigantesque, je suis prodigieu-
sement laid. Je ne puis m'empêcher de rire. Je tourne
la tête du côté de mon voisin de lit, un grand garçon
au type juif, qui crayonne mon portrait sur un calepin.
Nous devenons tout de suite amis ; je lui dis m'appeler
Eugène Lejantel, il me répond se nommer Francis
Émonot. Nous connaissons l'un et l'autre tel et tel
peintre, nous entamons des discussions d'esthétique
et oublions nos infortunes. Le soir arrive, on nous
distribue un plat de bouilli perlé de noir par quel-
ques lentilles, on nous verse à pleins verres du coco

clairet et je me déshabille, ravi de m'étendre dans un lit sans garder mes hardes et mes bottes.

Le lendemain matin je suis réveillé vers six heures par un grand fracas de porte et par des éclats de voix. Je me mets sur mon séant, je me frotte les yeux et j'aperçois le monsieur de la veille, toujours vêtu de sa houppelande couleur de cachou, qui s'avance majestueux, suivi d'un cortège d'infirmiers. C'était le major.

A peine entré, il roule de droite à gauche et de gauche à droite ses yeux d'un vert morne, enfonce ses mains dans ses poches et braille :

— Numéro 1, montre ta jambe.... ta sale jambe. Eh ! elle va mal, cette jambe, cette plaie coule comme une fontaine ; lotion d'eau blanche, charpie, demiration, bonne tisane de réglisse.

— Numéro 2, montre ta gorge.... ta sale gorge. Elle va de plus en plus mal cette gorge ; on lui coupera demain les amygdales.

—Mais, docteur...

—Eh ! je ne te demande rien, à toi ; si tu dis un mot, je te fous à la diète.

—Mais enfin...

— Vous fouterez cet homme à la diète. Écrivez : diète, gargarisme, bonne tisane de réglisse.

Il passa ainsi la revue des malades, prescrivant à tous, vénériens et blessés, fiévreux et dysentériques, sa bonne tisane de réglisse.

Il arriva devant moi, me dévisagea, m'arracha les couvertures, me bourra le ventre de coups de poing, m'ordonna de l'eau albuminée, l'inévitable tisane et sortit, reniflant et traînant les pieds.

La vie était difficile avec les gens qui nous entou-

raient. Nous étions vingt et un dans la chambrée. A ma gauche couchait mon ami, le peintre, à ma droite un grand diable de clairon, grêlé comme un dé à coudre et jaune comme un verre de bile. Il cumulait deux professions, celle de savetier pendant le jour et celle de souteneur de filles pendant la nuit. C'était, au demeurant, un garçon cocasse, qui gambadait sur la tête, sur les mains, vous racontant le plus naïvement du monde la façon dont il activait à coups de souliers le travail de ses marmites, ou bien qui entonnait d'une voix touchante des chansons sentimentales :

> Je n'ai gardé dans mon malheur-heur,
> Que l'amitié d'une hirondelle !

Je conquis ses bonnes grâces en lui donnant vingt sous pour acheter un litre, et bien nous prit de n'être pas mal avec lui, car le reste de la chambrée, composée en partie de procureurs de la rue Maubuée, était fort disposé à nous chercher noise.

Un soir, entre autres, le 15 août, Francis Émonot menaça de giffler deux hommes qui lui avaient pris une serviette. Ce fut un charivari formidable dans le dortoir. Les injures pleuvaient, nous étions traités de « roule-en-cul et de duchesses ». Étant deux contre dix-neuf, nous avions la chance de recevoir une soigneuse râclée quand le clairon intervint, prit à part les plus acharnés, les amadoua et fit rendre l'objet volé. Pour fêter la réconciliation qui suivit cette scène, Francis et moi nous donnâmes trois francs chacun, et il fut entendu que le clairon, avec l'aide de ses camarades, tâcherait de se faufiler au dehors de l'ambulance et rapporterait de la viande et du vin.

La lumière avait disparu à la fenêtre du major, le pharmacien éteignit enfin la sienne, nous rampons en dehors du fourré, examinons les alentours, prévenons les hommes qui se glissent le long des murs, ne rencontrent pas de sentinelles sur leur route, se font la courte-échelle et sautent dans la campagne. Une heure après ils étaient de retour, chargés de victuailles; ils nous les passent, rentrent avec nous dans le dortoir; nous supprimons les deux veilleuses, allumons des bouts de bougie par terre, et autour de mon lit, en chemise, nous formons le cercle. Nous avions absorbé trois ou quatre litres et dépecé la bonne moitié d'un gigotin, quand un énorme bruit de bottes se fait entendre; je souffle les bouts de bougie à coups de savate, chacun se sauve sous les lits. La porte s'ouvre, le major paraît, pousse un formidable Nom de Dieu! trébuche dans l'obscurité, sort et revient avec un falot et l'inévitable cortège des infirmiers. Je profite du moment de répit pour faire disparaître les reliefs du festin; le major traverse au pas accéléré le dortoir, sacrant, menaçant de nous faire tous empoigner et coller au bloc.

Nous nous tordons de rire sous nos couvertures, des fanfares éclatent à l'autre bout du dortoir. Le major nous met tous à la diète, puis il s'en va, nous prévenant que nous connaîtrons dans quelques instants le bois dont il se chauffe.

Une fois parti nous nous esclaffons à qui mieux mieux; des roulements, des fusées de rire grondent et pétillent; le clairon fait la roue dans le dortoir, un de ses amis lui fait vis-à-vis, un troisième saute sur sa couche comme sur un tremplin et bondit et rebondit, les bras flottants, la chemise envolée; son voisin

entame un cancan triomphal; le major rentre brusquement, ordonne à quatre lignards qu'il amène d'empoigner les danseurs et nous annonce qu'il va rédiger un rapport et l'envoyer à qui de droit.

Le calme est enfin rétabli; le lendemain nous faisons acheter des mangeailles par les infirmiers. Les jours s'écoulent sans autres incidents. Nous commencions à crever d'ennui dans cette ambulance, quand à cinq heures, un jour, le médecin se précipite dans la salle, nous ordonne de reprendre nos vêtements de troupier et de boucler nos sacs.

Nous apprenons, dix minutes après, que les Prussiens marchent sur Châlons.

Une morne stupeur règne dans la chambrée. Jusque-là nous ne nous doutions pas des événements qui se passaient. Nous avions appris la trop célèbre victoire de Sarrebrück, nous ne nous attendions pas aux revers qui nous accablaient. Le major examine chaque homme; aucun n'est guéri, tout le monde a été trop longtemps gorgé d'eau de réglisse et privé de soins. Il renvoie néanmoins dans leurs corps les moins malades et il ordonne aux autres de coucher tout habillés et le sac prêt.

Francis et moi nous étions au nombre de ces derniers. La journée se passe, la nuit se passe, rien, mais j'ai toujours la colique et je souffre; enfin vers neuf heures du matin apparaît une longue file de cacolets conduits par des tringlots. Nous grimpons à deux sur l'appareil. Francis et moi nous étions hissés sur le même mulet, seulement, comme le peintre était très gras et moi très maigre, le système bascula; je montai dans les airs tandis qu'il descendait en bas sous la panse de la bête qui, tirée par devant, pous-

sée par derrière, gigotta et rua furieusement. Nous
courions dans un ᵗurbillon de poussière, aveuglés,
ahuris, secoués, nous cramponnant à la barre du
cacolet, fermant les yeux, riant et geignant. Nous
arrivâmes à Châlons plus morts que vifs; nous tom-
bâmes comme un bétail harassé sur le sable, puis
on nous empila dans des wagons et nous quittâmes
la ville pour aller où ?... personne ne le savait.

Il faisait nuit; nous volions sur les rails. Les ma-
lades étaient sortis des wagons et se promenaient sur
les plates-formes. La machine siffle, ralentit son vol
et s'arrête dans une gare, celle de Reims, je sup-
pose, mais je ne pourrais l'affirmer. Nous mourions
de faim, l'Intendance n'avait oublié qu'une chose :
nous donner un pain pour la route. Je descends et
j'aperçois un buffet ouvert. J'y cours, mais d'autres
m'avaient devancé. On se battait alors que j'y arrivai.
Les uns s'emparaient de bouteilles, les autres de
viandes, ceux-ci de pain, ceux-là de cigares. Affolé,
furieux, le restaurateur défendait sa boutique à coups
de broc. Poussé par leurs camarades qui venaient en
bande, le premier rang des mobiles se rue sur le
comptoir qui s'abat, entraînant dans sa chute le pa-
tron du buffet et ses garçons. Ce fut alors un pillage
réglé ; tout y passa; depuis les allumettes jusqu'aux
cure-dents. Pendant ce temps une cloche sonne et le
train part. Aucun de nous ne se dérange, et, tandis
qu'assis sur la chaussée, j'explique au peintre que ses
bronches travaillent, la contexture du sonnet, le train
recule sur ses rails pour nous chercher.

Nous remontons dans nos compartiments, et nous
passons la revue du butin conquis. A vrai dire, les
mets étaient peu variés : de la charcuterie, et rien

que de la charcuterie! Nous avions six rouelles de
cervelas à l'ail, une langue écarlate, deux saucissons,
une superbe tranche de mortadelle, une tranche au
liséré d'argent, aux chairs d'un rouge sombre mar-
brées de blanc, quatre litres de vin, une demi-bou-
teille de cognac et des bouts de bougie. Nous
fichâmes les lumignons dans le col de nos gourdes
qui se balancèrent, retenues aux parois du wagon par
des ficelles. C'était, par instants, quand le train sau-
tait sur les aiguilles des embranchements, une pluie
de gouttes chaudes qui se figeaient presque aussitôt
en de larges plaques, mais nos habits en avaient vu
bien d'autres!

Nous commençâmes immédiatement le repas qu'in-
terrompaient les allées et venues de ceux des mo-
biles qui, courant sur les marchepieds, tout le long
du train, venaient frapper au carreau et nous de-
mandaient à boire. Nous chantions à tue-tête, nous
buvions, nous trinquions; jamais malades ne firent
autant de bruit et ne gambadèrent ainsi sur un train
en marche! On eût dit d'une Cour des Miracles rou-
lante; les estropiés sautaient à pieds joints, ceux
dont les intestins brûlaient les arrosaient de lampées
de cognac, les borgnes ouvraient les yeux, les fiévreux
cabriolaient, les gorges malades beuglaient et pin-
taient, c'était inouï!

Cette turbulence finit cependant par se calmer. Je
profite de cet apaisement pour passer le nez à la fe-
nêtre. Il n'y avait pas une étoile, pas même un bout
de lune, le ciel et la terre ne semblaient faire qu'un,
et dans cette intensité d'un noir d'encre clignotaient
comme des yeux de couleurs différentes des lanternes
attachées à la tôle des disques. Le mécanicien jetait

ses coups de sifflet, la machine fumait et vomissait
sans relâche des flammèches. Je referme le carreau
et je regarde mes compagnons. Les uns ronflaient ;
les autres, gênés par les cahots du coffre, ronchon-
naient et juraient, se retournant sans cesse, cherchant
une place pour étendre leurs jambes, pour caler leur
tête qui vacillait à chaque secousse.

A force de les regarder, je commençais à m'assou-
pir, quand l'arrêt complet du train me réveilla. Nous
étions dans une gare, et le bureau du chef flamboyait
comme un feu de forge dans la sombreur de la nuit.
J'avais une jambe engourdie, je frissonnais de froid,
je descends pour me réchauffer un peu. Je me pro-
mène de long en large sur la chaussée, je vais regar-
der la machine que l'on dételle et que l'on remplace
par une autre, et, longeant le bureau, j'écoute la son-
nerie et le tic-tac du télégraphe. L'employé, me
tournant le dos, était un peu penché sur la droite, de
sorte que, du point où j'étais placé, je ne voyais que
le derrière de sa tête et le bout de son nez qui bril-
lait, rose et perlé de sueur, tandis que le reste de la
figure disparaissait dans l'ombre que projetait l'abat-
jour d'un bec de gaz.

On m'invite à remonter en voiture, et je retrouve
mes camarades tels que je les ai laissés. Cette fois, je
m'endors pour tout de bon. Depuis combien de temps
mon sommeil durait-il ? Je ne sais, quand un grand
cri me réveille : Paris ! Paris ! Je me précipite à la
portière. Au loin, sur une bande d'or pâle se déta-
chent, en noir, des tuyaux de fabriques et d'usines.
Nous étions à Saint-Denis ; la nouvelle court de wagon
en wagon. Tout le monde est sur pied. La machine
accélère le pas. La gare du Nord se dessine au loin,

nous y arrivons, nous descendons, nous nous jetons
sur les portes, une partie d'entre nous parvient à
s'échapper, l'autre est arrêtée par les employés du
chemin de fer et par les troupes, on nous fait remon-
ter de force dans un train qui chauffe, et nous revoilà
partis Dieu sait pour où !

Nous roulons derechef, toute la journée. Je suis las
de regarder ces ribambelles de maisons et d'arbres
qui filent devant mes yeux, et puis j'ai toujours la co-
lique et je souffre. Vers quatre heures de l'après-midi,
la machine ralentit son essor et s'arrête dans un dé-
barcadère où nous attendait un vieux général autour
duquel s'ébattait une volée de jeunes gens, coiffés de
képis roses, culottés de rouge et chaussés de bottes à
éperons jaunes. Le général nous passe en revue et nous
divise en deux escouades ; l'une part pour le sémi-
naire, l'autre est dirigée sur l'hôpital. Nous sommes,
paraît-il, à Arras. Francis et moi, nous faisions partie
de la première escouade. On nous hisse sur des char-
rettes bourrées de paille, et nous arrivons devant un
grand bâtiment qui farde et semble vouloir s'abattre
dans la rue. Nous montons au deuxième étage, dans
une pièce qui contient une trentaine de lits ; chacun
déboucle son sac, se peigne et s'assied. Un médecin
arrive.

— Qu'avez vous ? dit-il au premier.

— Un anthrax.

— Ah! Et vous?

— Une dysenterie.

— Ah ! Et vous?

— Un bubon.

— Mais alors vous n'avez pas été blessés pendant la
guerre?

— Pas le moins du monde.

— Eh bien ! vous pouvez reprendre vos sacs. L'archevêque ne donne les lits des séminaristes qu'aux blessés.

Je remets dans mon sac les bibelots que j'en avais tirés, et nous repartons, cahin, caha, pour l'hospice de la ville. Il n'y avait plus de place. En vain les sœurs s'ingénient à rapprocher les lits de fer, les salles sont pleines. Fatigué de toutes ces lenteurs, j'empoigne un matelas, Francis en prend un autre, et nous allons nous étendre dans le jardin, sur une grande pelouse.

Le lendemain matin, je cause avec le directeur, un homme affable et charmant. Je lui demande pour le peintre et pour moi la permission de sortir dans la ville. Il y consent, la porte s'ouvre, nous sommes libres ! nous allons enfin déjeuner ! manger de la vraie viande, boire du vrai vin ! Ah ! nous n'hésitons pas, nous allons au plus bel hôtel de la ville. On nous sert un succulent repas. Il y a des fleurs sur la table, de magnifiques bouquets de roses et de fuchsias qui s'épanouissent dans des cornets de verre ! Le garçon nous apporte une entrecôte qui saigne dans un lac de beurre ; le soleil se met de la fête, fait étinceler les couverts et les lames des couteaux, blute sa poudre d'or au travers des carafes, et, lutinant le pomard qui se balance doucement dans les verres, pique d'une étoile sanglante la nappe damassée.

O sainte joie des bâfres ! j'ai la bouche pleine, et Francis est soûl ! Le fumet des rôtis se mêle au parfum des fleurs, la pourpre des vins lutte d'éclat avec la rougeur des roses, le garçon qui nous sert a l'air d'un idiot, nous, nous avons l'air de goinfres, ça

nous est bien égal. Nous nous empiffrons rôtis sur
rôtis, nous nous ingurgitons bordeaux sur bourgogne,
chartreuse sur cognac. Au diable les vinasses et les
trois-six que nous buvons depuis notre départ de
Paris ! au diable ces ratas sans nom, ces gargotailles
inconnues dont nous nous sommes si maigrement
gavés depuis près d'un mois ! Nous sommes mécon-
naissables ; nos mines de faméliques rougeoient
comme des trognes, nous braillons, le nez en l'air,
nous allons à la dérive ! Nous parcourons ainsi toute
la ville.

Le soir arrive, il faut pourtant rentrer ! La sœur qui
surveillait la salle des vieux nous dit avec sa petite
voix flûtée :

« Messieurs les militaires, vous avez eu bien froid
la nuit dernière, mais vous allez avoir un bon lit. »

Et elle nous emmène dans une grande salle où
fignolent au plafond trois veilleuses mal allumées.
J'ai un lit blanc, je m'enfonce avec délices dans les
draps qui sentent encore la bonne odeur de la lessive.
On n'entend plus que le souffle ou le ronflement des
dormeurs. J'ai bien chaud, mes yeux se ferment, je
ne sais plus où je suis, quand un gloussement pro-
longé me réveille. J'ouvre un œil et j'aperçois, au
pied de mon lit, un individu qui me contemple. Je
me dresse sur mon séant. J'ai devant moi un vieil-
lard, long, sec, l'œil hagard, les lèvres bavant dans
une barbe pas faite. Je lui demande ce qu'il me veut.
— Pas de réponse. — Je lui crie :

« Allez-vous-en, laissez-moi dormir ! »

Il me montre le poing. Je le soupçonne d'être un
aliéné ; je roule une serviette au bout de laquelle je
tortille sournoisement un nœud ; il avance d'un pas,

je saute sur le parquet, je pare le coup de poing qu'il
m'envoie, et lui assène en riposte, sur l'œil gauche,
un coup de serviette à toute volée. Il en voit trente-
six chandelles, se rue sur moi; je me recule et lui
décoche un vigoureux coup de pied dans l'estomac.
Il culbute, entraîne dans sa chute une chaise qui re-
bondit; le dortoir est réveillé; Francis accourt en
chemise pour me prêter mainforte, la sœur arrive, les
infirmiers s'élancent sur le fou qu'ils fessent et par-
viennent à grand'peine à recoucher.

L'aspect du dortoir était éminemment cocasse. Aux
lueurs d'un rose vague qu'épandaient autour d'elles
les veilleuses mourantes, avait succédé le flamboie-
ment de trois lanternes. Le plafond noir avec ses
ronds de lumière qui dansaient au-dessus des mèches
en combustion éclatait maintenant avec ses teintes
de plâtre fraîchement crépi. Les malades, une réu-
nion de Guignols hors d'âge, avaient empoigné le
morceau de bois qui pendait au bout d'une ficelle au-
dessus de leurs lits, s'y cramponnaient d'une main,
et faisaient de l'autre des gestes terrifiés. A cette vue,
ma colère tombe, je me tords de rire, le peintre suf-
foque, il n'y a que la sœur qui garde son sérieux et
arrive, à force de menaces et de prières, à rétablir
l'ordre dans la chambrée.

La nuit s'achève tant bien que mal; le matin, à six
heures, un roulement de tambour nous réunit, le di-
recteur fait l'appel des hommes. Nous partons pour
Rouen.

Arrivés dans cette ville, un officier dit au malheu-
reux qui nous conduisait que l'hospice était plein
et ne pouvait nous loger. En attendant, nous avons
une heure d'arrêt. Je jette mon sac dans un coin

de la gare, et bien que mon ventre grouille, nous voilà partis, Francis et moi, errant à l'aventure, nous extasiant devant l'église de Saint-Ouen, nous ébahissant devant les vieilles maisons. Nous admirons tant et tant, que l'heure s'était écoulée depuis longtemps avant même que nous eussions songé à retrouver la gare.

« Il y a beau temps que vos camarades sont partis, nous dit un employé du chemin de fer; ils sont à Évreux! »

Diable! le premier train ne part plus qu'à neuf heures. — Allons dîner! — Quand nous arrivâmes à Évreux, la pleine nuit était venue. Nous ne pouvions nous présenter à pareille heure dans un hospice, nous aurions eu l'air de malfaiteurs. La nuit est superbe, nous traversons la ville, et nous nous trouvons en rase campagne. C'était le temps de la fenaison, les gerbes étaient en tas. Nous avisons une petite meule dans un champ, nous y creusons deux niches confortables, et je ne sais si c'est l'odeur troublante de notre couche ou le parfum pénétrant des bois qui nous émeuvent, mais nous éprouvons le besoin de parler de nos amours défuntes. Le thème était inépuisable! Peu à peu, cependant, les paroles deviennent plus rares, les enthousiasmes s'affaiblissent, nous nous endormons. « Sacrebleu! crie mon voisin qui s'étire, quelle heure peut-il bien être? » Je me réveille à mon tour. Le soleil ne va pas tarder à se lever, car le grand rideau bleu se galonne à l'horizon de franges roses. Quelle misère! il va falloir aller frapper à la porte de l'hospice, dormir dans des salles imprégnées de cette senteur fade sur laquelle revient comme une ritournelle obstinée, l'âcre fleur de la poudre d'iodoforme!

Nous reprenons tout tristes le chemin de l'hôpital.
On nous ouvre, mais hélas ! un seul de nous est admis,
Francis, — et moi on m'envoie au lycée.

La vie n'était plus possible, je méditais une évasion,
quand un jour l'interne de service descend dans la
cour. Je lui montre ma carte d'étudiant en droit ; il
connaît Paris, le quartier Latin. Je lui explique ma
situation. « Il faut absolument, lui dis-je, ou que Francis
cis vienne au lycée, ou que j'aille le rejoindre à l'hô-
pital. » Il réfléchit, et le soir, arrivant près de mon lit,
me glisse ces mots dans l'oreille : « Dites, demain
matin, que vous souffrez davantage. » Le lendemain,
en effet, vers sept heures, le médecin fait son entrée ;
un brave et excellent homme, qui n'avait que deux
défauts : celui de puer des dents et celui de vouloir se
débarrasser de ses malades, coûte que coûte. Tous les
matins, la scène suivante avait lieu :

« Ah ! ah ! le gaillard, criait-il, quelle mine il a ! bon
teint, pas de fièvre ; levez-vous et allez prendre une
bonne tasse de café ; mais pas de bêtises, vous savez,
ne courez pas après les jupes ; je vais vous signer votre
*exeat*, vous retournerez demain à votre régiment. »

Malades ou pas malades, il en renvoyait trois par
jour. Ce matin-là, il s'arrête devant moi et dit :

« Ah ! saperlotte, mon garçon, vous avez meilleure
mine ! »

Je me récrie, jamais je n'ai tant souffert ! Il me tâte
le ventre. « Mais ça va mieux, murmure-t-il, le ventre
est moins dur. » — Je proteste. — Il semble étonné,
l'interne lui dit alors tout bas :

« Il faudrait peut-être lui donner un lavement, et
nous n'avons ici ni seringue ni clysopompe ; si nous
l'envoyions à l'hôpital?

— Tiens, mais c'est une idée, » dit le brave homme, enchanté de se débarrasser de moi, et séance tenante, il signe mon billet d'admission ; je boucle radieux mon sac, et sous la garde d'un servant du lycée, je fais mon entrée à l'hôpital. Je retrouve Francis ! Par une chance incroyable, le corridor Saint-Vincent où il couche, faute de place dans les salles, contient un lit vide près du sien ! Nous sommes enfin réunis ! En sus de nos deux lits, cinq grabats longent à la queue leu leu les murs enduits de jaune. Ils ont pour habitants un soldat de la ligne, deux artilleurs, un dragon et un hussard. Le reste de l'hôpital se compose de quelques vieillards fêlés et gâteux, de quelques jeunes hommes, rachitiques ou bancroches, et d'un grand nombre de soldats, épaves de l'armée de Mac-Mahon, qui, après avoir roulé d'ambulances en ambulances, étaient venus échouer sur cette berge. Francis et moi, nous sommes les seuls qui portions l'uniforme de la mobile de la Seine ; nos voisins de lit étaient d'assez gentils garçons, plus insignifiants, à vrai dire, les uns que les autres ; c'étaient, pour la plupart, des fils de paysans ou de fermiers rappelés sous les drapeaux lors de la déclaration de guerre.

Tandis que j'enlève ma veste, arrive une sœur, si frêle, si jolie, que je ne puis me lasser de la regarder ; les beaux grands yeux ! les longs cils blonds ! les jolies dents ! - Elle me demande pourquoi j'ai quitté le lycée ; je lui explique en des phrases nébuleuses comment l'absence d'une pompe foulante m'a fait renvoyer du collège. Elle sourit doucement et me dit :

« Oh ! monsieur le militaire, vous auriez pu nommer la chose par son nom, nous sommes habituées à tout. »

Je crois bien qu'elle devait être habituée à tout, la

malheureuse, car les soldats ne se gênaient guère
pour se livrer à d'indiscrètes propretés devant elle.
Jamais d'ailleurs je ne la vis rougir; elle passait entre
eux, muette, les yeux baissés, semblait ne pas enten-
dre les grossières facéties qui se débitaient autour
d'elle.

Dieu! m'a-t-elle gâté! Je la vois encore, le matin,
alors que le soleil cassait sur les dalles l'ombre des
barreaux de fenêtres, s'avancer lentement, au fond
du corridor, les grandes ailes de son bonnet battant
sur son visage. Elle arrivait près de mon lit avec une
assiette qui fumait et sur le bord de laquelle luisait
son ongle bien taillé. « La soupe est un peu claire ce
matin, disait-elle, avec son joli sourire, je vous ap-
porte du chocolat; mangez vite pendant qu'il est
chaud!»

Malgré les soins qu'elle me prodiguait, je m'en-
nuyais à mourir dans cet hôpital. Mon ami et moi nous
étions arrivés à ce degré d'abrutissement qui vous jette
sur un lit, s'essayant à tuer, dans une somnolence de
bête, les longues heures des insupportables journées.
Les seules distractions qui nous fussent offertes, con-
sistaient en un déjeuner et un dîner composés de
bœuf bouilli, de pastèque, de pruneaux et d'un doigt
de vin, le tout en insuffisante quantité pour nourrir
un homme.

Grâce à ma simple politesse vis-à-vis des sœurs et
aux étiquettes de pharmacie que j'écrivais pour elles,
j'obtenais heureusement une côtelette de temps à
autre et une poire cueillie dans le verger de l'hôpital.
J'étais donc, en somme, le moins à plaindre de tous
les soldats entassés pêle-mêle dans les salles, mais,
les premiers jours, je ne parvenais même point à

avaler ma pitance le matin. C'était l'heure de la visite et le docteur choisissait ce moment pour faire ses opérations. Le second jour après mon arrivée, il fendit une cuisse du haut en bas; j'entendis un cri déchirant; je fermai les yeux, pas assez cependant pour que je ne visse une pluie rouge s'éparpiller en larges gouttes sur son tablier. Ce matin-là, je ne pus manger. Peu à peu, cependant, je finis par m'aguerrir; bientôt, je me contentai de détourner la tête et de préserver ma soupe.

En attendant, la situation devenait intolérable. Nous avions essayé, mais en vain, de nous procurer des journaux et des livres, nous en étions réduits à nous déguiser, à mettre pour rire la veste du hussard; mais cette gaieté puérile s'éteignait vite et nous nous étions, toutes les vingt minutes, échangeant quelques mots, nous renfonçant la tête dans le traversin.

Il n'y avait pas grande conversation à tirer de nos camarades. Les deux artilleurs et le hussard étaient trop malades pour causer. Le dragon jurait des Nom de Dieu sans parler, se levait à tout instant, enveloppé dans son grand manteau blanc et allait aux latrines dont il rapportait l'ordure gâchée par ses pieds nus. L'hôpital manquait de thomas; quelques-uns des plus malades avaient cependant sous leur lit une vieille casserole que les convalescents faisaient sauter comme des cuisinières, offrant, par plaisanterie, le ragoût aux sœurs.

Restait donc seulement le soldat de la ligne : un malheureux garçon épicier, père d'un enfant, rappelé sous les drapeaux, battu constamment par la fièvre, grelottant sous ses couvertures.

Assis en tailleurs sur nos lits, nous l'écoutions raconter la bataille où il s'était trouvé.

Jeté près de Frœschwiller, dans une plaine entourée de bois, il avait vu des lueurs rouges filer dans des bouquets de fumée blanche, et il avait baissé la tête, tremblant, ahuri par la canonnade, effaré par le sifflet des balles. Il avait marché, mêlé aux régiments, dans de la terre grasse, ne voyant aucun Prussien, ne sachant où il était, entendant à ses côtés des gémissements traversés par des cris brefs, puis les rangs des soldats placés devant lui s'étaient tout à coup retournés et dans la bousculade d'une fuite, il avait été, sans savoir comment, jeté par terre. Il s'était relevé, s'était sauvé, abandonnant son fusil et son sac, et à la fin, épuisé par les marches forcées subies depuis huit jours, exténué par la peur et affaibli par la faim, il s'était assis dans un fossé. Il était resté là, hébété, inerte, assourdi par le vacarme des obus, résolu à ne plus se défendre, à ne plus bouger; puis il avait songé à sa femme, et pleurant, se demandant ce qu'il avait fait pour qu'on le fît ainsi souffrir il avait ramassé, sans savoir pourquoi une feuille d'arbre qu'il avait gardée et à laquelle il tenait, car il nous la montrait souvent, séchée et ratatinée dans le fond de ses poches.

Un officier était passé, sur ces entrefaites, le revolver au poing, l'avait traité de lâche et menacé de lui casser la tête s'il ne marchait pas. Il avait dit « J'aime mieux ça, ah! que ça finisse! » Mais l'officier, au moment où il le secouait pour le remettre sur ses jambes, s'était étalé, giglant le sang par la nuque. Alors, la peur l'avait repris, il s'était enfui et avait pu rejoindre une lointaine route, inondée de fuyards, noire de troupes, sillonnée d'attelages dont les chevaux emportés crevaient et broyaient les rangs.

On était enfin parvenu à se mettre à l'abri. Le cri
de trahison s'élevait des groupes. De vieux soldats
paraissaient résolus encore, mais les recrues se refu-
saient à continuer. « Qu'ils aillent se faire tuer, »
disaient-ils, en désignant les officiers, c'est leur
métier à eux ! « Moi, j'ai des enfants, c'est pas l'État
qui les nourrira si je suis mort ! » Et l'on enviait le
sort des gens un peu blessés et des malades qui pou-
vaient se réfugier dans les ambulances.

« Ah ! ce qu'on a peur et puis ce qu'on garde dans
l'oreille la voix des gens qui appellent leur mère et
demandent à boire, » ajoutait-il, tout frissonnant. Il se
taisait, et regardant le corridor d'un air ravi, il repre-
nait : « C'est égal, je suis bien heureux d'être ici ; et
puis, comme cela, ma femme peut m'écrire, » et il tirait
de sa culotte des lettres, disant avec satisfaction : « Le
petit a écrit, voyez, » et il montrait au bas du papier,
sous l'écriture pénible de sa femme, des bâtons for-
mant une phrase dictée où il y avait des « J'embrasse
papa » dans des pâtés d'encre.

Nous écoutâmes vingt fois au moins cette his-
toire, et nous dûmes subir pendant de mortelles
heures les rabâchages de cet homme enchanté de
posséder un fils. Nous finissions par nous boucher
les oreilles et par tâcher de dormir pour ne plus l'en-
tendre.

Cette déplorable vie menaçait de se prolonger, quand
un matin Francis qui, contrairement à son habitude,
avait rôdé toute la journée de la veille dans la cour,
me dit : « Eh ! Eugène, viens-tu respirer un peu l'air
des champs ? » Je dresse l'oreille. « Il y a un préau
réservé aux fous, poursuit-il ; ce préau est vide ;
en grimpant sur le toit des cabanons, et c'est facile,

grâce aux grilles qui garnissent les fenêtres, nous atteignons la crête du mur, nous sautons et nous tombons dans la campagne. A deux pas de ce mur s'ouvre l'une des portes d'Évreux. Qu'en dis-tu?

— Je dis…. je dis que je suis tout disposé à sortir; mais comment ferons-nous pour rentrer?

— Je n'en sais rien; partons d'abord, nous aviserons ensuite. Lève-toi, on va servir la soupe, nous sautons sur le mur après. »

Je me lève. L'hôpital manquait d'eau, de sorte que j'en étais réduit à me débarbouiller avec de l'eau de Seltz que la sœur m'avait fait avoir. Je prends mon siphon, je vise le peintre qui crie feu, je presse la détente, la décharge lui arrive en pleine figure; je me pose à mon tour devant lui, je reçois le jet dans la barbe, je me frotte le nez avec la mousse, je m'essuie. Nous sommes prêts, nous descendons. Le préau est désert; nous escaladons le mur. Francis prend son élan et saute. Je suis assis à califourchon sur la crête, je jette un regard rapide autour de moi; en bas, un fossé et de l'herbe; à droite, une des portes de la ville; au loin, une forêt qui moutonne et enlève ses déchirures d'or rouge sur une bande de bleu pâle. Je suis debout; j'entends du bruit dans la cour, je saute; nous rasons les murailles, nous sommes dans Évreux!

— Si nous mangions?

— Adopté.

Chemin faisant, à la recherche d'un gîte, nous apercevons deux petites femmes qui tortillent des hanches; nous les suivons et leur offrons à déjeuner; elles refusent; nous insistons, elles répondent non plus mollement; nous insistons encore, elles disent oui. Nous allons chez elles, avec un pâté, des bou-

teilles, des œufs, un poulet froid. Ça nous paraît drôle
de nous trouver dans une chambre claire, tendue de
papier moucheté de fleurs lilas et feuillé de vert ; il y
a, aux croisées, des rideaux en damas groseille, une
glace sur la cheminée, une gravure représentant un
Christ embêté par des Pharisiens, six chaises en me-
risier, une table ronde avec une toile cirée montrant
les rois de France, un lit pourvu d'un édredon de
percale rose. Nous dressons la table, nous regardons
d'un œil goulu les filles qui tournent autour ; le cou-
vert est long à mettre, car nous les arrêtons au pas-
sage pour les embrasser ; elles sont laides et bêtes, du
reste. Mais, qu'est-ce que ça nous fait ? il y a si long-
temps que nous n'avons flairé de la bouche de femme !

Je découpe le poulet, les bouchons sautent, nous
buvons comme des chantres et bâfrons comme des
ogres. Le café fume dans les tasses, nous le dorons
avec du cognac ; ma tristesse s'envole, le punch s'al-
lume, les flammes bleues du kirsch voltigent dans le
saladier qui crépite, les filles rigolent, les cheveux
dans les yeux et les seins fouillés ; soudain quatre
coups sonnent lentement au cadran de l'église. Il est
quatre heures. Et l'hôpital, Seigneur Dieu ! nous
l'avions oublié ! Je deviens pâle, Francis me regarde
avec effroi, nous nous arrachons des bras de nos
hôtesses, nous sortons au plus vite.

« Comment rentrer ? dit le peintre.

— Hélas ! nous n'avons pas le choix ; nous arrive-
rons à grand'peine pour l'heure de la soupe. A la
grâce de Dieu, filons par la grande porte ! »

Nous arrivons, nous sonnons ; la sœur concierge
vient nous ouvrir et reste ébahie. Nous la saluons, et
je dis assez haut pour être entendu d'elle :

« Sais-tu, dis-donc, qu'ils ne sont pas aimables à l'Intendance, le gros surtout nous a reçus plus ou moins poliment.... »

La sœur ne souffle mot ; nous courons au galop vers la chambrée ; il était temps, j'entendais la voix de sœur Angèle qui distribuait les rations. Je me couche au plus vite sur mon lit, je dissimule avec la main un suçon que ma belle m'a posé le long du cou ; la sœur me regarde, trouve à mes yeux un éclat inaccoutumé et me dit avec intérêt :

« Souffrez-vous davantage ? »

Je la rassure et lui réponds :

« Au contraire, je vais mieux, ma sœur, mais cette oisiveté et cet emprisonnement me tuent. »

Quand je lui exprimais l'effroyable ennui que j'éprouvais, perdu dans cette troupe, au fond d'une province, loin des miens, elle ne répondait pas, mais ses lèvres se serraient, ses yeux prenaient une indéfinissable expression de mélancolie et de pitié. Un jour pourtant elle m'avait dit 'un ton sec : « Oh ! la liberté ne vous vaudrait rien. » faisant allusion à une conversation qu'elle avait surprise entre Francis et moi, discutant sur les joyeux appas des Parisiennes ; puis elle s'était adoucie et avait ajouté avec sa petite moue charmante :

« Vous n'êtes vraiment pas sérieux, monsieur le militaire. »

Le lendemain matin nous convenons, le peintre et moi, qu'aussitôt la soupe avalée, nous escaladerons de nouveau les murs. A l'heure dite, nous rôdons autour du préau, la porte est fermée ! « Bast, tant pis ! dit Francis, en avant ! » et il se dirige vers la grande porte de l'hôpital. Je le suis. La sœur tourière nous

demande où nous allons. « A l'Intendance. » La porte
s'ouvre, nous sommes dehors.

Arrivés sur la grande place de la ville, en face de
l'église, j'avise, tandis que nous contemplions les
sculptures du porche, un gros monsieur, une face de
lune rouge hérissée de moustaches blanches, qui nous
regardait avec étonnement. Nous le dévisageons à
notre tour, effrontément, et nous poursuivons notre
route. Francis mourait de soif, nous entrons dans un
café, et, tout en dégustant ma demi-tasse, je jette les
yeux sur le journal du pays, et j'y trouve un nom qui
me fait rêver. Je ne connaissais pas, à vrai dire, la
personne qui le portait, mais ce nom rappelait en
moi des souvenirs effacés depuis longtemps. Je me
rappelais que l'un de mes amis avait un parent haut
placé dans la ville d'Évreux. « Il faut absolument que
je le voie, » dis-je au peintre ; je demande son adresse
au cafetier, il l'ignore ; je sors et je vais chez tous les
boulangers et chez tous les pharmaciens que je ren-
contre. Tout le monde mange du pain et boit des
potions ; il est impossible que l'un de ces industriels
ne connaisse pas l'adresse de M. de Fréchède. Je la
trouve, en effet ; j'époussette ma vareuse, j'achète
une cravate noire, des gants et je vais sonner douce-
ment, rue Chartraine, à la grille d'un hôtel qui dresse
ses façades de brique et ses toitures d'ardoise dans le
fouillis ensoleillé d'un parc. Un domestique m'intro-
duit. M. de Fréchède est absent, mais Madame est là.
J'attends, pendant quelques secondes, dans un salon ;
la portière se soulève et une vieille dame paraît. Elle
a l'air si affable que je suis rassuré. Je lui explique,
en quelques mots, qui je suis.

« Monsieur, me dit-elle, avec un bon sourire, j'ai

beaucoup entendu parler de votre famille; je crois même avoir vu chez M^me Lezant, madame votre mère, lors de mon dernier voyage à Paris; vous êtes ici le bienvenu. »

Nous causons longuement; moi, un peu gêné, dissimulant avec mon képi, le suçon de mon cou; elle, cherchant à me faire accepter de l'argent que je refuse.

« Voyons, me dit-elle enfin, je désire de tout mon cœur vous être utile; que puis-je faire? » Je lui réponds : « Mon Dieu! madame, si vous pouviez obtenir qu'on me renvoie à Paris, vous me rendriez un grand service; les communications vont être prochainement interceptées, si j'en crois les journaux; on parle d'un nouveau coup d'État ou du renversement de l'Empire; j'ai grand besoin de retrouver ma mère, et surtout de ne pas me laisser faire prisonnier ici, si les Prussiens y viennent. »

Sur ces entrefaites rentre M. de Fréchêde. Il est mis, en deux mots, au courant de la situation.

« Si vous voulez venir avec moi chez le médecin de l'hospice, me dit-il, nous n'avons pas de temps à perdre. »

— Chez le médecin! bon Dieu! et comment lui expliquer ma sortie de l'hôpital? Je n'ose souffler mot; je suis mon protecteur, me demandant comment tout cela va finir. Nous arrivons, le docteur me regarde d'un air stupéfait. Je ne lui laisse pas le temps d'ouvrir la bouche, et je lui débite avec une prodigieuse volubilité un chapelet de jérémiades sur ma triste position.

M. de Fréchêde prend à son tour la parole et lui demande, en ma faveur, un congé de convalescence de deux mois.

« Monsieur est, en effet, assez malade, dit le médecin, pour avoir droit à deux mois de repos ; si mes collègues et si le général partagent ma manière de voir, votre protégé pourra, sous peu de jours, retourner à Paris.

— C'est bien, réplique M. de Fréchède ; je vous remercie, docteur ; je parlerai ce soir même au général. »

Nous sommes dans la rue, je pousse un soupir de soulagement, je serre la main de l'excellent homme qui veut bien s'intéresser à moi, je cours à la recherche de Francis. Nous n'avons que bien juste le temps de rentrer, nous arrivons à la grille de l'hôpital ; Francis sonne, je salue la sœur. Elle m'arrête :

« Ne m'avez-vous pas dit, ce matin, que vous alliez à l'Intendance ?

— Mais certainement, ma sœur.

— Eh bien ! le général sort d'ici. Allez voir le directeur et la sœur Angèle, ils vous attendent ; vous leur expliquerez, sans doute, le but de vos visites à l'Intendance. »

Nous remontons, tout penauds, l'escalier du dortoir. Sœur Angèle est là qui m'attend et qui me dit :

« Jamais je n'aurais cru pareille chose ; vous avez couru par toute la ville, hier et aujourd'hui, et Dieu sait la vie que vous avez menée !

— Oh ! par exemple, » m'écriai-je.

Elle me regarda si fixement que je ne soufflai plus mot.

— Toujours est-il, poursuivit-elle, que le général vous a rencontré aujourd'hui même sur la Grand'-Place. J'ai nié que vous fussiez sortis, et je vous ai cherchés par tout l'hôpital. Le général avait raison,

vous n'étiez pas ici. Il m'a demandé vos noms; j'ai
donné celui de l'un d'entre vous, j'ai refusé de livrer
l'autre, et j'ai eu tort, bien certainement, car vous ne
le méritez pas!

— Oh! combien je vous remercie, ma sœur!... »
Mais sœur Angèle ne m'écoutait pas, elle était indi-
gnée de ma conduite! Je n'avais qu'un parti à pren-
dre, me taire et recevoir l'averse sans même tenter
de me mettre à l'abri. Pendant ce temps, Francis
était appelé chez le directeur, et comme, je ne sais
pourquoi, on le soupçonnait de me débaucher, et qu'il
était d'ailleurs, à cause de ses gouailleries, au plus mal
avec le médecin et avec les sœurs, il lui fut annoncé
qu'il partirait le lendemain pour rejoindre son corps.

« Les drôlesses chez lesquelles nous avons déjeuné
hier sont des filles en carte qui nous ont vendus,
m'affirmait-il, furieux. C'est le directeur lui-même
qui me l'a dit. »

Tandis que nous maudissions ces coquines et que
nous déplorions notre uniforme qui nous faisait si
facilement reconnaître, le bruit court que l'Empe-
reur est prisonnier et que la République est pro-
clamée à Paris; je donne 1 franc à un vieillard qui
pouvait sortir et qui me rapporte un numéro du
*Gaulois*. La nouvelle est vraie. L'hôpital exulte.
«Enfoncé Badingue! c'est pas trop tôt, v'là la guerre
qui est enfin finie! » Le lendemain matin, Francis et
moi nous nous embrassons, et il part. « A bientôt,
me crie-t-il en fermant la grille, et rendez-vous à
Paris! »

Oh! les journées qui suivirent ce jour-là! quelles
souffrances! quel abandon! Impossible de sortir de
l'hôpital; une sentinelle se promenait, en mon hon-

neur, de long en large, devant la porte. J'eus cepen-
dant le courage de ne pas m'essayer à dormir; je me
promenai comme une bête encagée, dans le préau. Je
rôdais ainsi douze heures durant. Je connaissais ma
prison dans ses moindres coins. Je savais les endroits
où les pariétaires et la mousse poussaient, les pans de
muraille qui fléchissaient en se lézardant. Le dégoût
de mon corridor, de mon grabat aplati comme une
galette, de mon geigneux, de mon linge pourri de
crasse, m'était venu. Je vivais, isolé, ne parlant à per-
sonne, battant à coups de pieds les cailloux de la
cour, errant comme une âme en peine sous les ar-
cades badigeonnées d'ocre jaune ainsi que les salles,
revenant à la grille d'entrée surmontée d'un drapeau,
montant au premier où était ma couche, descendant
au bas où la cuisine étincelait, mettant les éclairs de
son cuivre rouge dans la nudité blafarde de la pièce.
Je me rongeais les poings d'impatience, regardant, à
certaines heures, les allées et venues des civils et des
soldats mêlés, passant et repassant à tous les étages,
emplissant les galeries de leur marche lente.

Je n'avais plus la force de me soustraire aux pour-
suites des sœurs, qui nous rabattaient le dimanche
dans la chapelle. Je devenais monomane; une idée fixe
me hantait : fuir au plus vite cette lamentable geôle.
Avec cela, des ennuis d'argent m'opprimaient. Ma
mère m'avait adressé cent francs à Dunkerque, où je
devais me trouver, paraît-il. Cet argent ne revenait
point. Je vis le moment où je n'aurais plus un sou
pour acheter du tabac ou du papier.

En attendant, les jours se suivaient. Les de Fré-
chède semblaient m'avoir oublié et j'attribuais leur
silence à mes escapades, qu'ils avaient sans doute ap-

prises. Bientôt à toutes ces angoisses vinrent s'ajouter d'horribles douleurs : mal soignées et exaspérées par les prétantaines que j'avais courues, mes entrailles flambaient. Je souffris tellement que j'en vins à craindre de ne plus pouvoir supporter le voyage. Je dissimulais mes souffrances, craignant que le médecin ne me forçât à demeurer plus longtemps à l'hôpital. Je gardai le lit quelques jours ; puis, comme je sentais mes forces diminuer, je voulus me lever quand même et je descendis dans la cour. Sœur Angèle ne me parlait plus, et le soir, alors qu'elle faisait sa ronde dans les corridors et les chambrées, se détournant pour ne point voir le point de feu des pipes qui scintillait dans l'ombre, elle passait devant moi, indifférente, froide, détournant les yeux.

Une matinée, cependant, comme je me traînais dans la cour et m'affaissais sur tous les bancs, elle me vit si changé, si pâle, qu'elle ne put se défendre d'un mouvement de compassion. Le soir, après qu'elle eut terminé sa visite des dortoirs, je m'étais accoudé sur mon traversin et, les yeux grands ouverts, je regardais les traînées bleuâtres que la lune jetait par les fenêtres du couloir, quand la porte du fond s'ouvrit de nouveau, et j'aperçus, tantôt baignée de vapeurs d'argent, tantôt sombre et comme vêtue d'un crêpe noir, selon qu'elle passait devant les croisées ou devant les murs, sœur Angèle qui venait à moi. Elle souriait doucement. « Demain matin, me dit-elle, vous passerez la visite des médecins. J'ai vu M^{me} de Fréchède aujourd'hui, il est probable que vous partirez dans deux ou trois jours pour Paris. » Je fais un saut dans mon lit, ma figure s'éclaire, je voudrais pouvoir sauter et chanter ; jamais je ne fus plus heu-

reux. Le matin se lève, je m'habille et inquiet cepen-
dant, je me dirige vers la salle où siège une réunion
d'officiers et de médecins.

Un à un, les soldats étalaient des torses creusés de
trous ou bouquetés de poils. Le général se grattait un
ongle, le colonel de la gendarmerie s'éventait avec un
papier, les praticiens causaient en palpant les hommes.
Mon tour arrive enfin : on m'examine des pieds à la
tête, on me pèse sur le ventre qui est gonflé et tendu
comme un ballon, et, à l'unanimité des voix, le con-
seil m'accorde un congé de convalescence de soixante
jours. Je vais enfin revoir ma mère! retrouver mes
bibelots, mes livres! Je ne sens plus ce fer rouge qui
me brûle les entrailles, je saute comme un cabri!

J'annonce à ma famille la bonne nouvelle. Ma mère
m'écrit lettres sur lettres, s'étonnant que je n'arrive
point. Hélas! mon congé doit être visé à la Division
de Rouen. Il revient après cinq jours; je suis en règle,
je vais trouver sœur Angèle, je la prie de m'obtenir,
avant l'heure fixée pour mon départ, une permission
de sortie afin d'aller remercier les de Fréchêde qui
ont été si bons pour moi. Elle va trouver le directeur
et me la rapporte; je cours chez ces braves gens, qui
me forcent à accepter un foulard et cinquante francs
pour la route; je vais chercher ma feuille à l'Inten-
dance, je rentre à l'hospice, je n'ai plus que quelques
minutes à moi. Je me mets en quête de sœur Angèle
que je trouve dans le jardin, et je lui dis, tout ému :

« O chère sœur, je pars; comment pourrai-je ja-
mais m'acquitter envers vous? »

Je lui prends la main qu'elle veut retirer, et je la
porte à mes lèvres. Elle devient rouge. « Adieu! mur-
mure-t-elle, et me menaçant du doigt, elle ajoute

gaiement : soyez sage, et surtout ne faites pas de mauvaises rencontres en route !

—Oh ! ne craignez rien, ma sœur, je vous le promets ! » L'heure sonne, la porte s'ouvre, je me précipite vers la gare, je saute dans un wagon, le train s'ébranle, j'ai quitté Evreux.

La voiture est à moitié pleine, mais j'occupe heureusement l'une des encoignures. Je mets le nez à la fenêtre, je vois quelques arbres écimés, quelques bouts de collines qui serpentent au loin et un pont enjambant une grande mare qui scintille au soleil comme un éclat de vitre. Tout cela n'est pas bien joyeux. Je me renfonce dans mon coin, regardant parfois les fils du télégraphe qui règlent l'outremer de leurs lignes noires, quand le train s'arrête, les voyageurs qui m'entourent descendent, la portière se ferme, puis s'ouvre à nouveau et livre passage à une jeune femme.

Tandis qu'elle s'assied et défripe sa robe, j'entrevois sa figure sous l'envolée du voile. Elle est charmante, avec ses yeux pleins de bleu de ciel, ses lèvres tachées de pourpre, ses dents blanches, ses cheveux couleur de maïs mûr.

J'engage la conversation ; elle s'appelle Reine et brode des fleurs : nous causons en amis. Soudain elle devient pâle et va s'évanouir ; j'ouvre les lucarnes, je lui tends un flacon de sels que j'ai emporté, lors de mon départ de Paris, à tout hasard ; elle me remercie, ce ne sera rien, dit-elle, et elle s'appuie sur mon sac pour tâcher de dormir. Heureusement que nous sommes seuls dans le compartiment, mais la barrière de bois qui sépare, en tranches égales, la caisse de la voiture ne s'élève qu'à mi-corps, et l'on voit et surtout on entend les clameurs et les gros rires des paysans

et des paysannes. Je les aurais battus de bon cœur, ces
imbéciles qui troublaient son sommeil ! Je me conten-
tai d'écouter les médiocres aperçus qu'ils échangeaient
sur la politique. J'en ai vite assez ; je me bouche les
oreilles ; j'essaye, moi aussi, de dormir ; mais cette
phrase qui a été dite par le chef de la dernière station :
« Vous n'arriverez pas à Paris, la voie est coupée à
Mantes, » revient dans toutes mes rêveries comme un
refrain entêté. J'ouvre les yeux, ma voisine se réveille
elle aussi ; je ne veux pas lui faire partager mes
craintes : nous causons à voix basse, elle m'apprend
qu'elle va rejoindre sa mère à Sèvres. Mais, lui dis-je,
le train n'entrera guère dans Paris avant onze heures
du soir, vous n'aurez jamais le temps de regagner
l'embarcadère de la rive gauche. — Comment faire,
dit-elle, si mon frère n'est pas en bas, à l'arrivée ? »

O misère, je suis sale comme un peigne et mon ventre
brûle ! je ne puis songer à l'emmener dans mon loge-
ment de garçon, et puis, je veux avant tout aller chez
ma mère. Que faire ? Je regarde Reine avec angoisse,
je prends sa main ; à ce moment, le train change de
voie, la secousse la jette en avant, nos lèvres sont
proches, elles se touchent, j'appuie les miennes bien
vite, elle devient rouge. Seigneur Dieu ! sa bouche
remue imperceptiblement, elle me rend mon baiser ;
un long frisson me court sur l'échine, au contact de
ces braises ardentes je me sens défaillir : Ah ! sœur
Angèle, sœur Angèle, on ne peut se refaire !

Et le train rugit et roule sans ralentir sa marche,
nous filons à toute vapeur sur Mantes ; mes craintes
sont vaines, la voie est libre. Reine ferme à demi ses
yeux, sa tête tombe sur mon épaule, ses petits frisons
s'emmêlent dans ma barbe et me chatouillent les

lèvres, je soutiens sa taille qui ploie et je la berce.
Paris n'est pas loin, nous passons devant les docks à
marchandises, devant les rotondes où grondent, dans
une vapeur rouge, les machines en chauffe; le train
s'arrête, on prend es billets. Tout bien réfléchi, je
conduirai d'abord Feine dans mon logement de gar-
çon. Pourvu que son frère ne l'attende pas à l'arrivée!
Nous descendons des voitures, son frère est là. Dans
cinq jours, me dit-e le, dans un baiser, et le bel oiseau
s'envole! Cinq jours après j'étais dans mon lit atroce-
ment malade, et les Prussiens occupaient Sèvres.
Jamais plus depuis je ne l'ai revue.

J'ai le cœur serré, je pousse un gros soupir; ce
n'est pourtant pas le moment d'être triste! Je cahote
maintenant dans un fiacre, je reconnais mon quar-
tier, j'arrive devant la maison de ma mère, je grimpe
les escaliers, quatre à quatre, je sonne précipitam-
ment, la bonne ouvre. C'est monsieur! et elle court
prévenir ma mère qui s'élance à ma rencontre, devient
pâle, m'embrasse, me regarde des pieds à la tête,
s'éloigne un peu, me regarde encore et m'embrasse
de nouveau. Pendant ce temps, la bonne a dévalisé
le buffet. Vous devez avoir faim, monsieur Eugène?
— Je crois bien que j'ai faim! je dévore tout ce qu'on
me donne, j'avale de grands verres de vin; à vrai
dire, je ne sais ce que je mange et ce que je bois!

Je retourne enfin chez moi pour me coucher! — Je
retrouve mon logement tel que je l'ai laissé. Je le par-
cours, radieux, puis je m'assieds sur le divan et je
reste là, extasié, béat, m'emplissant les yeux de la vue
de mes bibelots et de mes livres. Je me déshabille
pourtant, je me nettoie à grande eau, songeant que
pour la première fois depuis des mois, je vais entrer

dans un lit propre avec des pieds blancs et des ongles
faits. Je saute sur le sommier qui bondit, je m'enfouis
la tête dans la plume, mes yeux se ferment, je vogue
à pleines voiles dans le pays du rêve.

Il me semble voir Francis qui allume sa vaste pipe
de bois, sœur Angèle qui me considère avec sa petite
moue, puis Reine s'avance vers moi, je me réveille
en sursaut je me traite d'imbécile et me renfonce
dans les oreillers, mais les douleurs d'entrailles un
moment domptées se réveillent maintenant que les
nerfs sont moins tendus et je me frotte doucement
le ventre, pensant que toute l'horreur de la dysen-
terie qu'on traîne dans des lieux où tout le monde
opère, sans pudeur, ensemble, n'est enfin plus! Je
suis chez moi, dans des cabinets à moi! et je me dis
qu'il faut avoir vécu dans la promiscuité des hospices
et des camps pour apprécier la valeur d'une cuvette
d'eau, pour savourer la solitude des endroits où l'on
met culotte bas, à l'aise.

# LA SAIGNÉE

PAR

HENRY CÉARD

# LA SAIGNÉE

—

## I

Dix heures du matin, un jour de la fin d'octobre,
à Paris, pendant le siège. La veille, on s'est battu
avec acharnement, là-bas, du côté de Saint-Denis,
dans la boue. Les nouvelles sont mauvaises, les
dépêches télégraphiques obscures, et dans les affiches
blanches que vient de faire poser le gouvernement, on
sent je ne sais quelle indécision, je ne sais quels men-
songes. Les phrases sont confuses, ne disent rien.
Sous l'apparente confiance des proclamations, on
devine l'aveu involontaire d'un insuccès, la confession
d'un désastre. Dans le brouillard, sous les crêpes
mous d'un ciel en deuil, les marchands de journaux,
comme de coutume, sont passés, criant les escar-
mouches, annonçant les rencontres, et leurs voix
montent sinistrement le long des maisons noyées de
brume. Encore une reculade, encore une défaite. Des
canons sans gargousses, des renforts qui ne viennent
pas, des avant-postes qu'on abandonne, des positions
qu'on s'étonne d'avoir emportées et qu'on n'a pas

l'air de s'être soucié de garder : demandez la prise du
Bourget par les Prussiens : cinq centimes, un sou. Et
les femmes que la maigre espérance de 250 grammes
de viande pour deux jours met en queue, les pieds
dans l'eau, à la porte encombrée des boucheries; les
gardes nationaux qui rentrent des remparts, courba-
turés, crachant noir, es yeux cernés par une nuit
d'insomnie et de faction montée, tout ce qui passe
dans la rue achète et dévore le laconique renseigne-
ment du rapport officiel : les francs-tireurs repoussés,
le village définitivement au pouvoir de l'ennemi qui
s'y fortifie, un bataillon de mobiles des Batignolles
fait prisonnier, tout entier. Les journaux donnent
d'autres détails plus circonstanciés, et leurs récits
particuliers aggravent le récit atténué des états-
majors. Les troupes se sont bien battues, mais elles
n'étaient pas assez nombreuses. Les régiments enga-
gés n'ont pas été soutenus par les réserves, et le feu
de l'ennemi les a décimés. On ne donne pas le chiffre
des morts, pas davantage le chiffre des blessés, mais
l'un et l'autre, on estime qu'il est considérable. D'ef-
frayants racontars circulent. La défense est désormais
impossible. On parle de capitulation. Dans les carre-
fours des gens soi-disant bien renseignés affirment
que la nuit dernière M. Thiers est entré à Paris, por-
teur de propositions de paix. De bouche en bouche
un mot court, un mot de désespérance et d'accusa-
tion : « Nous sommes trahis », et Paris tout entier le
répète avec un accent farouche, au milieu du brouil-
lard qui s'accroît.

L'émotion a gagné le général en chef. Des rapports
de police lui ont appris tout à l'heure que là-haut,
dans les faubourgs, l'émeute menace, et que les tam-

bours parcourent les rues, battant la générale, de Belleville à Montmartre. Il a réuni ses officiers, tous sont là, ils écoutent. Avec lui, ils sont d'accord que tout a été fait de ce qu'on pouvait faire, ils jugent aussi que des discours suffiraient sans doute à calmer l'effervescence de la population. On propose d'afficher une nouvelle proclamation, et longtemps, dans la grande salle des séances, à l'hôtel de l'état-major, une plume a grincé, courant sur le papier. Au dehors, l'obscurité augmente. De lointaines clameurs, des sonneries de clairon que domine le retentissant : Aux armes citoyens du refrain de la *Marseillaise*, traversent l'air plein d'humidité, et battant un instant les carreaux tremblants dans leur rainure de mastic, viennent mourir au milieu de la salle pleine d'ombre.

L'homme chamarré qui vient d'écrire, relève la tête. Il demande une lampe, et haussant l'abat-jour, il tousse légèrement, parle de sa responsabilité personnelle. Puis, prenant une à une les feuilles de son manuscrit qu'il numérote avec soin, il dit :

— Ainsi messieurs, voici ce que je propose de faire afficher dans Paris.

Le général s'accoude, et lentement, détaillant ses phrases, soignant ses intonations, détachant les mots comme un acteur, il lit un long discours dans lequel il explique les sages raisons de ses temporisations, exalte ses retards, énumère les difficultés sans nombre, les chances possibles de la résistance. Quand il parle d'espoir, de succès définitif, de triomphe futur, un léger sourire d'ironie plisse sa lèvre moustachue. Devant lui, autour d'une grande table, l'état-major, par politesse ou reste inconscient de discipline,

écoute, s'étudie à prendre de grands airs attentifs. Mais des mains distraites jouent avec des képis, des dragonnes de sabre, tourmentent sur les poitrines les rubans des décorations, la tresse d'or des aiguillettes, ou bien tournent et retournent sans fin, sur le tapis de drap vert, les plumes d'oie éparses et comme en déroute autour d'un gros encrier. Quelques-uns auxquels la patience échappe tordent rudement leur barbiche et, tour à tour, croisent et décroisent leurs jambes bottées dont les éperons mettent au milieu du silence un petit cri d'acier, le bruissement aigu d'une coccinelle. Dans un coin, debout, l'air railleur, le calepin à la main comme s'il prenait des notes, un jeune officier de mobiles croque au galop la charge de cette scène.

La proclamation est longue, interminablement. De temps en temps, le lecteur reprend haleine, et alors, malgré les fenêtres closes, les clameurs du dehors entrent plus violentes. Sur la place, des attelages roulent, des clairons sonnent, des commandements s'entre-croisent, une symphonie de cris et de piétinements s'élève hurlante, tandis que là-bas, les lointaines canonnades des forts lui font une basse formidable, continue. Un instant l'état-major semble prêter l'oreille, puis la lecture reprend somnolente et morne, berçant d'une torpeur vague ces gens en uniforme qui s'efforcent de donner de la gravité à leur ennui, de l'expression et de l'intelligence à leurs visages de chiens battus. Bientôt, le général s'interrompt brusquement. Les vociférations montent plus terribles et comme portées par un vent de haine. Dix mille voix exaspérées hurlent à l'unisson, et à travers les notes braillantes de la *Marseillaise,* sur l'air des *Lampions,*

un cri est répété, un cri de prière et de menace : La
sortie! la sortie!

Un officier se lève, d'un geste impatienté ouvre la
fenêtre, et fait deux pas sur le balcon. Alors, au-des-
sous de lui, de toute la place de l'Hôtel-de-Ville bon-
dée de képis, hérissée de baïonnettes dont les pointes
d'acier étincellent vaguement en trouant le brouil-
lard, et débordent à droite dans la rue de Rivoli ; en
face, dans l'avenue Victoria où les arbres dépouillés
mettent de fantastiques silhouettes ; à gauche, sur les
quais bourrés de monde jusqu'aux parapets, un hurrah
ironique éclate suivi d'une marée d'insultes. Certains,
prenant l'officier pour le général en chef, l'injurient,
et, l'interpelant avec des tutoiements, l'invitent à ca-
cher « cette binette-là ». Dans la confusion, des voix
rauques sont entendues qui demandent des armes ;
d'autres veulent aller en avant, réclament la sortie en
masse ; d'autres, croyant à un discours, hurlent pour
imposer silence. Quelques-uns, répètent « Délégués,
Délégués », proposent d'envoyer une députation qui
s'entendrait avec le gouvernement, tandis que des en-
thousiastes agitent fiévreusement leurs képis, et crient :
« bravo », de toutes leurs forces, au hasard, sans savoir
pourquoi. Le calme n'arrive pas à se rétablir, et,
comme l'officier, un peu pâle, se retire sans rien dire,
un cri unique, plus menaçant et plus fort, déchire l'air
brumeux, résumant toutes les colères et toutes les
fièvres de la foule : « Capitulards ! Capitulards ! »

— Ces bons escargots de rempart, dit l'officier en
fermant la fenêtre, il faudra qu'on finisse par leur
faire une saignée, autrement, ils ne seront jamais
contents.

Et, ramenant entre ses jambes le sabre qui lui

bat au côté, il se rassied tranquillement. Autour de lui un sourire court, le mot est trouvé très spirituel. Le général même l'approuve d'un signe de tête, puis, il remonte la lampe qui fume, hausse la mèche, et ânonnant entre ses dents la dernière phrase, celle où il a dû s'interrompre, il se dispose à reprendre sa lecture.

Soudain des petits coups discrets sont frappés à la porte, un murmure de voix est entendu, comme la vague querelle d'un importun qu'un huissier refuse de laisser entrer. Bientôt, les coups recommencent, l'état-major écoute : « Aux armes, citoyens, formez vos bataillons, chante la foule sur la place avec un accent de désespoir que n'assourdissent ni les boiseries, ni les tentures; « Marchons, marchons, qu'un sang impur abreuve nos sillons », et dans l'éclat suprême que les voix prennent, sur les dernières notes du refrain, la porte s'est ouverte, curieusement :

— Peut-on entrer ? Entre-t-on ? Bah ! tant pis, j'entre.

Alors, des talons de bottines résonnent sur le parquet au milieu d'un froufrou de jupons empesés, et une femme fait irruption dans la salle, souriante.

Son chapeau noir, de forme très simple, est orné d'une cocarde en rubans tricolores, et sous un voile de tulle blanc, très serré sur le nez, les traits de sa figure s'atténuent, la font paraître jeune. Elle est de haute taille, et marche d'un pas hardi, vêtue d'un grand manteau de fourrure qui porte au bras gauche l'insigne de la convention de Genève : la croix des ambulances, rouge sur un fond blanc.

— Salut, mon général.

Et, portant à son front sa main droite finement gan-
tée, elle imite le salut militaire, gravement.

Puis, plus familière :

— Bonjour, vous tous, la coterie.

Alors, marchant autour de la table, gracieuse et
délurée, elle fait aux uns un simple salut, aux autres
elle donne de grandes poignées de main hommasses,
suivant les connaissances, les sympathies, les ami-
tiés. Et, à l'extrémité de la manche où blondit un bout
de fourrure fauve, le petit gant de Suède jaune va,
vient, se démène, quitte une main, en reprend une
autre, disparaît tout entier dans la peau rude d'un
gros gant d'ordonnance, réapparaît, puis disparaît
à nouveau sous de grosses et galantes moustaches qui
l'effleurent d'un baiser cérémonieux, tandis que,
derrière lui, la robe remuée met une traînée d'odeur
voluptueuse et d'élégance provocatrice.

— Hein ? Vous ne trouvez pas ? Comme c'est en-
nuyeux ce siège ? Je sors des ambulances. Ah ! mes
enfants, vous n'avez pas l'idée de ce que ça sent mau-
vais là-dedans ! Vous permettez, n'est-ce pas ?

Sans attendre la réponse, elle envoie d'un geste
son chapeau sur un fauteuil. Sa chevelure apparaît
alors coiffée comme pour un bal, une étonnante che-
velure d'un roux faux jusqu'à l'extravagance qui tire-
bouchonne sur son dos, et frise sur son front, avec
des entortillements de copeaux d'acajou. Puis, la face
blanche de poudre de riz, les lèvres rouges de fard, les
yeux avivés par le khol, de son vêtement tombé, elle
jaillit en robe de soie noire, pleine de volants et décol-
letée. Dans la large échancrure d'un corsage où s'at-
tache aussi une cocarde de rubans aux couleurs natio-
nales, les seins se montrent maintenus haut par le

corset, veinés de bleu sous la dentelle, et du creux
de sa poitrine nue, de ses bras qui passent nus au
bout des manches où la croix de Genèv  clate encore
rouge et blanche au milieu des ruchés, des effilés et
des dentelles, un fumet de femme mûre se dégage et
de chair amoureuse délicieusement faisandée.

— Eh bien, hein? Quoi de neuf? Toujours rien?.

Et apercevant la proclamation sur la table :

— Ah! mais si, j'aurais dû m'en douter ! Des ba-
vardages toujours ! Qu'est-ce que vous leur racontez
encore aux Parisiens? Vrai, il faut qu'ils aient bon
caractère. Leur en faites-vous assez gober de ces bla-
gues! Voyons voir la nouvelle tartine?

Penchée sur la table, le corps plié en deux, dans
la féline attitude d'un sphinx, elle commence à lire.
Au loin, le canon, par salves lentes, gronde à courts
intervalles. L'émeute essoufflée, tait ses clameurs,
étouffe ses chants, semble reprendre haleine. Mais
aux incessants bruits de pas, aux commandements
nombreux qui retentissent, au frissonnement humain
qui s'agite sous les fenêtres dans l'humidité du brouil-
lard, on devine que la foule augmente démesurément.
De tous les coins de Paris en angoisse, de Montmartre
impatient à Montrouge exaspéré, de Bercy qui gronde
aux Ternes qui s'encolèrent, le populaire s'est mis en
marche derrière le rappel des tambours, et recevant
sans relâche des renforts, l'insurrection grandissante
n'attend plus pour éclater que le commandement d'un
chef, un mot d'ordre, ou simplement un hasard.

L'élégante femme lit toujours, puis soudain, lasse
de tourner les feuillets qui s'accumulent :

— Et patati et patata. Et cætera pantoufle !

D'un geste de gaminerie elle jette tous les papiers,

les fait voler en l'air, et elle chantonne le refrain de
la chanson à la mode :

C'est le sire de Fich-ton-khan
Qui s'en va-t-en guerre.

L'état-major stupéfait regarde. Le général interdit
tord fiévreusement sa moustache : il est si interloqué
qu'il ne trouve pas une parole. Autour de la table,
sous la lueur charbonnante de la lampe, tout le monde
se tait, accablé par cette débauche d'inconvenance.

—Eh bien quoi ? c'est pour tout ça que vous êtes
réunis ? Merci, là vrai, si vous vous croyez rigolos.
Tenez, voulez-vous que je vous dise, vous vous cour-
baturez à faire semblant de prendre au sérieux des
choses qui vous embêtent. Suffit, en place, repos !
Rompez les rangs !

Et prenant sur la table, au hasard, un képi galonné
qui traîne, elle s'en coiffe audacieusement, et d'une
voix grave de président, déclare la séance levée.

Le général en chef bondit; il est tout pâle d'humi-
liation. Il marche vers l'envahissante visiteuse, les
poings fermés, avec une colère blanche. Elle se re-
cule, tourne autour de la table et lui rit au nez d'un
rire clair, communicatif, qui commence à gagner l'état-
major sérieux.

—M'attrapera, m'attrapera pas !

—Madame, dit le général d'une voix courroucée,
madame.

—Oh ! va, tu peux m'appeler Huberte, ces mes-
sieurs ont beau être là, ils ne nous gênent pas.

—Madame, répète le général. Il va la saisir. Déjà
ses mains, qu'agitent un frisson de colère, un besoin

de brutalité, ont effleuré le bras qui porte le brassard de Genève, rouge sur un fond blanc, quand d'un brusque mouvement d'épaules elle lui échappe, et se rétranchant derrière un fauteuil comme derrière une barricade :

— Messieurs, crie-t-elle, messieurs, je vous en prie, laissez-nous seuls; vous ne voyez donc pas, il a envie de me faire une scène.

Et s'adressant au général :

— Allons, vas-y, mon ami, vas-y.

Les officiers consultent du regard leur chef qui tremble sous ses décorations, puis se lèvent, sortent silencieusement, et par la porte ouverte, dominant le cliquetis des éperons, le bondissement métallique des sabres sonnant sur les marches de l'escalier, la *Marseillaise*, chantée à plein gosier par les voix du dehors, dans une reprise formidable, emplit d'une bouffée de colère la salle déserte, où les jupons de la jeune femme bruissent, tout raides d'empois.

Elle s'est approchée du général, et les lèvres tendues, avec un mouvement du torse qui l'offre tout entière, elle essaye de l'embrasser. Il la repousse durement. Elle devient intolérable à la fin. Toujours elle se mêle de tout. Qu'est-ce qu'elle est venue faire au milieu du conseil ? Le compromettre, n'est-ce pas ? Exprès. Quel respect voulait-elle qu'il inspirât maintenant ? Ses officiers allaient rire de lui, il n'aurait plus d'influence sur ses subordonnés. Un jour ou l'autre, elle entendait, il faudrait bien que ces plaisanteries finissent, il y était décidé.

— Toi, fit-elle avec un mouvement de tête étonné et incrédule, toi, décidé ?

— Oui, elle tombait là, comme une bombe, au milieu

des délibérations les plus graves, dérangeant tout, bousculant tout. Passe encore quand, dans l'intimité, elle l'assommait de conseils stratégiques et prétendait lui imposer d'invraisemblables plans de campagne. Personne n'en savait rien. Mais là, devant tout le monde, venir s'afficher ! Ah ! il avait eu bien tort de lui passer si complaisamment tous ses caprices.

Il parle en essayant de mettre des sévérités dans sa voix. Au fond, il a beau s'irriter et s'en défendre, il trouve la situation comique et l'idée d'une fantaisie adorable. Cette diablesse de M<sup>me</sup> de Pahauën, on ne sait vraiment pas quelle folie lui coule dans les veines. Est-elle amusante cette guenon-là ! Sans doute il ne demandait pas mieux que de lui pardonner encore cette escapade ; mais vraiment, avec certains membres du conseil, elle s'est montrée d'une familiarité ! Ça lui déplaît, ça, et il ne le souffrira plus. Elle a compris, n'est-ce pas ?

M<sup>me</sup> de Pahauën part d'un grand éclat de rire qui la secoue du haut en bas, fait bondir ses seins dans son corset, agite sa chaîne de montre et remue jusqu'à la dentelle de son jupon.

—Est-ce que tu serais jaloux, par hasard ?

Il ne répond pas, mais son attitude est telle que son silence a l'air d'un acquiescement.

—Toi ? Ah ! mon pauvre ami. Eh bien, il ne te manquait plus que cela, tu les as tous, maintenant, les ridicules.

—Ridicule ! Qui ? Lui ? Il était ridicule, et pourquoi, s'il vous plaît ? Ce mot-là, il ne voulait pas l'entendre, même de la bouche d'une femme. Ridicule ! Quel ridicule avait-il ? Où ? Pourquoi ? Comment ? Il était un brave officier, tout le monde le savait, les journaux

11.

même qui l'attaquaient n'avaient jamais mis sa valeur
en doute. Les généraux inspecteurs l'avaient souvent
constatée dans leurs rapports particuliers ; il avait
des notes superbes, des états de service magnifiques,
et, vaniteusement, une à une, il citait ses campagnes,
montrait ses décorations, énumérait ses citations à
l'ordre du jour. L'armée tout entière le respectait ;
il avait publié sur les questions militaires des livres
fort remarqués, étant bon écrivain. Et elle prétendait
qu'il passait pour ridicule ! Ce mot, il le répétait sans
cesse, il revenait obstinément comme une obsession,
servait de conclusion à tous ses raisonnements. Ridi-
cule !

Mais Mᵐᵉ de Pahauën, d'une voix flûtée, en femme
qui sait ce qu'elle dit, et dont l'opinion personnelle
est soutenue de l'avis général :

— Ah ! mon Dieu oui, ridicule ! quand tu diras.

Il fit un geste d'emportement et de dénégation su-
prême.

— Mais voyou, tu ne vois donc rien ? tu ne lis donc
rien ? tu n'entends donc rien ?

Alors, avec une taquinerie cruelle, avec des mouve-
ments de main qui coupaient l'air, sécheraient, et
appuyaient ses affirmations, elle lui rappela ses im-
puissances, elle exagéra sa mauvaise chance, ses
échecs qu'elle aggravait, en les mettant férocement
sur le compte de son incapacité et de sa prétention.
Elle lui dit toutes les misères qu'il se défendait de
prendre au sérieux : les combattants sans ordres, l'ar-
mée sans organisation, les batailles livrées au hasard
et finissant en défaites, toujours, les équipages en
retard, les munitions qui manquaient, les ponts trop
courts. Elle lui montra Paris où toutes les bonnes

volontés en armes étaient immobilisées par son hési-
tation, paralysées par ses défiances, et la garde natio-
nale inutile derrière des fortifications où elle mourait
d'ennui dans l'impatience et le désœuvrement. Les
accusations défilaient serrées et terribles, un réqui-
sitoire indigné et moqueur qu'elle détaillait avec une
petite voix aigre-douce, tranquillement. A mesure
qu'elle parlait, comme si elle se lassait elle-même,
elle avait abandonné ses gestes d'autorité, et ses doigts,
dégantés, jouaient avec ses bagues qu'elle faisait pas-
ser de l'une à l'autre main, avec un petit travail de
dextérité très délicat. Elle en vint à lui reprocher la
mort des soldats tombés dans les escarmouches, les
combats sérieux qu'elle qualifia de boucheries orga-
nisées, les pauvres mobiles qu'elle voyait dans les
hôpitaux saigner dans les pansements et crier sous
l'acier des opérations. Même, elle l'accusa comme d'un
crime personnel de la mort d'un jeune capitaine d'état-
major, tué lors de la dernière affaire. Elle le connais-
sait, ils s'étaient rencontrés, très souvent, dans le
monde.

— Un de tes amants, sans doute ?

Jusque-là il n'avait rien dit, baissant la tête, ra-
geant au dedans de lui devant ces récriminations bru-
tales, dont, intimement, il sentait la justesse.

— Quand ce serait, répondit-elle, effrontément.

— Au fait, ça ne l'étonnait pas ! avec qui n'avait-
elle pas couché ? Son lit était une vraie guérite dont
on relevait les sentinelles toutes les heures. Alors écla-
tant en mots furieux, donnant libre cours à l'amer-
tume de son cœur, un à un, il lui nommait ses amants.
Il y en avait de toutes les armes : des cavaliers, des
fantassins, des artilleurs, et jusqu'à des soldats de la

mobile. Il citait les corps, les grades, d'une voix dé-
pitée, avec emportement, car il mettait de la hiérar-
chie dans l'amour et se croyait compromis non pas
tant par ses infidélités que parce qu'elle les avait
commises avec des inférieurs.

Très calme, M<sup>me</sup> de Pahauën écoutait cet ora-
geux défilé d'accusations, et doucement, comme par
distraction, elle s'éventait le bas des jambes avec ses
jupes qu'elle remuait. De temps en temps, une date
lui arrachait un grand éclat de rire narquois. Elle
avait imaginé de répondre : « Présent ! » à chaque nom
qui passait, et à certains, son visage vicieux s'illu-
minait. Sans doute ils évoquaient des luxures compli-
quées, dont le souvenir même lui causait un ravisse-
ment.

Le général s'était arrêté, haletant, avec la sourde
colère de l'homme dont la puissance est méconnue,
la force inutile. Elle se moquait de lui, cette femme !
Ne pouvant se résigner à la battre, il était obligé de
subir ses sarcasmes, lui, qui pour une simple déso-
béissance pouvait faire fusiller un homme et décimer
un régiment ! Et afin de résister au besoin de brutalité
qui le prenait, il crispait les poings pour ne pas la
giffler grossièrement, sur les deux joues, comme on
corrige l'impertinence d'une gamine mal élevée.

Maintenant, c'était elle qui parlait, c'était elle qui,
dans une confession ironique, lui jetait des noms au
hasard, pêle-mêle. Même, pour ajouter à son exaspé-
ration, elle exagérait, s'attribuait des amants qu'elle
n'avait jamais eus, des tendresses auxquelles elle n'a-
vait jamais pensé, et, prenant un temps, avec une
négligence préméditée, elle affecta même d'avoir cédé
à un membre du gouvernement. Clairement, elle le

lui désigna, sachant qu'il était son ennemi mortel.

— Lui! cria-t-il avec un accent indigné, lui!

— Un peu, mon neveu. Renversée dans son fauteuil, elle se passa la langue sur les lèvres et balança sa tête avec un air de profonde satisfaction, en femme qui savoure à nouveau une ancienne bonne fortune.

— Lui! répétait-il avec égarement, lui!

— Eh bien, oui, et puis après?

En ce moment une clameur plus haute domina toutes les clameurs de la matinée. Dix mille voix d'un enrouement formidable ébranlèrent la salle, confondues dans un cri unique et prolongé. Des portraits de généraux en tremblèrent sur les murs, dans leurs cadres; les girandoles de cristal des lustres s'entrechoquèrent et rendirent un tintement d'harmonica, tandis que les boiseries des portes, comme sous une poussée invisible, craquaient. Et cependant, au milieu du vacarme, des mots très distincts étaient entendus, toujours répétés : «A bas! à bas! Démission! démission!»

M⁰⁰ de Pahauën eut un grand geste de mépris. Étendant magistralement la main vers la fenêtre, désignant vaguement le populaire qui grondait en bas, dans le brouillard, avec un port de tête hautain et un dédaigneux plissement de lèvres qui lui venait d'un début fait jadis sur une scène théâtrale de dernier ordre :

— Ainsi, dit-elle, ton autorité, la voilà; ni le peuple, ni les femmes.....

Il ne la laissa pas achever. Esprit indécis, aux résolutions lentes, il n'agissait jamais que sous la pression immédiate des faits. Effrayé de la brutalité soudaine de la réalité, comme un homme brusquement tiré

de son sommeil, de la tranquillité de ses hypothèses
et du calme de ses rêveries, il sursautait à des déci-
sions emportées et à des actes violents.

— Vous partirez demain, madame, dit-il, avec un
accent d'autorité.

Sa voix n'avait plus de colère, elle était rassérénée,
et il parlait d'un ton de commandement, le verbe
tranchant, d'une sécheresse hautaine qui d'avance
faisait taire la réplique sur les lèvres du contradic-
teur.

— Vous me chassez, alors?

— Parfaitement.

— Et j'irai?

— Où vous voudrez, peu m'importe. Il ajouta :
— L'important, c'est que vous partiez.

Elle le regarda fixement, dans les yeux, pour s'as-
surer qu'il disait bien vrai, pour voir s'il ne restait pas
au dedans de lui quelque chose d'un désir ou d'un
regret qu'elle pourrait exploiter. Ses yeux étaient
calmes, sans une lueur. Cependant elle voulut essayer
d'une dernière câlinerie, d'une de ces caresses qui,
aux heures de leurs anciennes querelles, faisaient
tomber les rancunes, étouffaient les récriminations,
mais il la prévint.

— Assez, n'est-ce pas! Je ne veux pas de vos sima-
grées.

Néanmoins elle se rapprochait avec des ondulations
de chatte, les lèvres tendues et comme frémissantes
d'une promesse de luxure. Penchée sur lui, elle es-
saya le l'embrasser. Mais d'un geste brusque il la
repoussa.

— C'est moi le maître! ici. Ce qui est dit est dit,
foutez-moi la paix !

Ah! c'était ainsi! Secouée d'un continu frisson de colère, humiliée, elle mit son chapeau, avec des lenteurs calculées où le général trouvait encore des exaspérations. Ensuite, elle passa son manteau, mais ne trouvant pas la manche gauche, sans rien dire, elle s'approcha de lui, et, tout en maugréant, il dut l'aider à finir de s'habiller. Puis elle se ganta, longuement, sans se presser, avec des hochements de tête, appuyant une série de raisonnements muets et de rancunes qu'elle remuait en elle-même: le plan aigu, le complot mesquin et méchant d'une vengeance de femme. Comme elle n'arrivait pas à boutonner le gant droit, elle lui tendit la main. Dans l'ouverture de la manche, un peu de peau se montrait, d'un rose appétissant. Il la repoussait, inquiet de ce coin de nudité, détournant la tête comme devant une tentation trop forte.

— Allons, travaille, fit-elle d'un ton indifférent. Tu vois bien moi, je ne peux pas. »

Il dut se résigner à la complaisance, et un instant ses mains peinèrent, cassant leurs ongles dans le gros effort qu'elles faisaient pour accrocher les délicats boutons toujours fuyant sous la peau des boutonnières. Quand il eut fini.

— Ainsi on s'en va? dit Mᵐᵉ de Pahauën. Vous me chassez?

Il répéta :

— Je vous chasse, certainement.

— Eh bien, soit, on s'en va. Mais tu sais, mon petit, j'irai là.

Elle avait marché vers la table, et du doigt, sur une carte déployée, au milieu des teintes plates, du compliqué fouillis des hachures et des lignes figu-

rant les collines, les routes et les chemins de fer, elle indiqua Versailles, et elle répétait avec un ton de menace.

— J'irai là, là,

— A votre aise.

Comme il n'avait pas l'air de s'indigner, elle appuya pour se donner la satisfaction de lui causer un dernier mouvement de colère. D'un mot suprême, elle insulta son patriotisme, ravala son habileté.

— Oui, chez les Prussiens. Ils sont plus malins que toi. En voilà des gens forts, au moins! Tandis que toi et tes généraux, tiens, veux-tu que je te dise, vous me faites suer.

Puis, s'inclinant dans une gracieuse révérence, ainsi qu'elle avait coutume de faire quand elle sortait de visite :

— Allons, au revoir, cher. Bonne chance.

Néanmoins, cédant à un intime besoin d'ironie, elle lui demanda :

— Hein? tu n'as rien à faire dire.

— A qui?

— A ces messieurs, là-bas.

Mais déjà il n'écoutait plus. Derrière elle, il venait de fermer la porte, et tout seul, il respirait à pleins poumons, avec cette satisfaction que laissent après eux les ouvrages malaisés et les résolutions difficiles à exécuter. Maintenant que Mᵐᵉ de Pahauën était partie, maintenant qu'il s'était enfin trouvé le courage de rompre avec elle, il renaissait à des libertés, à des volontés qu'elle avait annihilées, par l'ensorcellement de sa grâce, qu'elle avait amollies par la tendresse de son sourire. Un moment cependant, comme pour se défendre contre lui-même au

cas où l'envie la prendrait de remonter l'escalier et
de venir implorer son pardon, il ferma la serrure à
double tour. Alors, dans la solitude, il se sentit rede-
venir fort. Il regarda sur les meubles : rien d'elle
n'y restait plus. Il avait eu peur d'y rencontrer un
nœud de ruban défait, une voilette oubliée, quelque
chose d'un de ces ajustements féminins qui suffisent
quelquefois pour raviver les désirs et réveiller les
convoitises. Les fauteuils, vides, tendaient unifor-
mément autour de la salle leurs sièges nus, leurs bras
où des clous de cuivre fixaient l'étoffe verte de la
moleskine. Seul, un léger parfum d'opopanax échappé
des dessous secrets de la toilette de M^me de Pa-
hauën, traînait dans l'air lourd. Alors pour échap-
per à l'obsession de cet arome aimé, le général ouvrit
une fenêtre. La place, en bas, lui apparut avec son
moutonnement de têtes, ses remuements d'émeute,
ses baïonnettes serrées qu'un pâle rayon de soleil
accrochait et qui luisaient au milieu des menaces et
des poings tendus vers lui, de toutes parts. Et il
resta là quelques instants, grisé par son impopu-
larité, jouissant des injures, heureux dans sa vanité
de pouvoir ainsi bouleverser un monde, exaspérer
toute une ville ; des fiertés lui venaient en songeant
que bon gré mal gré, ces fureurs-là, il saurait les faire
taire, et qu'il n'avait qu'un mot à dire, un ordre à
donner, pour faire obéir ces révoltes et contraindre
ces indisciplines.

Il se retourna, flairant l'appartement. La délicate et
troublante odeur de femme avait fui. La lampe point
remontée charbonnait, dégageant une âcre senteur de
mèche rance et d'huile chauffée. En ce moment, un
craquement se fit entendre pareil au bruit d'une

15

grande pièce de soie qu'on déchirerait d'un bout à l'autre. Par-dessus les clameurs, serrée et crépitante, une fusillade éclata. Des balles ricochèrent sur les pierres de la façade qui s'effritaient en éclats secs, et tombaient comme des écailles, en bas, dans une fumée épaisse striée de flammes rouges, çà et là. Aussi calme que s'il eût été à la parade, le général ferma la fenêtre. Il tournait le bouton doré de la crémone, quand, auprès de lui, des morceaux de vitre dégringolèrent, sonnant à ses pieds, sur le parquet. Une balle traversant le carreau avait été se loger dans le mur en face, et un des portraits dans son cadre d'or montrait son uniforme percé d'un trou noir, en plein dans la poitrine. Alors, passant le bras à travers le châssis vide, le général montra le poing à la foule.

— A nous deux, maintenant.

La voix résonna brutale dans le grand salon désolé. Au loin, le canon des forts, par salves désespérées, tonnait sans discontinuer.

## II

Le lendemain, l'émeute vaincue, les chefs emprisonnés, les journaux supprimés, M<sup>me</sup> de Pahauën arrêtée, était conduite sous bonne escorte au delà des lignes françaises.

Le général demeurait triste. Il accueillit sans satisfaction l'officier d'ordonnance qui vint lui annoncer l'exécution de ses ordres. Et malgré lui, à travers les routes défoncées, les villages occupés, le navrant paysage de ruine que l'invasion mettait autour de Paris, son esprit suivait obstinément l'élégante femme aux cheveux roux, dont la possession l'avait tant charmé. Maintenant, la colère passée, son départ le peinait. Il considérait que, volontairement, il avait amoindri son prestige et diminué sa toute-puissance. Quelque chose lui manquait qui gâtait son succès.

Jadis, mis à l'écart par les soupçons de l'Empire, boudeur, dans sa retraite irritée d'écrivain et de soldat, il avait fiellé des articles nombreux contre les turpitudes et les hontes du règne, mais cependant jamais il n'avait pu se défendre d'un moment d'émotion et d'une minute d'envie, quand les journaux

apportaient jusqu'à lui les échos des grandes fêtes de
Compiègne, les récits des grandes débauches de Saint-
Cloud. Ses désirs de jouissance le rongeaient dans
l'austérité vaniteuse de son exil. Souvent même, dans
les heures troubles que connaissent les plus forts, il
avait senti vaciller sa conscience, faiblir son honnê-
teté. Plus d'une fois il avait songé à faire sa soumis-
sion, décidé intérieurement par ces sophistiques rai-
sons qui déterminent les lâchetés, convaincu qu'au mi-
lieu de l'excès des platitudes ambiantes, sa platitude, à
lui, passerait inaperçue. Mais il avait été soutenu par
son orgueil. Son ambition aussi l'avait empêché de tom-
ber à des complaisances et à des servilités. Il s'était
dit, que ceux-là seuls sont les maîtres un jour qui se
raidissent dans une attitude et savent prendre, parmi
les courants des hommes et les momentanés entraîne-
ments des faits, une position immobile et méprisante.
Puis, par nature, les médiocrités lui répugnaient :
il n'aurait trouvé aucun plaisir dans l'accomplissement
des vilenies vulgaires. Se vendre, quoi ? lui aussi !
mais tout le monde s'était vendu, et avec une science
de corruption qu'il ne fallait pas espérer pouvoir dépas-
ser. Du reste, il aurait rougi d'être un plagiaire de bas-
sesse, et si des capitulations lui semblaient désirables,
c'étaient celles qui mettent leur auteur dans une apo-
théose et l'immortalisent par la grandeur de leur gloire
ou la profondeur de leur infamie. Il se croyait né pour
les avenirs éclatants, taillé pour les immenses célé-
brités, musclé pour les efforts considérables, et ren-
fonçant ses besoins de domination, luttant contre ses
appétits, il avait attendu, honnête par calcul, incor-
ruptible par volonté. Si bien que le peuple, sans rien
deviner de ses impatiences et de ses fièvres sourdes,

l'admirait comme un martyr, et lui soupçonnant des capacités excessives ainsi que des talents méconnus, s'apprêtait à le saluer comme une puissance.

La chute de l'Empire, du jour au lendemain, l'avait fait sauter à une situation qui dépassait ses rêves. C'était entre ses mains que Paris, tremblant de l'approche des Prussiens, uniformément vainqueurs depuis un mois, remettait toute la puissance presque. De son obscurité lointaine, il montait bruyamment au poste de dictateur, et dès le début, les obéissances se faisaient faciles pour ce maître volontaire en qui se confiaient toutes les espérances de la patrie, désespérément. On ne lui demandait rien, sinon d'agir vite : les bonnes volontés, d'avance, souscrivaient à tout ce qu'il pourrait commander, pourvu que les ordres fussent brefs, les décisions rapides, les résultats sensibles, immédiats. Or, comme il arrive à tous les théoriciens dont la brusquerie des faits contrarie toujours la lenteur savante des combinaisons, il ne sut pas tirer le parti convenable des éléments nerveux qu'il trouvait autour de lui. Aux impatiences, aux grands élans de la foule, il opposait ses temporisations, et immobilisait par la sécheresse de ses calculs, les vibrants enthousiasmes qui ne demandaient qu'à marcher. Continuant dans son commandement militaire la pratique d'inertie à laquelle il devait la réussite de sa vie, il restait sans agir, dans Paris assiégé, attendant du hasard la chance d'une bonne fortune, comptant sur des secours du dehors, incapable de rien improviser, jugeant les situations nouvelles avec des idées préconçues et des points de vue anciens. Toute son autorité, il l'employait non pas à exciter les ardeurs ; au contraire, il

15.

la dépensait fiévreusement à maintenir les initiatives et à empêcher les audaces. Correct, précis, mais savant sans profondeur, intelligent sans élévation, et tenace jusqu'à la sottise, il se détendait seulement dans l'intimité avec M⁰ᵉ de Pahauën, dont les remuements, les gentillesses, les gamineries d'écureuil échappé, fouettaient ses sens lassés par la fatigue de plusieurs campagnes, contrastaient le plus avec la mathématique lourdeur de son cerveau.

Mᵐᵉ de Pahauën avait été mariée, plusieurs fois, à des individus dont aucun ne lui avait laissé son nom. Dans la galanterie du monde impérial, dont elle avait fait l'éclat, les mieux renseignés affirmaient que le nom qu'elle portait n'était qu'un nom de guerre, ramassé dans un roman, ou trouvé parmi les personnages secondaires d'un drame du boulevard. Ses maris n'avaient guère été que des passants, lesquels n'encombraient guère son lit, et si peu gênants qu'ils ne dérangeaient même pas son état civil de fantaisie. C'étaient ordinairement des Durand, des Bernard, des Dumont, employés de ministère aux figures louches, aux appétits voraces. Vieillards tout en vices, ou jeunes gens tout en ambitions, ils consentaient à la tirer enceinte des bras de son amant (un haut personnage qui s'engageait à les protéger), la voyaient quelque temps après la célébration du mariage, et puis une séparation à l'amiable survenait. Un jour, les deux époux s'en allaient chacun de son côté, et ne s'occupaient plus l'un de l'autre. L'employé donnait son nom à l'enfant, obtenait dans son bureau des gratifications nombreuses, des avancements rapides, et vieillissait décoré, ayant aux lèvres des phrases sur l'honnêteté, la bonne conduite, le travail qui

LA SAIGNÉE. LA SAIGNÉE. 175

mène à tout, le savoir qui élève et qui distingue.
Pendant ce temps, M^{me} de Pahaüen, indifférente et
libre, courait les bals, les réceptions, était de tous les
petits couchers, de tous les grands soupers. Ama-
zone, les jours de chasse, elle galopait le voile au vent
dans les taillis de Compiègne pleins des abois des
chiens, du roulement des voitures et des fanfa-
res des piqueurs. Dans les tableaux vivants, son
maillot de soie couleur de chair, inondé de lu-
mières oxydriques, elle étalait la largeur de ses
hanches, l'ampleur de sa gorge et des talons jusqu'au
sourire, la grasse et provoquante impudeur de son
corps de statue. Dame de charité, on avait l'occasion
de la voir, les jours de vente au profit des pauvres,
offrir volontiers tout ce que sa toilette laissait passer
de peau aux baisers des messieurs dont ses complai-
sances vidaient les porte-monnaies. Puis, subite-
tement, elle disparaissait. Ses meilleures amies
disaient qu'elle s'enterrait; d'autres prétendaient
qu'elle tombait à de grandes dévotions, et qu'elle
allait suivre, dans des couvents bien famés, des
retraites très austères. La vérité était qu'elle s'enfer-
mait, par caprice de débauche blasée, avec des petits
jeunes gens que son plaisir était de dépraver. Alors
on la rencontrait promenant dans les églises un deuil
mensonger et luxueux. Toujours accompagnée d'une
bonne, elle rentrait dans une petite maison des Bati-
gnolles ou de Passy, et les fruitières, les concierges,
toutes les commères qui s'asseyent sur le pas de leurs
portes et surveillent le va-et-vient de la rue, avaient
de hautes et profondes pitiés pour une pauvre jeune
femme si subitement devenue veuve. Ses générosités
servaient à dissimuler les écarts secrets de sa con-

duite, empêchaient les soupçons, au besoin même,
faisaient taire les médisances. Quelquefois, quand les
doutes devenaient trop forts, les affirmations trop
précises, brusquement, elle donnait congé et déména-
geait à temps, ce qui empêchait les inductions de
s'affermir et les preuves de se contrôler. Alors, elle
partait, laissant encore derrière elle une suffisante
odeur de sainteté avec une longue trainée de bonnes
œuvres.

C'était son plaisir de duper le public, en cachant
des vices excessifs et des raffinements qui allaient jus-
qu'à la bestialité, sous l'apparence d'une petite exis-
tence de bourgeoise vertueuse et tranquille, puis de re-
prendre en s'affichant avec un amant le tumulte d'une
vie affolée. La cour pendant ses absences se désolait.
Elle seule jetait une gaieté envahissante dans ce
monde d'aventuriers, toujours inquiet, au milieu de
ses fêtes, comme des escrocs qui, en mangeant le
produit de leur vol, tremblent à tout moment d'en-
tendre frapper à la porte et de voir entrer le commis-
saire. Toutes les folies étaient les siennes. Son vice
même prenait des grandeurs tellement il s'étalait sous
la flamme des lustres, sans pudeur et sans hypocri-
sie. Certaines de ses excentricités étaient demeurées
célèbres : un soir, dans un souper, elle était sortie
absolument nue d'un pâté colossal dont la croute gigan-
tesque s'arrondissait sur la table ; la première elle
avait pris ces bains de champagne qu'imitèrent depuis
les cabotines en quête de fantaisie, à court d'imagi-
nation, et la démocratie ne lui avait jamais pardonné
d'avoir, au théâtre, un soir de première représenta-
tion, pour mieux passer dans le premier rang des
fauteuils de balcon, jeté effrontément son paquet

empesé de jupons par-dessus la balustrade et d'avoir
gagné sa place, marchant, devant les spectateurs, les
jambes à l'air, les cuisses à nu.

Quand Paris avait été investi, elle était restée, par
curiosité. Elle n'avait pu résister au désir de voir de
près ce spectacle nouveau pour elle, une ville de deux
cent mille âmes, enveloppée, affamée, réduite à ses
propres ressources. Volontiers, elle avait accepté les
difficultés probables de la vie du siège, afin de con-
templer ce drame extraordinaire, espérant des situa-
tions neuves qui égayeraient un peu son ennui de
belle corrompue blasée. Dans les premiers jours du
mois de septembre, tandis que ses amies, profitant
des dernières voies laissées libres, emballaient leurs
robes et se bousculaient aux guichets des gares encom-
brées pour aller attendre, soit à l'étranger, soit dans
une province écartée, la fin des événements, elle,
payant de sa personne, était bravement entrée dans
ce personnel d'ambulances recruté spécialement parmi
les femmes désœuvrées, et parmi celles-là surtout qui
désiraient conserver leurs chevaux : les autres, ceux
du reste de la population, étant réquisitionnés pour
les canons, les transports, la boucherie. Et la jolie, et
coquette, et souriante ambulancière qu'elle était! La
souffrance, la mort, tout ce qui hurle et pue, tout ce
qui suinte et salit dans les salles où les combats entas-
saient les blessés, où la dysenterie couchait les
malades, tout cela n'était pour elle qu'un prétexte à
élégances. Avec quelle joie, le matin, elle se contem-
plait dans la glace, décolletée, avec une toilette de
ville si provoquante qu'elle ressemblait à une toilette
de bal. Comme jadis elle s'habillait pour le spectacle
d'une première représentation, elle s'habillait, se fai-

sait désirable pour le spectacle de la mort, promenait autour des lits empuantis et criants dans l'angoisse des agonies, l'éclair de ses diamants, le froufrou de ses dentelles, et les soldats expiraient, remerciant avec des paroles confuses et des balbutiements les tendresses de cette infirmière extraordinaire qui mettait dans leurs derniers moments toute la séduction d'une femme, tous les petits soins d'une garde-malade dévouée. Elle adoucissait les agonies, encourageait les convalescences. Point bégueule, elle retrouvait au milieu de ces hommes ces familiarités que les femmes du peuple ont naturellement pour les malades. Elle les appelait, « mon vieux, ma vieille », gourmandait leurs défaillances avec des mots crus, des épiphonèmes gras où perçaient de grosses bienveillances ; et les douleurs des pansements disparaissaient, emportées qu'elles étaient par les paroles canaillement câlines de son bagou d'ancienne modiste farceuse.

Fille des faubourgs, dans ce milieu d'ouvriers récemment enrôlés, elle respirait comme un relent de son air natal apporté là, par hasard, dans les vêtements, les habitudes, les conversations ; elle renaissait à sa vie d'ouvrière lâchée, se frottant aux hommes dans la promenade des nocturnes faubourgs ou les quadrilles des bastringues populaciers, et, très à l'aise, elle traitait d'égale à égal. Elle leur payait des liqueurs, du tabac, trinquait, fumait les cigarettes qu'ils lui offraient, volontiers. Même elle les tutoyait comme des camarades. Souvent aussi sa sympathie les suivait au delà de l'hôpital, les accompagnait après leur guérison, dans les tranchées des ouvrages avancés, dans les grand'gardes qui surveillaient l'ennemi.

Plus d'une fois, les officiers supérieurs avaient eu

l'occasion de voir arriver dans leurs baraquements et
dans leurs bivouacs une voiture qui levait toutes les
consignes. Le cocher disait un mot, et quand la sen-
tinelle hésitait, par la portière, une petite main fré-
missante et bien gantée tendait un laisser-passer
devant lequel tombaient les résistances et reculaient
les disciplines. M^me de Pahauën descendait : un in-
stant, entre elle et l'état-major, c'était un échange
de saluts, de politesses. Elle minaudait, sans doute
faisait à la faveur de son sourire des demandes impos-
sibles, car les fronts des militaires se ridaient d'im-
patience soudainement rembrunis et des mains cou-
paient l'air, sèchement, tandis que les képis, sur les
têtes, remuaient de gauche à droite avec des insis-
tances de refus. Mais la même petite main fouillait
dans les poches de la robe, en tirait un mince porte-
feuille d'où un petit papier sortait et où il rentrait
aussitôt. Alors les difficultés semblaient aplanies, la
discussion continuait plus calme et comme indiffé-
rente, jusqu'au moment où, amené par un planton
envoyé exprès, quelque simple soldat, ou chasseur à
pied ou mobile, arrivait très gêné, et rougissant un
peu sous la visière de son képi, saluait ses chefs.
M^me de Pahauën lui sautait au cou, l'appelait son fils,
l'embrassait avec un débordement de maternité, une
exagération de tendresse. Un instant après, au milieu
des fusillades, des crachements de mitrailleuses, du
tintamarre meurtrier des avant-postes qu'on attaque, la
voiture levant toujours les consignes d'un mot de son
cocher, d'un geste de sa propriétaire, emportait vers
Paris M^me de Pahauën, dont les jambes, sous la cou-
verture, serraient d'une étreinte passionnée le pan-
talon d'ordonnance de son amant momentané. Der-

rière eux, dans l'état-major, des conversations s'élevaient, pleines de blâmes, lourdes de craintes.

Les officiers parlaient de M^me de Pahauën, en faisant précéder son nom, du *la*, de cet article par lequel s'exhalent les mépris pour les filles bien en vue et les courtisanes trop célèbres. Ils l'appelaient la Pahauën, tout étonnés au dedans d'eux par cette étrange et obscure puissance de la femme dont les sourires faisaient obéir les plus forts, et dont la grâce pouvait, au gré de son caprice, détruire les gouvernements et ruiner les villes. Dans l'accablement de leur stupéfaction, ils n'arrivaient pas à comprendre comment le général en chef avait pu s'acoquiner avec ces jupons désordonnés dont les dentelles, autour d'eux, apportaient invinciblement une menace de désastre.

Et c'était justement à cause de la frénésie de sa gaieté et de l'exubérance de sa fantaisie que le général avait choisi M^me de Pahauën. Avec ses envolées, ses gamineries sensuelles, ses bavardages de perruche lâchée, elle le délassait au milieu de la gravité de ses occupations, lui faisait oublier le poids de ses responsabilités. Et maintenant qu'elle est partie, négligeant les affaires urgentes, laissant s'accumuler devant lui les dépêches télégraphiques auxquelles il ne daigne pas faire une réponse, triste et grave, il songe. Il revoit les premiers jours de sa liaison, la douceur des premières rencontres, les attendrissements de sa lune de miel dans la ville en armes, leurs promenades dans ce Paris debout et frémissant sous les premières hordées du canon des forts.

Le hasard avait fait la présentation. Un jour, dans son cabinet, elle l'était venue trouver, brusquant les domestiques avec un bon mot, forçant les portes

avec un sourire. Oh! mon Dieu, oui, elle devenait
solliciteuse. Mais ce qu'elle demandait ce n'était pas
pour elle. Non, elle n'avait besoin de rien, seulement,
une de ses amies redoutait les extrémités d'un long
investissement. Elle avait un bébé, il fallait des soins,
du lait, alors elle avait songé à demander un sauf-con-
duit pour aller à la campagne, vivre paisiblement. Une
femme, voyons, ce n'est pas très utile dans une ville
où l'on se bat. Mais elle ne connaissait personne.
Comment faire? M^{me} de Pahauën s'était dévouée, et
le général n'avait pas su se défendre de l'ensorcelle-
ment qui montait de cette femme.

Sur le bureau, elle avait pris une feuille de papier,
l'avait poussée devant lui, et trempant une plume
dans l'encre, la lui avait mise entre les doigts. Et pen-
dant que, sous son regard, il rédigeait le précieux
laisser-passer, de sa poitrine penchée qui frôlait un
peu son uniforme des effluves sortaient qui l'envahis-
saient tout entier, il ne savait quelle chaude émanation
de désir, si intense et si pénétrante que sa main trem-
blait, traçant sur le papier des lignes incorrectes.
Avec son parfum, avec sa parole, elle entrait en lui
par tous les pores. Une fascination se dégageait d'elle
qui le remuait au plus profond de    sensualité; elle
prenait possession de tout son être, s'imposait à sa chair.

Il n'ignorait point son histoire, ses aventures, en
quelles grandes folies elle s'était dépensée dans la
cour impériale. Alors une vanité s'éveillait qui faisait
taire toutes les sagesses de l'homme: l'ambitieux
paraissait, et c'était une âpre et délicieuse joie pour
ce dictateur et pour ce tout-puissant, d'ajouter cette
femme à sa domination, de joindre au pouvoir
suprême une débauche qu'il jugeait considérable, et

de compléter ses rêves en mordant à même dans ce vivant restant d'empire.

Facilement M^me de Pahauën se rendait à ses sollicitations de vieux militaire amoureux. Par une complication savante, elle cédait, irritant encore ses désirs par des stratagèmes de fausse pudeur, et puis un beau jour devenait sa maîtresse, brusquement, comme si elle s'abandonnait.

A partir de ce moment, cet homme qui tenait dans sa main la destinée de toute une ville, qui pouvait décider du succès et changer la face de l'histoire, hautain et superbe pour tout le monde, était secrètement manié par la capricieuse et fantaisiste main d'une femme. Et il ne savait au juste quel plaisir était le plus grand, ou celui de donner des ordres à l'armée qui ne pouvait discuter ses décisions, ou d'obéir lui-même à cette déréglée petite cervelle de M^me de Pahauën, qui, dans le siège, ne voyait qu'un prétexte à amusement, et trouvait une satisfaction à faire joujou avec la guerre.

Partout elle l'accompagnait. Il était rare qu'on vît passer le général tout seul. Derrière lui, à une légère distance, un coupé discret s'avançait toujours, où ses cheveux rouges éclatant comme une énorme fleur sur les capitonnages de soie mauve, une femme sortait de l'engoncement de ses fourrures et passait, de temps en temps, à la portière une tête curieuse et des yeux interrogateurs. On la rencontrait dans tous les retranchements, partout où l'on remuait de la terre, partout où le génie essayait d'élever des redoutes et d'improviser une défense. On la connaissait, et, à la longue, des légendes se racontaient à son sujet. Du Moulin-Sacquet au Mont-Valérien, de Bobi-

gny à Bagneux, les imaginations militaires déréglées
par de vieux souvenirs de romans-feuilletons, s'ingé-
niaient à la comparer à quelque héroïne des temps
passés, à quelque Jeanne d'Arc ou Jeanne Hachette,
venue au milieu des camps pour exciter les courages
et assurer la victoire.

Les journaux aussi parlèrent de M<sup>me</sup> de Pahauën.
Ils évoquèrent autour de son désœuvrement les
souvenirs des femmes romaines, les dévouements des
épouses de Lacédémone ; un poète l'appela : l'Ange
des avant-postes, et bien qu'au fond, les moins clair-
voyants lui soupçonnassent quelque liaison amou-
reuse, bien que les sceptiques ne dissimulassent
guère qu'elle étalait simplement une honte écla-
tante, son laisser-aller, sa bonhomie, sa blague avec
les soldats, les rations de vin qu'elle faisait distri-
buer par-ci par-là, en supplément, lui gagnaient
tous les cœurs. Des vivats souvent accompagnaient sa
voiture au départ, et la mode de l'époque étant à
l'exaltation des individus nés dans les provinces en-
vahies, la garde nationale, se mêlant au concert de
bénédictions qui montait des avant-postes et des forts,
l'admirait comme une grande dame alsacienne. On
en causait le long des remparts. La plupart ne dou-
taient pas qu'au jour de la bataille elle irait au feu,
carrément, comme un homme. Du reste, il n'y avait
pas à contester son tempérament guerrier et ses
qualités militaires. On avait pu la voir, un jour, grim-
pant hardiment le long des talus des bastions, sans
demander le bras de personne, et près des pièces de
canon qui tendaient leur cou de bronze dans la fente
gazonnée des embrasures, longuement, elle s'était fait
expliquer par les servants les détails de la manœuvre,

avait paru s'intéresser vivement aux ailettes de zinc des obus, à la mathématique de la trajectoire. Un jour même elle avait poussé la bonne grâce jusqu'à jouer au bouchon. Une heure tout entière, ses jupons ramenés entre ses jambes de façon à former culotte et à ne pas gêner ses mouvements, elle fit la partie avec une escouade de gardes nationaux. Autour d'elle les postes voisins quittant leurs baraquements s'étaient groupés, la pipe à la bouche, émerveillés de la générosité avec laquelle elle jouait vingt francs contre deux sous, à tous les coups. Par diplomatie, pour accroître sa popularité, elle avait eu la malice de perdre, et le soir, avec l'argent de son enjeu, tant de bouteilles furent bues dans les cantines, tant de toasts furent portés en son honneur, des voix avinées répétèrent si bruyamment les paroles de patriotique encourageusement qu'elle avait prononcées tout en jetant ses palets, que Mᵐᵉ de Pahauën, universellement, fut reconnue comme une sorte de divinité. Les courtes intelligences populaires, toujours portées à la glorification et au symbolisme, voyaient en elle on ne savait quel personnage extraordinaire incarnant dans la ville en armes la gaieté française résistant à tous les échecs, triomphant de tous les désastres, répondant ironiquement aux éclats d'obus par des éclats de rire. Maintenant cette prostitution glorieuse contrebalançait l'influence morale du képi même de M. Victor Hugo.

Aussi, les jours qui suivirent le départ de Mᵐᵉ de Pahauën, les bastions s'attristèrent. Il y avait moins d'entrain le long des remparts, et les gardes nationaux, en sentinelle, bâillaient, regardant désespérément si le chemin désert à perte de vue n'allait pas leur ramener

la voiture armoriée d'où descendait autrefois l'élégante femme, au sourire de laquelle ils présentaient les armes, galamment, comme à une puissance. Seuls des caissons défilaient, le sinistre va-et-vient des ambulances. Ou bien encore c'étaient des canons, des convois cahotants, tirés avec lenteur par l'agonie trébuchante des rosses maigres, invraisemblablement.

Certains jours la tristesse désolée du chemin de ronde s'animait du brouhaha de nombreux bataillons en marche, du tumulte des sorties projetées. Les soldats passaient, bien alignés, suivis par des adieux. Il y avait dans l'air des claquements de baisers, des souhaits de victoire, et les régiments marchaient avec plus d'entrain, comme si un peu d'espérance leur revenait au cœur. Puis les mêmes efforts donnaient les mêmes résultats, toujours. Des coups de canon étaient entendus, longtemps, très loin. Des dépêches télégraphiques arrivaient, lentes, contradictoires; l'angoisse à mesure envahissait Paris où l'ombre tombait comme une tenture de deuil. Puis, aux clartés vacillantes des lampes de pétrole installées pour remplacer le gaz, les troupes rentraient, débandées, avec une défaite de plus et des canons de moins, tandis que derrière elles, à cheval, un peu en avant de son état-major, le général, pensif sous les galons de son képi, passait, désirant follement le retour de M^me de Pahauën, comme si son écervelée maîtresse pouvait, dans les plis de sa robe et les fossettes de ses joues, lui rapporter son énergie d'homme, exilée avec la gaieté de la courtisane, comme si ses baisers avaient dû consolider ce pouvoir qu'il sentait vaciller à mesure sous les sanglantes ironies de Paris quotidiennement vaincu.

16.

III

A Versailles, M^me de Pahauên n'avait rien retrouvé de sa vie envolée des belles époques de l'Empire. Son récent prestige de maîtresse favorite disparaissait également. Sans autorité, presque sans argent, elle menait une existence maussade, vexée au plus profond de sa vanité d'être confondue avec la masse des femmes entretenues que la peur d'un bombardement, ou simplement un naturel espoir de gain facile avaient attirées au milieu des Prussiens.

Son arrivée avait été plus que modestie humble. Tout d'abord, elle avait été désorientée parmi le brouhaha guerrier de cette ville si majestueusement morte, à laquelle l'invasion donnait un mouvement extraordinaire et comme une résurrection d'un instant. Avenue de Saint-Cloud, dans un petit hôtel meublé plein d'officiers en casque, d'ordonnances au langage rude, aux éperons sonnant continuellement sur les marches des escaliers, elle avait eu assez de peine à se procurer une chambre étroite, avec un mesquin cabinet de toilette, où elle faisait coucher sa femme de chambre qui rechignait. La propriétaire, profitant de l'occasion, et tirant un lucratif parti des

malheurs de ses compatriotes, lui avait loué ce cam-
pement un prix exagéré : 30 francs par jour, sans
compter les frais journaliers du service. Et la bonne
dame, sanglée dans son corset, éplorée sous son bon-
net à larges rubans roses, avec des larmoiements
d'usurier et des clignements d'yeux d'entremetteuse,
lui avait fait remarquer qu'elle consentait à des con-
cessions inouïes. Elle ne lui en faisait pas un repro-
che, mais là, vraiment, une location à ce prix-là, elle
y perdait. Heureusement pour M^me de Pahauën qu'elle
était Française, sans quoi, elle n'aurait jamais conclu
un marché à ce prix qu'elle considérait comme tout
à fait dérisoire. Songez donc, une chambre au troi-
sième, à peine, car l'entresol n'était pas très haut,
avec vue sur la rue, encore. Un officier prussien qui
désirait y habiter en avait offert une somme double.
Mais, il faut bien s'entr'aider les uns les uns les au-
tres, n'est-ce pas ? Elle, elle tenait pour le dévouement
mutuel. Du reste, au rez-de-chaussée de sa maison,
elle avait ouvert une petite boutique où elle débitait
du vin, des liqueurs ; et vendant du champagne fre-
laté, des eaux-de-vie avariées qu'elle baptisait auda-
cieusement du nom de cognac et de fine champagne,
M^me Worimann, Alsacienne, rattrapait sur les ennemis
qui venaient boire en sa maison, les soi-disant pertes
qu'elle éprouvait, en logeant à des prix excessifs les
Français ou Françaises, Parisiens ou Parisiennes que
le bonheur d'un sauf-conduit amenait à Versailles,
cherchant un exil commode où l'on mangerait du pain
blanc à l'abri des obus, sans cependant être trop loin
des curiosités et des nouvelles de Paris assiégé.

A ces industries de logeuse en garni et de débitante
de liqueurs, M^me Worimann, secrètement, joignait une

profession dont les seuls revenus dépassaient de plus du triple les revenus déjà exagérés de ses commerces officiels. Ex-sage-femme qui s'était séparée de son mari et avait vendu sa maison avec son enseigne de fer-blanc peint, figurant un nourrisson qu'une dame bien mise découvrait dans un carré de choux et de roses trémières, après un procès en avortement, d'où elle était sortie acquittée faute de preuves suffisantes, Juliette Worimann, lors de l'arrivée des Prussiens, conçut immédiatement l'idée d'exploiter les vices de l'invasion. Après trois ans passés dans l'inaction, la conduite régulière et une hypocrite dévotion qui la menait tous les dimanches, à l'église Saint-Louis, écouter des messes, subir des sermons et faire brûler des cierges, l'ancienne matrone, au milieu du désordre de la guerre et de la détente de la surveillance policière, se reprenait à ce métier d'entremetteuse où jadis elle avait trouvé les plus clairs bénéfices de sa maison d'accouchement. Avec les Prussiens, elle n'avait à craindre ni procureurs, ni poursuites, ni cour d'assises. Dégagée de préjugés, profitant de la profonde connaissance de cette langue allemande qu'elle avait parlée, longtemps à Strasbourg, dans sa jeunesse, elle fournissait aux officiers bien rentés, le logement, la nourriture et l'amour. Ainsi, familière avec les généraux, complaisante avec les états-majors, elle avait échappé aux réquisitions que les Prussiens imposaient aux habitants. Protégée, à cause des services particuliers qu'elle rendait par son industrie, dans le désastre général, elle amassait des rentes. Pour elle, le Prussien n'était plus un ennemi qu'on hait, un exploiteur dont on se défend : c'était un client qu'on accueille avec un sourire, un consommateur qui

rapporte et qu'on tâche de retenir avec des bonnes
grâces. Intimement, M^me Worimann souhaitait la per-
pétuité de l'invasion. Douce avec tout le monde, affable
par nécessité, répandue en bonnes paroles, elle n'avait
de dureté que pour ce Paris lointain dont les inces-
santes canonnades lui faisaient craindre une sortie victo-
rieuse. Alors, c'étaient les Prussiens chassés, Versailles
redevenant français, son commerce tué pour toujours.
Aussi, elle affectait de ne pas croire à l'efficacité de
la résistance, et tremblant pour son intérêt, elle don-
nait le change en accusant journellement le gouver-
nement de faire massacrer les gens sans raison.

— A quoi tout cela servait-il? je vous demande un
peu?

Sur le pas de sa porte, quand des blessés faits
prisonniers passaient saignants, mutilés, criant dans
les cahots des voitures d'ambulance, M^me Worimann
exhalait des pitiés si bruyantes, plaignait tellement
les pauvres enfants « envoyés à la boucherie », ou
« sacrifiés pour une cause perdue », que, dans le quar-
tier, sa réputation en profitait. Assurément, comme
femme, c'était une pas grand'chose, on en tombait
d'accord, oui, mais aussi, elle avait un cœur d'or. Cela
était également indiscutable. Puis elle rentrait, et ces
mêmes tendresses, elle les prodiguait aux consom-
mateurs bavarois, saxons ou poméraniens, commer-
cialement.

Les mêmes circonstances qui avaient été favorables
à M^me Worimann, rendaient désastreuse la position de
M^me de Pahauën. Les femmes n'étaient pas rares sur
la place, à Versailles, et la notoriété qu'elle pouvait
apporter dans sa prostitution, la célébrité qu'elle avait
à Paris, cessaient là, dans cette ville où les officiers ne

savaient rien de la splendeur de ses relations anté-
rieures, ignoraient tout de ses excentricités et de la
fantaisie de ses caprices. Pour la première fois,
M^me de Pahauën s'aperçut qu'elle vieillissait.

Autour d'elle, à la promenade, les désirs ne parlaient
pas bien haut. En vain quand elle rentrait, elle inter-
rogeait sa femme de chambre : ni lettres d'amour,
ni envois de bouquets. Personne n'était venu. Ils ne
venaient pas davantage les billets poétiques et par-
fumés dissimulant la concupiscence secrète qu'ils
expriment sous des formules de politesse et sous des
exagérations du sentiment. Tous les matins, son lot
d'hommages lui manquait, et le soir, elle restait seule
au coin de son feu maigre, sans cour d'adorateurs, sans
conversations d'amis, tandis qu'au loin les canons ton-
naient, et qu'elle écoutait leurs décharges qui son-
naient dans la nuit, lugubrement d'accord avec ses
pensées. Rien, pas même la lettre brutale, offrant de
l'argent, sèche comme un calcul et brève comme un
prospectus.

La vie se faisait dure à M^me de Pahauën. L'argent
qu'elle avait emporté avec elle diminuait vite, et
quand il serait épuisé, comment et où s'en procu-
rer? Jamais elle n'avait fait d'économies, elle n'avait
de compte chez aucun banquier. Elle dut s'adresser
à M^me Worimann. Celle-ci se montra bienveillante,
et tout en l'exploitant et en lui prêtant à des taux in-
vraisemblables, profita de l'occasion pour lui donner
quelques conseils.

—Pardieu, elle en avait connu d'autres, et des grandes
dames encore, qui s'étaient trouvées dans des embar-
ras aussi grands, et même plus. Eh bien! elles s'en
étaient tirées. L'important, par exemple, était de ne

pas manquer d'initiative ou alors, si soi-même on n'osait pas d'ailleurs, elle comprenait ça, il y a 'des fois où la chose est assez difficile, eh bien ! on s'adressait à une personne de confiance qui se chargeait de.......

Et, dans une fin de phrase où elle essayait de dissimuler avec des mots délicats l'énormité de sa proposition, elle offrit ses services. Du reste, elle demandait pardon à madame, mais au fond, elle avait lieu d'être flattée, madame avait été remarquée l'autre jour par un officier supérieur.

— Quel officier? demanda M<sup>me</sup> de Pahauën, je n'entends rien à ce que vous voulez dire. Expliquez-vous, voyons ?

— Un de ceux qui sont auprès de l'empereur Guillaume. Ils ont un nom. Ma foi je ne sais plus comment.

— Eh bien, ce monsieur, que veut-il ?

Alors M<sup>me</sup> Worimann croyant d'avance au consentement de M<sup>me</sup> de Pahauën, la voix basse, les yeux brillants, lui apprit ce qu'on désirait d'elle, et le prix qu'on était décidé à mettre pour la possession de sa personne.

Pour la première fois, M<sup>me</sup> de Pahauën eut conscience de son infamie, sa vie tout entière à ces mots lui apparut méprisable et turpide. Tout le décor de luxe, l'apothéose de féerie dans lequel elle avait trôné, triomphante, accumulant les impudicités et compliquant les débauches, d'un coup, s'écroula. Dans une évocation soudaine, elle se revit passant au milieu des salles des Tuileries. Les orchestres, cachés, chantaient sous des fleurs ; on dansait et il y avait d'un bout à l'autre, sous l'éclatante lumière des lustres, des ondoiements d'épaules blanches où ruisselaient des diamants.

Des généraux, des diplomates, dont les noms jetés par les valets à l'entrée des salons, sonnaient majestueux et célèbres par-dessus tous les autres, inspirant le respect aux gens même qui les prononçaient, s'empressaient autour d'elle, briguant la faveur d'un regard, heureux de pouvoir être admis à ramasser son éventail ; et ceux-là considéraient dans la suite avoir été l'objet d'une distinction suprême, qu'elle avait autorisés à faire, avec elle un tour de valse, par hasard. On la consultait pour la conduite du cotillon, elle réglait les figures ; et quand l'envie lui en prenait, elle avait des inventions prodigieuses qui bouleversaient le bal et dont les retentissements étaient si lointains que des ministres même, dans la suite, en demeuraient ébranlés.

Elle s'apercevait encore rayonnant dans les feux d'artifice, chantée dans tous les *Te Deum*, et autour d'elle, comme autour de l'incarnation féerique de la corruption et du détraquement d'une époque, les chants des prêtres montaient, mêlant leurs hosannahs aux flammes de Bengale. Puis, quand l'Empire croulait, par la toute-puissance de son sexe et l'omnipotence de sa dépravation, elle dominait encore !

Trois mois durant, elle avait été maîtresse de Paris, et jamais d'un bout à l'autre de la ville enserrée dans ses bastions, il n'y avait eu une volonté contre sa volonté. Elle avait commandé aux généraux, fait ployer les disciplines, et que de fois des ordres avaient été donnés qui obéissaient à ses caprices. C'était sa fantaisie qui tout à l'heure avait fait livrer des batailles ; quand il lui avait plu, elle avait fait de la gaieté ; quand il lui avait plu aussi, elle avait fait de la mort. Et maintenant voilà qu'on osait lui offrir le lit d'un Prus-

sien, voici que la misère venait qui allait la forcer à
toutes les soumissions. Alors elle se révolta. Elle con-
sentait bien à être la courtisane éclatante que mau-
dissaient les Juvénals, et qui, malgré tout, sent l'admi-
ration des badauds soulevée autour d'elle avec la
poussière de sa voiture, quand elle passe si majestueu-
sement insolente que le doute vient aux honnêtes gens
et qu'un désir mauvais gonfle le cœur des humbles.
Mais quoi donc, maintenant, elle tombait à ce point
qu'on la prenait pour une prostituée vulgaire et qu'on
offrait de son sourire et de sa chair un prix déterminé,
elle qui, jadis, sur la promesse d'un baiser, avait ruiné
des familles et amené la faillite de banquiers !

Il lui sembla comprendre. Assurément quelque
chose d'épouvantable s'était passé, quelque chose dont
sa tête écervelée ne s'était pas rendu compte. Si elle
était déchue ainsi, un cataclysme terrible avait cer-
tainement frappé autour d'elle, quelque part. Dans ses
malheurs personnels, elle eut la notion d'infortunes
générales : elle entrevit la misère de la catastrophe
commune, et dans la déroute de son opulence elle
devina des infinis de désastres, d'irréparables immen-
sités de ruines. Ainsi, c'était donc ça l'invasion,
c'était donc ça la guerre !

D'un bout à l'autre de la France, M<sup>me</sup> de Pahauën
rêva de femmes comme elle, abandonnées, sans le
sou, s'endettant dans la nudité sale des chambres
d'hôtel, au milieu du marchandage des luxures et du
trafic des entremetteuses. La patrie envahie lui appa-
rut comme un endroit de désolation où les courti-
sanes même n'avaient plus la liberté de leurs corps
et le choix de leurs amants. La douleur lui donna un
peu d'intelligence. Un élan d'enthousiasme patrio-

tique lui fit soudainement admirer ceux-là qu'elle n'avait pas remarqués d'abord, ces soldats improvisés, armés au hasard, et qui luttaient désespérément. Le spectacle qu'elle avait contemplé avec le laisser-aller d'une belle dame, s'éventant bien à l'aise dans sa loge, lui apparut alors dans toute l'horreur de son développement, dans toute la grandeur de son humanité féroce. Elle seule, jusqu'à présent, n'avait point souffert de la souffrance générale.

Elle était passée souriante au milieu des morts, et des pudeurs lui vinrent pour cette insouciance et cette tranquillité dans lesquelles elle avait vécu si longtemps. Elle sentit qu'à son tour l'heure du sacrifice était venue; elle aussi voulut se dévouer comme la femme de Paris, qu'elle revoyait maintenant grelottant à la porte des boucheries, sur les boulevards, où tombaient des obus; comme celles-là qui, dans les défenses de ville, prenaient un fusil et faisaient le coup de feu. Alors, oubliant sa misère, ses poches vides, son train de maison réduit, sa femme de chambre grognant et réclamant sans cesse l'arriéré de ses gages, M^me de Pahauën repoussa avec dédain les offres de M^me Worimann. Elle, se vendre aux Prussiens? Allons donc, jamais!

M^me Worimann insistant, elle éclata en injures, lui reprocha le métier qu'elle faisait : une Alsacienne!

— Il ne fallait pas être Française pour consentir à de pareils trafics.

— Ainsi vous refusez! Pourquoi?

M^me de Pahauën prit un grand air de dignité. Et tandis que tout se mélangeait en elle, son amour pour Paris, ses exagérations de femme et ses gestes anciens appris quand elle jouait les grandes dames

sur les planches d'un petit théâtre, elle répondit :

— Parce que je sui Parisienne, parbleu ! et que les Parisiennes ne font pas comme vous, des lâchetés.

Et tournant brusquement les talons, elle sortit. Derrière elle les portes claquaient. Mᵐᵉ Worimann, qui la regardait s'en aller d'un air de douce pitié, répétait :

— Ce n'est point la peine de faire tant d'embarras. Tu y viendras, ma petite, tu y viendras, et peut-être encore plus tôt que tu ne crois.

En attendant, elle crut de sa dignité de ne plus échanger un mot avec sa locataire

Des journées se passèrent, des journées, encore des journées. La vie de Mᵐᵉ de Pahauën s'écoulait morne et désolée. Maintenant elle était seule, sa femme de chambre l'avait quittée après une grande dispute. Elle éprouvait ce surcroît de tristesse d'être obligée de faire son ménage elle-même. Par vengeance, Mᵐᵉ Worimann refusait de l'aider, et tous les matins elle traînait dans sa chambre, en peignoir, les cheveux dénoués, s'y reprenant à deux ou trois fois pour faire son lit. Les matelas à remuer fatiguaient ses reins peu habitués aux fatigues domestiques ; elle avait des maladresses constantes, et les précautions continuelles qu'elle prenait pour ne point salir la blancheur de ses mains, les gants qu'elle mettait pour les préserver, la rendaient si malhabile qu'elle cassait tous les menus objets fragiles auxquels elle touchait. Son élégance même l'abandonnait.

Jadis, elle avait été la vivante figure de la mode. Sur son dos, les toilettes doublaient de grâce, sur sa tête les chapeaux prenaient des imprévus de coquetterie. Maintenant, les costumes luxueux, les coiffures déli-

catement étranges dont elle avait fait la fortune et amené le succès, semblaient avoir perdu toute leur jeunesse et toute leur fraîcheur. Les rubans flottaient mous, sans éclat, avec des cassures de rubans fanés ; les traînes sur les trottoirs ondulaient avec un frou-frou mélancolique et fatigué, et les failles, les satins, les cachemirs, tout le coûteux falbala apporté avec soin dans le papier de soie des malles, semblait, sous le ciel de Versailles, le déballage misérable d'une maison de confection vendue après faillite.

En même temps que sa toilette, M<sup>me</sup> de Pahauën vieillissait : son âge apparaissait avec ses rides. Là, dans sa chambre d'hôtel, elle n'avait plus ces crayons, ces dentifrices, ces fards, ces poudres de riz, cette pharmacie d'ingrédients avec lesquels, tous les matins, une heure et demie durant, elle rechampissait ses charmes et consolidait sa beauté. Depuis longtemps le carmin dont elle se teignait les lèvres diminuait dans sa boîte, et, quotidiennement, elle l'économi-sait, faisant des prodiges d'invention pour se conserver longtemps encore le peu qui restait, épouvantée du jour de plus en plus proche où sa bouche éclaterait dans toute l'horreur de sa flétrissure, et où son sou-rire, derrière des lèvres gercées, découvrirait des dents jaunissantes et point poncées. Pourtant, c'était aujourd'hui son unique satisfaction : s'habiller.

Désœuvrée, rongée d'ennui, perdue d'inquiétudes, dérangée par des remords vagues, elle essayait de combattre la persistance de ses spleens par des ajus-tements de toilettes compliquées. Longuement elle se tenait devant sa glace étroite, un peu haussée sur la pointe de ses bottines, afin de se voir par-dessus le globe de verre dominant la pendule sur la cheminée.

Par une recherche de coiffure, par un nœud de ru-
bans, par un bijou retrouvé, elle essayait de revivre
cette existence d'autrefois et de ressusciter pendant
une demi-journée ce passé de luxe dont le souvenir la
hantait. Puis, quand elle était prête, pimpante et cor-
recte des bottines au chapeau, elle ne pouvait rester
dans sa chambre. Tourmentée du besoin de sortir, du
désir de se montrer, elle se promenait à pied, seule.

Alors dans la ville sinistre, aux fenêtres fermées,
dans les rues où les habitants cédaient le pas aux
uniformes et aux casques, tandis que les bourgeois
ne mettaient le pied dehors que pour les courses in-
dispensables, la toilette de M^{me} Pahauën prenait
d'indéfinissables intensités de tristesse. Sa grâce de-
venait lugubre à faire pleurer, sa prétention tour-
nait à l'épouvante. Les rares Versaillais qu'elle
rencontrait se retournaient, riant sur son passage.
Des quolibets suivaient le murmure empesé des ju-
pons sales frissonnants sous la robe, l'incohérence
malheureuse et savante de cette mise tapageuse.
Des gouailleurs la comparaient au décrochez-moi
ça des filles de maisons publiques, les jours de sortie.
Et, à la vérité, c'était une chose comique et navrante
que ce spectre de femme à la beauté fuyante,
aux cheveux rouges redevenant noirs par suite du
manque de la teinture périodique, qui, au milieu
de la Prusse, au milieu de l'armée ennemie triom-
phante, semblait le spectre des élégances mondaines
et comme le fantôme des splendeurs de Paris.

Bientôt M^{me} de Pahauën dut renoncer à ces pro-
menades d'où elle revenait insultée, bernée comme
une fille. Elle enferma ses robes dans ses malles, et
calfeutrée dans sa chambre, vêtue d'un simple pei-

gnoir, désespérée, elle attendit. Qui sait? peut-être un jour la fortune des armes lui serait-elle favorable, peut-être à la fin, Paris vainqueur lui ouvrirait-il ses portes? Et prise d'un accès de dévotion, elle pria, demandant à Dieu avec ferveur de donner aux Français une victoire qui lui rendrait sa tranquillité à elle, ses domestiques, son hôtel, et son train de maison, et son luxe ancien.

Mais la victoire était lente à venir pour les armes françaises. Chaque combat livré n'amenait que des défaites. M^me de Pahauën, navrée jusques au fond du cœur, frémissait de colère, quand, sous ses fenêtres, les Allemands défilaient avec des hurrahs répétés, célébrant leurs succès. L'hiver s'allongeait désespérément rude. Là bas, Paris, tenace dans la défaite, luttait toujours, et les nuits étaient pleines du sourd grondement de ses canons acharnés. Oh! comme elle l'aimait maintenant ce Paris lointain et terrible. C'était vers lui que convergeaient toutes ses espérances, et les dernières joies de la vieille courtisane étaient quand il emplissait l'horizon du fracas de ses forts et du tonnerre de ses remparts. A chaque bordée elle s'imaginait qu'un chemin allait s'ouvrir tout large, par lequel elle pourrait rentrer, et dans le craquement des mitrailleuses et les détonations stridentes des feux de peloton, elle imaginait des luttes définitives qui allaient décider de la France et changer la face des choses. La nuit venait, mettait sur ces journées d'angoisse la tristesse de ses ténèbres, la monotonie de sa neige, et rien n'arrivait. Dans la rue, les clairons prussiens sonnaient toujours la mélodie mélancolisante de la retraite, invariablement. Des régiments passaient, jouant les singulières et sourdes

batteries de tambours qu'accompagne l'aigre chanson
des fifres, et jamais au grand jamais dans la ville
solennelle et morne, dans les longues avenues, dans
les échos endormis du château tout rempli de statues
des héros de la gloire française, figées sur leurs socles
dans leur immobilité de marbre, jamais au grand
jamais il ne semblait que les clairons aimés retenti-
raient encore, jouant la *Casquette au père Bugeaud*.

Et pourtant, des cancans apportés dans la chambre
de M^me de Pahauën avec le coup de plumeau du
garçon d'hôtel, avec les kilos de charbon de terre du
charbonnier du coin, avec les rares visites que lui
faisaient les femmes entretenues, ses voisines, ne
représentaient pas les forces ennemies comme bien
considérables. Le bruit courait que leurs fortifications
étaient souvent dérisoires, leurs retranchements si
inexpugnables, simulés. A peine avaient-ils quelques
batteries sérieuses, vraiment garnies de pièces à lon-
gues portées et largement approvisionnées de muni-
tions. Le reste se composait de tuyaux de poêle, de
tuyaux d'égout, dont l'ouverture braquée sur Paris,
au loin, dans les verres des lorgnettes, donnait
l'illusion de gueules de pièces de siège. On citait
les endroits, en même temps aussi les gens qui
s'étaient aperçus de ce stratagème. On les nommait à
voix basse, les ennemis étant très soupçonneux. Peut-
être les récits exagéraient-ils la faiblesse des défenses
improvisées, on en était généralement d'accord ; mais
assurément tout n'était pas faux dans ce qu'on racon-
tait.

Ces histoires, souvent répétées, entretenaient les
illusions de M^me de Pahauën. Certaines nuits même
elle pouvait croire que son rêve de délivrance allait

se réaliser. Paris crachait de toutes ses bouches
à feu, et Versailles s'allumait, tout entier, d'une
grande lueur. Dans les rues, des estafettes couraient,
autour des troupes pesamment massées, des com-
mandements s'échangeaient. Les fenêtres des mai-
sons s'éclairaient, et tandis que les troupes s'éloi-
gnaient dans la ville soudainement abandonnée et
pleine de silence, les questions commençaient. Les
Prussiens, vigoureusement attaqués à l'improviste,
n'allaient pas pouvoir se défendre, c'était la sortie, la
sortie en masse, la sortie victorieuse. D'enthousiastes
espérances s'échauffaient en bonnet de nuit sur le
pas des portes, chacun tendait l'oreille, interprétant
tous les bruits dans un sens favorable. Le fracas des
caissons, roulant là-bas dans les ténèbres, était pris
pour celui des bagages du roi Guillaume qu'on em-
menait pour les sauver du désastre certain et les ravir
à la capture. On regardait le château, aucune lumière
n'y brillait, et dans l'accès d'optimisme qui secouait
la population, chacun concluait nécessairement que
l'état-major allemand, saisi de peur, s'était enfui.

Mᵐᵉ de Pahauën était belle, surtout dans ces circon-
stances où l'imagination débordait. Fille du peuple,
nourrie de la lecture des romans-feuilletons, l'esprit
hanté par ces conceptions saugrenues qui se dérou-
lent dans la folie de l'absurde et se dénouent avec des
complications extraordinaires, elle avait des affirma-
tions bouleversantes qu'elle débitait avec un imper-
turbable aplomb. Ainsi, elle donnait comme certain
que le château de Versailles était miné. Les Parisiens
attendaient seulement le moment favorable : une étin-
celle électrique, et v'lan le roi Guillaume, avec son état-
major, sautait en l'air, d'un seul coup. Elle était sûre,

également, que des souterrains passant sous la Seine, passant aussi sous les collines conduisaient d'Auteuil à la place d'Armes. Il n'y avait pas à en douter, la sortie devait s'exécuter de ce côté-là. Les Français marcheraient à couvert, et l'on rirait bien, tout à l'heure, quand tambours battants et clairons sonnants, ils déboucheraient au milieu de Versailles délivré, en plein.

Elle disait ces niaiseries sérieusement; elle-même y croyait éperdument. Elle prétendait même entendre sous la terre des pas sourds, cadencés comme ceux des bataillons en marche. Et les plus sceptiques écoutaient, ébranlés par l'autorité de sa confiance. Oui, il leur semblait qu'on percevait quelque chose d'inusité. Souvent ce n'était que le tapage d'un cheval à l'attache dont les fers grattaient le pavé, dans une écurie voisine. Parfois c'était moins encore : le murmure du vent dans les arbres des avenues s'enfonçant dans la nuit. Le plus ordinairement ils n'entendaient rien, sinon ces imaginaires sonorités que les vives espérances font bourdonner dans les oreilles attentives.

Le matin se levait, mettait ses clartés malades le long des maisons anxieuses, et les Versaillais, les yeux tout brouillés d'une nuit d'insomnie, le corps courbaturé par l'espérance continue de cette délivrance qui n'arrivait pas, voyaient rentrer les troupes ennemies. Elles chantaient bien en rang, comme si elles fussent revenues d'une inspection ou d'une revue. L'attaque des assiégés était repoussée encore une fois, et M^me de Pahauën tout en larmes, pleurant sur elle-même, tout en ayant l'air de pleurer sur la France, écoutait par-dessus la cadence des bottes marchant ensemble, rhytmiquement, les canons essoufflés qui,

dans le bleu livide d'une aurore d'hiver, tiraient à longs intervalles. Et leurs salves semblaient sonner le glas funèbre de Paris à l'agonie.

Paris, c'était maintenant l'obsession permanente de M^me de Pahauën. Elle le sentait à l'horizon, elle avait pour la ville immense les tendresses que, dans l'éloignement, on éprouve pour les personnes gravement malades. Un jour même, elle n'y tint plus, elle voulut le revoir, se mit en marche. Longtemps elle erra, repoussée par les sentinelles, chassée par toutes les consignes. Elle allait, errant sur les collines, à travers les bois dépouillés, glissant sur les restes de neige sans parvenir à apercevoir ce Paris colossal qui semblait se refuser. Pourtant, un instant, sur les hauteurs qui dominent Meudon, elle s'arrêta. A travers l'entre-croisement des branches qui mettaient sur le ciel des dessins fins et déliés comme des traits d'eau-forte, dans une courte échappée, la ville lui apparut.

Il était quatre heures du soir, la nuit était déjà venue. L'ombre autour s'épaississait, et Paris, confondu avec les ténèbres, n'était qu'un tas énorme d'obscurité. M^me de Pahauën tressaillit. A peine si elle le reconnaissait, dans cette masse noire étagée, là-bas, au fond du grand trou creusé entre les collines. Ce n'était plus le Paris illuminé et féerique, qui, le soir des promenades d'été, était aperçu à l'horizon, débordant de lumière et de vie, poussant vers le ciel plein d'étoiles le souffle de ses poumons, le murmure de ses rues, et dont les innombrables becs de gaz semblaient mettre sur la terre le reflet de tous les astres du firmament. Maintenant la buée rouge qui flottait au-dessus de lui avait disparu. L'activité paraissait avoir abandonné

cette ville sans gaz, qui gisait dans le pli du vallon,
avec les refroidissements sinistres d'un astre à jamais
éteint. A peine, si deci delà, dans les profondeurs de
son horizon d'ombre, une pauvre clarté oscillait,
lointaine, tremblante, et cette rare lumière faisait
songer M^{me} de Pahauën. Malgré elle, elle la comparait
à ces bougies qu'on allume pieusement au chevet des
morts.

Tout à coup, sous ses pieds le sol trembla, secoué
par des détonations successives : les oreilles lui tin-
tèrent douloureusement. A sa droite, à sa gauche, une
lueur immense courut, l'amphithéâtre des collines
s'alluma des lueurs d'un immense incendie, un épou-
vantable fracas de mitraille éclata, des projectiles
sifflèrent. Dans Paris, soudainement éclairé, des
obus éclataient de place en place. C'était le bombar-
dement. Les bordées se suivaient, calmes, réglées,
mathématiques, tandis que là-bas, Paris, dans une
immobilité cataleptique, ne ripostait pas. Rien! Pas
un coup de fusil aux avant-postes, pas un coup de
canon aux bastions. Si bien que, dans les intervalles
de silence, on entendait comme des écroulements de
maisons, distinctement.

Alors, madame de Pahauën se trouva lâche. Elle
eut honte d'avoir fui la ville désolée, elle se reprocha
d'être à l'abri, pendant que ses concitoyens souffraient,
maigris par la famine, décimés par les combats, nuit et
jour. L'effroi augmentant l'intensité de ses sensa-
tions, elle s'imagina que chaque coup portait, et que,
dans cette ombre funéraire, toute décharge ruinait un
quartier, tout éclat de bombe faisait un mort. Paris
lui apparut alors comme une ville de massacre et de
décombres, et son spectre la hantait comme un re-

mords. Elle détourna la tête, et faisant un effort pour s'arracher du sol où la clouait l'épouvante, mettant de temps en temps la main devant ses yeux comme pour échapper à l'obsession sinistre de cette vision, à travers champs, elle courut jusqu'à Versailles.

Maintenant, son parti était pris : coûte que coûte, elle irait à Paris. Il lui fallait sa place au milieu des misères ; elle voulait sa part de souffrance, demandait son morceau de danger. Et puis, si tout était fini, si Paris devait crouler et avec lui l'Empire, vingt ans de corruption, elle se figura qu'elle manquait au dénoûment. Comme les cabotines, à la scène finale, au milieu des jets de lumière électrique et des flammes de Bengale du dernier acte d'une féerie, il lui sembla qu'elle devait réapparaître et tenir son emploi dans cette funéraire apothéose. Elle songea aussi qu'elle pourrait exaspérer les résistances, fouetter les colères, animer enfin cette défense somnolente et lui souffler des audaces. Oui, elle irait. Elle dirait de combien peu de troupes disposait l'ennemi. Elle dénoncerait ses forces dispersées, ses armements insuffisants, ses fortifications fictives, la pauvreté de son corps d'investissement, et qui sait? peut-être arriverait-elle à secouer les torpeurs et à décider les hésitations.

Le bombardement entendu au loin continuait, correct, effroyable. Paris se taisait toujours, résigné.

Alors elle rêva de choses immenses : les forts tonnant à sa parole, l'armée marchant sous son impulsion, et le souvenir romanesque de ses lectures se mêlant à l'exaltation de ses nerfs, elle s'imaginait qu'un jour elle tiendrait sa place, dans l'histoire, à côté des héroïnes célèbres dont le courage et la volonté

avaient affranchi des peuples et délivré des patries.

Résolue à tout, dans sa fièvre de patriotisme, de retour à Versailles, elle alla trouver M^me Worimann. Elle se fit humble, travailla par de doucereuses paroles à rentrer dans les bonnes grâces de l'entremetteuse, puis, brusquement, comme gênée par ses bassesses, elle lui déclara qu'elle acceptait.

— Quoi? qu'est-ce que vous acceptez? demanda hypocritement M^me Worimann.

— Ce que vous m'avez proposé l'autre jour, vous savez.

M^me Worimann fit un geste qui signifiait : je savais bien que vous y viendriez.

— Seulement, continua M^me de Pahaüen, je mets une condition expresse. Vous m'entendez. Le lendemain j'exige que les moyens me soient facilités pour rentrer à Paris. Autrement, il n'y a rien de fait.

Longtemps, M^me de Pahauën attendit la réponse. Deux jours passés, et elle était encore là, dans sa chambre, marchant à grands pas, tremblant que cet officier de l'entourage de l'empereur Guillaume n'eût changé d'avis et ne la refusât, à cette heure. La glace lui jeta son visage. Elle se trouva laide, et s'avoua à elle-même qu'elle n'était plus guère désirable. Alors la vieille courtisane s'ingénia. Elle employa tous les artifices pour rétablir, ne fût-ce qu'un jour, sa croulante beauté. Ses pots de fard grattés jusqu'au fond rendirent à son visage une jeunesse momentanée, le rose revint aux lèvres avec un peu de pommade. Un bout de crayon retrouvé dessina l'arc fuyant des sourcils, un rien de khol bleuit à nouveau sous la paupière ravivant les flammes éteintes de l'œil,

18

.et M^me de P  hauën, la célèbre et l'adorable, ressuscita, parce qu'elle le voulait.

Quand M^me Worimann entra dans sa chambre, à peine si elle reconnut sa locataire.

— Jésus Dieu! s'écria-t-elle, comme...

M^me de Pahauën lui coupa la parole, et d'une voix brève.

— Eh bien?

— C'est entendu.

— Tout? Absolument tout.

— Absolument tout. Puis, après avoir scrupuleusement indiqué l'heure et l'endroit :

— Vous n'avez plus besoin de rien?

— De rien.

— Alors, adieu, madame.

M^me de Pahauën s'étira, étendit les bras comme une femme qui échappe enfin à une longue courbature, et poussant un soupir de satisfaction.

— Enfin! Maintenant nous allons donc rire.

En bas, M^me Worimann, devant sa caisse, venait d'ouvrir son porte-monnaie. Elle prenait un à un les thalers qui lui avaient été comptés pour prix de sa proxénétique intervention, et, tandis qu'elle les comtemplait longuement, des éclairs de cupidité satisfaite s'allumaient dans les yeux louches de l'entremetteuse.

# IV

C'est le cent-douzième jour du siège. Le matin, des affiches ont été posées encore; le rationnement de la viande a été réduit de nouveau, et le pain tout noir, quand on le coupe, met sous le couteau des hérissements de brosse, quand on le mange, sous la dent, des craquements de caillou. Maintenant, les boulangers sont remplacés par des chimistes : d'empiriques préparations suppléent à la farine qui manque. Dans les greniers vides, on balaye avec soin les épluchures de céréales, les débris d'avoine, les grains de blé fermentés et salis, et cette pâte-là se vend très cher qui contient encore quelques vestiges des matières avec lesquelles le pain se confectionne ordinairement. La viande de cheval est devenue mauvaise. On la prend où l'on peut, dans les écuries de plus en plus désertes : l'équarrisseur aujourd'hui fournit la boucherie, et sur la table, la viande échauffée, coupée sur la carcasse des rosses maladives et affamées, fait monter au nez des convives un âcre et pestilentiel fumet qui lève le cœur, empêche l'appétit.

De grandes dépenses se font. A prix d'or on se dispute chez les marchands les dernières boîtes de viandes

conservées, on s'arrache les comestibles très rares qu'improvise l'ingéniosité des estomacs affamés. Les chiens, les chats, les rats sont achetés avec répugnance, apprêtés sans beurre, mangés avec dégoût, et les gastrites, de tous les côtés, s'aggravent. Plus de lait. Les nouveau-nés sucent péniblement des biberons rapidement séchés. De temps en temps, dans les rues, un bataillon qui passe, sur un commandement, se met au port d'armes, et des bières d'enfants défilent, couvertes d'un drap blanc. Et le même honneur se rend souvent, sur le même boulevard, pendant une marche d'une demi-heure. Les statistiques constatent que les maladies augmentent, et avec elles le nombre des décès, incessamment : les rues sont pleines de femmes en deuil, de gardes nationaux un crêpe au képi. Guère de famille qui n'ait son mort : toutes ont leurs angoisses.

La nuit, le bombardement jette sur des coins entiers de la ville le déchirement de ses obus, l'épouvante de sa tuerie anonyme; le jour, on guette en vain dans les profondeurs neigeuses du ciel le vol espéré d'un pigeon voyageur apportant sous ses ailes l'annonce, au moins d'une victoire lointaine, un renseignement, même vague, sur ce que deviennent les parents là-bas, dans la province qu'on s'imagine dévastée, en proie à toutes les horreurs. Mais les ballons s'en vont emportant de jour en jour des lettres éternellement sans réponse. Le froid, le givre, les balles prussiennes terriblement adroites rendent toujours plus rares les rentrées des ramiers au colombier, et la soif de nouvelles est si grande, l'anxiété telle, qu'on achète des journaux, trois, quatre même, en

vingt-quatre heures. Tous se répètent, et pourtant, quand un marchand passe criant : — Demandez les dernières nouvelles, les détails précis sur la sortie, — des têtes apparaissent aux fenêtres des maisons ensuairées de brume, des appels retentissent, des femmes, des enfants descendent, donnant leur sou, et, debout dans la rue, lisent la feuille imprimée, fiévreusement. La feuille redit ce qu'a conté la feuille précédente, reproduit les mêmes renseignements, copie les mêmes dépêches, et cependant, tout à l'heure encore, on se pressera à la porte des mairies, quêtant sous le grillage en fer où l'on colle les placards administratifs, l'aumône d'on ne sait quoi d'officiel qui serait une nouvelle. L'espoir a tellement abandonné les cœurs, qu'on ne compte plus sur l'annonce d'un succès : on demande seulement un changement d'ennui.

L'enthousiasme s'abat, les élans faiblissent, la ville apathique fait machinalement son métier militaire. A la longue la garde nationale s'est lassée de cette dépense de bonne volonté et d'efforts qui toujours ont été inutiles. Paris cependant continue à résister par la toute-puissance de la force d'inertie. Une agitation quasi somnambulesque emplit les rues : les clairons sonnent, les gardes se montent, on relève les sentinelles, les canons tonnent, mais sans résultat, sans intérêt, automatiquement et par habitude.

L'abandon, la courbature morale de la ville ont gagné jusqu'au général en chef. Ses proclamations jadis si nombreuses sont devenues plus rares ; jadis si verbeuses, si dogmatiquement prolixes, elles sont devenues brèves et concises, extraordinairement. Sa

18.

stratégie, du reste, n'agit pas plus que sa plume. Il ne tente plus rien, il attend. La misère de ses dernières sorties a aiguillonné contre lui l'ironie de la popula- tion et il s'en venge. Il impute à tout le monde, à toutes choses, la fréquence de ses insuccès. Des fu- reurs hiérarchiques le secouent, hantent son cerveau, mènent sa main; sa colère s'exhale contre ces bouti- quiers et ces citad ns qui se permettent d'apprécier les actes d'un militaire, d'un général. Il vient de si- gner le rapport quotidien, le renseignement officiel qui sera communiqué à tous les journaux; il y est dit : « Des obus sont tombés au Point-du-Jour, des civils seulement ont été atteints, » et il s'applaudit, il trouve l'ironie finement cruelle.

De temps en temps, dans la déroute de ses stra- tagèmes, convaincu de son impuissance, un vieux reste de dévotion lui revient. Il éprouve le besoin de croire en Dieu: il voudrait qu'elles fussent encore possible ces grandes victoires des Gédéons interve- nant avec des poteries qui repoussaient l'ennemi, ces grands renforts de Samsons faisant, d'un coup de poing, crouler les villes sur les assiégeants, et vaguement, se laissant aller à d'invraisemblables légendes, il rêve de triomphants libérateurs, comme ceux-là qui apparaissent soudainement dans les batailles des époques bibliques. Il espère la vision de Constantin, le labarum sacré entrevu dans les nuages promettant la victoire, et se souvenant d'Attila que les histoires représentent comme s'éloignant de Paris sur les prières d'une bergère, à tout hasard il a recours à sainte Geneviève et vient de songer à faire une neu- vaine  Autour de lui, les dépêches télégraphiques s'accumulent, toujours mauvaises, il en manie dis-

traitement le papier bleu, il se demande si vraiment il
serait prudent d'en donner communication au public.
Déjà la veille, par un homme qui a réussi à traverser
les lignes prussiennes, des détails lui sont arrivés,
lamentables. Il ne les a pas divulgués. Et il reste là,
abattu, ployant sous le chagrin de ses propres dé-
faites, accablé aussi sous les désastres de province.

Maintenant le doute même n'est plus permis :
c'est la capitulation à courte échéance. Longtemps il
se défend, le mot seul effarouche tout son passé de
dignité militaire, et cependant les vivres sont épuisés,
les troupes diminuées de tous les morts et de tous les
blessés de cinq mois de combats. Il y a bien la garde
nationale. Involontairement, il sourit, plein du dédain
des soldats de profession contre les soldats impro-
visés. Alors l'idée de capitulation réapparaît dans son
esprit, et à mesure, le mot, insensiblement, se fait
accepter. Après tout, il a fait tout ce qu'il était pos-
sible de faire : il n'a pas contrevenu aux lois qui
déterminent la conduite d'un officier général comman-
dant une place forte. Non, n'est-ce pas ? Il n'aura pas
la gloire, soit; mais au moins, son honneur est sauf.
Il délibère en lui-même, s'accuse mollement, et, s'ab-
solvant, décide qu'il a fait son devoir. Alors il se
résigne.

Pourtant, par un suprême excès de conscience,
il veut s'assurer si une sortie héroïque, désordon-
née, est véritablement impraticable. Qui sait ? peut-
être par une attaque à l'improviste pourrait-on forcer
cette ligne d'investissement trop vaste pour n'avoir
pas de points faibles. Alors il fait seller son cheval.
Escorté d'un piquet de cavaliers qui mettent derrière
lui la silhouette maigre de leurs chevaux, et comme

le vivant spectre de la famine et du désastre, lentement il monte l'avenue des Champs-Elysées. Déjà le rond-point est dépassé. Le chemin, devant eux, jusqu'à l'Arc de Triomphe, s'étend boueux et morne. Des deux côtés, des maisons fermées, des hôtels abandonnés, par-ci par-là la tache blanche d'une enseigne de calicot sur lequel on lit le mot *Ambulance*. Le général se retourne, et derrière lui, jusqu'aux Tuileries, l'avenue, toujours aussi déserte, s'allonge dans la monotomie et la boue, serrée entre les arbres dépouillés, comme un sentier de forêt creusé de fondrières et raviné de trous. Sur le macadam défoncé, sur la chaussée mal entretenue où défilait jadis, dans les belles après-dînées mondaines, tout ce que Paris luxueux avait de galanterie, d'amour et de sourire, seul, un fourgon d'ambulance est aperçu. Des blessés y sont étendus gémissant à chaque cahot des roues, et le général, qui continue sa marche, les salue avec le geste classique de Napoléon Iᵉʳ disant dans les vieilles estampes : « Honneur au courage malheureux. » Soudainement, à mesure qu'il approche de l'Arc de Triomphe, qui là-haut ouvre au bout de l'avenue son arche gigantesque, l'idée de l'ambulance qu'il vient de rencontrer se mêle à son vague souvenir des femmes élégantes que l'heure du bois lui avait si souvent montrées dans leurs voitures, en cet endroit, sous l'Empire. Peu à peu, les formes indécises flottant dans son esprit deviennent plus certaines, elles prennent un corps, et devant ses yeux Mᵐᵉ de Pahauën, mondaine et ambulancière, se lève avec toutes ses grâces et ravit son souvenir avec l'étalage de toutes ses séductions. Ah! maintenant, comme il regrette sa colère d'il y a trois mois, l'excès de son emportement,

la brusquerie rancunière avec laquelle il l'a poussée à l'exil, sans réflexion ! A cette heure désespérée où ses dernières ambitions de gloire agonisent, où tout ce qu'il avait souhaité se dérobe à l'étreinte de sa main rêveuse, où dans l'écrasement de la patrie il ne considère plus que la misérable déconfiture de sa vanité, au moins si M<sup>me</sup> de Pahauën était là, sa présence lui tiendrait lieu de consolation. Avec elle dans les bras, il oublierait la pauvreté de ses entreprises, l'éternelle médiocrité du nom qu'il va laisser à l'histoire. Eh! qu'importe, que tout échappe et que tout croule, si au milieu de l'effondrement universel et du deuil de tout un peuple, fuyant dans les débauches et l'enivrement sensuel le mépris qui s'accroît et la honte qui vient, il pouvait s'abîmer dans la jouissance d'un désir charnel réalisé, et si cette nudité de M<sup>me</sup> de Pahauën il lui était permis aujourd'hui de la voir et d'y toucher encore !

En chemise, la chair à la fois disparue et montrée sous les découpures fines des dentelles, dans les déshabillés sans cesse provoquants des anciennes nuits galantes, la désirée image de sa maîtresse le poursuit. Elle est auprès de lui, quand il pose le pied à terre, remettant à un dragon la bride de son cheval; elle monte avec lui, pas à pas dans l'obscurité de l'escalier pratiqué dans l'Arc de Triomphe, avec lui, elle est sur le sommet, auprès du poste télégraphique, dont la sonnette d'appel, à tout instant, retentit. Et Paris tout entier, sous leurs pieds se déploie emprisonné dans un incessant cercle de fumée. Les canons des forts tonnent sans discontinuer, et là bas, plus loin encore que la ceinture des bastions, plus loin que l'enceinte reculée des ouvrages avancés, sur les collines, les

canons prussiens qui répondent furieusement, arrondissent jusqu'à l'horizon un cercle de fumée où l'autre est enveloppé.

Une lunette à la main, le général regarde avec nonchalance ce spectacle monotone pour son œil de soldat. Il va, vient, de long en large, sur la vaste plate-forme, braquant sa vue une fois sur Genevillers, une fois sur Meudon, au hasard, puis revient au Mont-Valérien don, les pièces de marine, plus près, emplissent l'air d'un tintamarre plus fort, et tout ce grand remue-ménage l'excède comme une chose inutile. Même il s'en désintéresse, et machinal, regarde l'employé du télégraphe transmettre les ordres qu'il envoie, par habitude. L'appareil Morse fonctionne : il s'amuse au claquement sec du manipulateur, aux rouages d'horlogerie mettant en marche la bande de papier bleu où s'inscrivent les dépêches. Tout à coup, tout s'arrête, ses ordres sont transmis, collationnés, et il reste là surpris de la prompte fin de son plaisir. Mais la sonnette tinte à nouveau : une vis est levée, le papier se déroule, et sans savoir pourquoi, comme s'il se doutait qu'un bonheur est là, annoncé dans ces traits irrégulièrement longs et courts irrégulièrement, il essaye de lire, le cou tendu, ne comprend rien à ces signes qui l'irritent par leurs hiéroglyphes, interroge l'employé.

— Eh bien ?

— Du pont de Sèvres, un parlementaire vient d'arriver aux avant-postes demandant une suspension d'armes d'une demi-heure pour faciliter la rentrée à Paris de M$^{me}$ de P...

L'homme se penche,.. épèle, hésite : « Madame... madame de Panavan, de Fonarvon.

— Madame de Pahauën! s'écrie le général, et il répète à plusieurs reprises « Pahauën, Pahauën, » comme pour se convaincre lui-même de la réalité de ce qu'il dit.

— Accordé, oui, oui; je sais ce dont il s'agit. Donnez en même temps l'ordre de conduire cette dame à l'hôtel de l'état-major.

Et comme s'il craignait d'en avoir trop dit, et l'avoir, par sa vivacité de parole, trahi la chaleur de sa passion, il ajoute cette phrase hypocrite :

— C'est là que je l'interrogerai, donnant ainsi à croire qu'il s'agit des intérêts de la patrie, et qu'il s'en préoccupe.

Tac, tac, tac, le manipulateur fonctionne ; s'il osait cependant, il forcerait l'employé à travailler plus vite. Tac, tac, tac, la dépêche s'en va peu à peu avec un petit bruit saccadé, et le général s'impatiente : jamais le télégraphe ne lui a paru si lent. Au loin le canon tonne toujours. Soudain les grondements diminuent à droite, diminuent à gauche. Les fumées qui s'envolent découvrent les collines, Meudon, Clamart, Sèvres, et dans le ciel un moment rasséréné le clocher de Saint-Cloud, seul, debout au milieu des ruines du village, lève sa pyramide blanche. Au-dessus du Mont-Valérien quelques rares flocons se traînent encore, tandis que le bruit des détonations décroît et meurt au loin dans les profondeurs des échos, en sourdine.

Alors pendant que les deux peuples qui, depuis six mois, s'acharnent l'un sur l'autre, et se mitraillent, et se battent, et s'écharpent, dans un effrayant spectacle qui tient l'Europe attentive, s'arrêtent un moment, pendant que la France et la Prusse, enra-

gées dans la destruction et inventives dans la mort,
suspendent leurs colères et font faire silence à leur
haine, M^me de Pahauën, debout, dans un bateau, avec
une apothéotique allure, traverse la Seine ensanglan-
tée. Elle sourit aux rameurs pliés sur les avirons.
Des officiers, sur la rive devenue allemande, lui font
avec la main des signes d'adieu amicaux ; des offi-
ciers sur la rive française l'appellent avec des gestes
d'intime familiarité, et dans l'immense désastre des
rives ruinées, elle passe, affirmant ainsi au milieu des
tueries la toute-puissance invincible de sa chair, le
triomphe insolent de son sexe.

Longtemps le général, avec sa lorgnette, a suivi
dans le lointain quelque chose de noir qui marche et
qui doit être l'embarcation ramenant à ses désirs la
Pahauën et sa luxure. Un instant, il ne voit plus rien,
puis la même tache noire réapparaît, gagnant lente-
ment la rive opposée. Elle y touche, maintenant elle
se confond avec la ligne sombre de la rive, et soudain
des drapeaux blancs qui flottaient des deux côtés, de
place en place, sont abattus, des sonneries de clairons
éclatent si furieuses que le bruit en arrive jusqu'à
ses oreilles.

—Commencez le feu ! commencez le feu ! chantent
de toutes parts les embouchures de cuivre, et de nou-
veau des cercles concentriques de fumées s'élèvent,
devant, derrière partout, masquant les collines. Le
clocher de Saint-Cloud s'enfonce à nouveau dans une
nuée d'ouragan, et la canonnade recommençante
roule avec un retentissement si épouvantable, qu'elle
donne la sensation d'un tremblement de terre

L'armistice est fini, M^me de Pahauën est à Paris.
Derrière elle, le sang coule à nouveau, les maisons

croulent, les ruines s'accumulent. Qu'importe, M<sup>me</sup> de Pahauën est à Paris.

Le général, brusquement, est descendu. Il a repris son cheval au bas de l'Arc de Triomphe, et à franc étrier il a gagné l'hôtel de l'état-major, essoufflant à sa suite les squelettes galopants des rosses que chevauchent, sinistres dans leurs grands manteaux, d'affamés squelettes de dragons. Il attend. Pris d'impatience, il marche de long en large, tâchant d'user son anxiété dans l'effort d'un mouvement continu. M<sup>me</sup> de Pahauën est lente à venir. Il ne peut pas se figurer que, du pont de Sèvres au milieu de Paris, la route soit aussi longue. Il s'inquiète, se reproche des négligences. Peut-être ses ordres donnés là-haut, du sommet de l'Arc de Triomphe, n'ont-ils pas été assez précis. Déjà il songe à en expédier d'autres qui les expliqueraient, d'autres encore qui en précipiteraient l'exécution, quand tout à coup la porte s'ouvre, et M<sup>me</sup> de Pahauën, congédiant sur le seuil l'officier qui l'amène, paraît. Avec elle, tout le tintamarre de la ville bombardée et bombardant entre comme une escorte de colère.

Le général s'est précipité les bras en avant, tendus par la passion, et il l'appelle tendrement de son prénom :

— Huberte !

Mais M<sup>me</sup> de Pahauën est très grave. Debout dans une robe noire, majestueuse et menaçante, elle repousse les lèvres qui s'approchent, les baisers qui s'offrent, et les tendresses, et les étreintes. C'est à son tour de refuser le général. Durement, avec des mots cruels où passe toute l'égoïste rancune de son séjour à Versailles, elle lui demande ce qu'il fait, pourquoi

19

il ne se bat pas. Pour un peu, elle l'accuserait de n'être pas venu la délivrer, là-bas, dans son internement de la maison meublée de l'avenue de Saint-Cloud, et elle se plaint amèrement de son inaction, comme elle se plaindrait d'un rendez-vous auquel il aurait manqué. Oui, certes, il serait venu la chercher s'il avait eu du cœur.

— Ah! pourtant, tu aurais bien dû t'en douter de ce qu'on s'embête là-bas?

Et lui ne trouvant pas de raison à donner, se contente de répéter :

— Huberte, Huberte! avec les airs de supplication d'un enfant demandant un jouet qu'on ne veut pas lui rendre.

Mais elle continue :

— Avec ça que la chose était difficile. Il suffisait de vouloir, voilà tout. L'investissement n'était pas tellement serré qu'on ne pût pas le rompre. Elle le savait bien, elle, elle les avait vues ces fameuses fortifications prussiennes. Ah ça, est-ce qu'il coupait là dedans? Des canons, des canons, mais c'étaient des tuyaux de poêle. Comment! il n'avait donc pas deviné? A quoi lui servait sa lunette? Non vraiment, on n'était pas myope à ce point. Eh bien! vrai, si tu savais ce qu'ils se moquent de toi, là-bas, les Kaiserliks!

Et prise d'une de ces crises d'éloquence qui sortent parfois de la bouche des femmes passionnées, elle vide devant lui tout ce qu'elle sait, tout ce qu'elle croit savoir sur la position stratégique des Prussiens. Avec une parole endiablée, pleine de trouvailles de mots et de bonheurs d'épithètes, elle répète les cancans, les faux renseignements, tous les racontars niais, toutes les inventions saugrenues, tous les invraisemblables

détails qu'elle a ramassés à Versailles sur le palier,
dans les conversations avec le garçon d'hôtel, M^me Wo-
rimann, la laitière, le charbonnier. A l'entendre,
les Prussiens manquent de tout, de vivres, de muni-
tions, même de patience. L'investissement les gêne
autant que les Parisiens, même plus. Un jour de
combat et ils n'auront plus de cartouches. Un semblant
d'échec, seulement, et ils se révolteront contre leurs
chefs, demanderont à retourner dans leur pays. C'est
la sotte opinion qu'elle a entendu formuler très sou-
vent, et elle la réédite avec une telle sincérité que la
solidité de sa bêtise jette des doutes dans l'esprit du
général. Peut-être dit-elle vrai? et sans oser la contre-
dire, désespérant en outre d'obtenir d'elle des rensei-
gnements définitifs, il répète câlinement :

— Huberte, Huberte !

Mais elle l'imite, fait la charge de sa parole et la
parodie de sa tendresse :

— Huberte, Huberte ! Il n'y a pas d'Huberte qui
tienne. Et tu te laisses bombarder, là, tu cuis dans ton
jus, nom d'un chien ! sans te retourner !

Et elle évoque devant lui la misère des quartiers
qu'elle a traversés tout à l'heure, Auteuil saccagé,
les pans de murailles écroulés montrant les intérieurs
des maisons effondrées, et poussant plus loin avec
d'outrageantes apostrophes, elle multiplie les faits :
le moindre détail remarqué sur la route, grossi par
sa torrentueuse faconde, devient une accusation ter-
rible sous laquelle il baisse la tête.

Pourtant il essaye de se défendre, invoque les diffi-
cultés de sa situation, sa responsabilité devant l'his-
toire.

— L'histoire ! dit-elle, si tu continues comme tu as

commencé, tu en auras une chouette de place dans l'histoire, je m'en moque! Et elle rit longuement avec une insistance d'ironie.

Alors, soudainement les vieilles ambitions se réveillent dans l'apathique personne du général. Maintenant que le hasard lui a fait reconquérir M^me de Pahauën, pourquoi n'essayerait-il pas de reconquérir à force de volonté la g oire qui s'en va. Qui sait ? peut-être il y a-t-il du vrai dans toutes ces choses qu'elle raconte. Sans doute, oui, on peut encore trouer les lignes ennemies, et i parle d'activités suprêmes, de sortie en masse, d'efforts irrésistibles. Déjà, il se voit vainqueur, dictant aux Prussiens les conditions de la paix, au pinacle de ses rêves et de ses désirs, acclamé, planant au milieu des admirations humaines et, par-dessus tout, couchant avec M^me de Pahauën.

Comme elle s'est radoucie, il lui explique ses projets et son plan définitif. Il emploiera la garde nationale, jusqu'au dernier homme, tous les bataillons donneront. Il s'accuse, peut-être est-ce là une troupe excellente dont il a eu tort de ne pas employer plus tôt le dévouement et la bonne volonté. La sortie sera formidable, et déjà, selon son habitude, il médite une proclamation pour exciter les courages et ranimer les vivacités de Paris assoupi. A part lui, il songe au mot de cet officier, ce mot qui l'a fait sourire, il y a cinq mois :

— Ces bons escargots de rempart, il faudra leur faire une saignée.

Eh bien! cette saignée, il est décidé à la pratiquer, largement. Qu'importe si la fortune s'acharne à se montrer contraire : on ne pourra lui reprocher d'avoir négligé quelque chose des moyens à sa disposition.

Si la ville doit capituler, au moins, son honneur à lui sera sauf.

— Tu le veux, dit-il, soit, on se battra.

Alors, M^me de Pahauën lui saute au cou avec la reconnaissance câline d'un enfant qui voit céder à ses caprices.

— Seulement tu sais, je veux être bien placée, tu me chercheras un bon endroit, pour que je puisse regarder ça, à l'abri.

Tout en parlant, elle l'embrasse, et leurs baisers, répétés, sonnent dans l'appartement silencieux.

## V

Huit jours après, la sortie avait lieu, à tâtons, par le brouillard. Le soir, après toute une journée d'angoisses et d'attente, à la lueur rapide d'allumettes, sur les murs des mairies, on lisait des dépêches précises annonçant l'insuccès définitif, la reddition inévitable. En même temps, elles demandaient des renforts, des hommes, des chevaux, des voitures, pour tâcher d'arracher à la boue où ils gisaient, les morts et les blessés de la garde nationale écharpée, qui là haut, dans les bois, saignait à pleines veines.

# L'AFFAIRE DU GRAND 7

PAR

## LÉON HENNIQUE

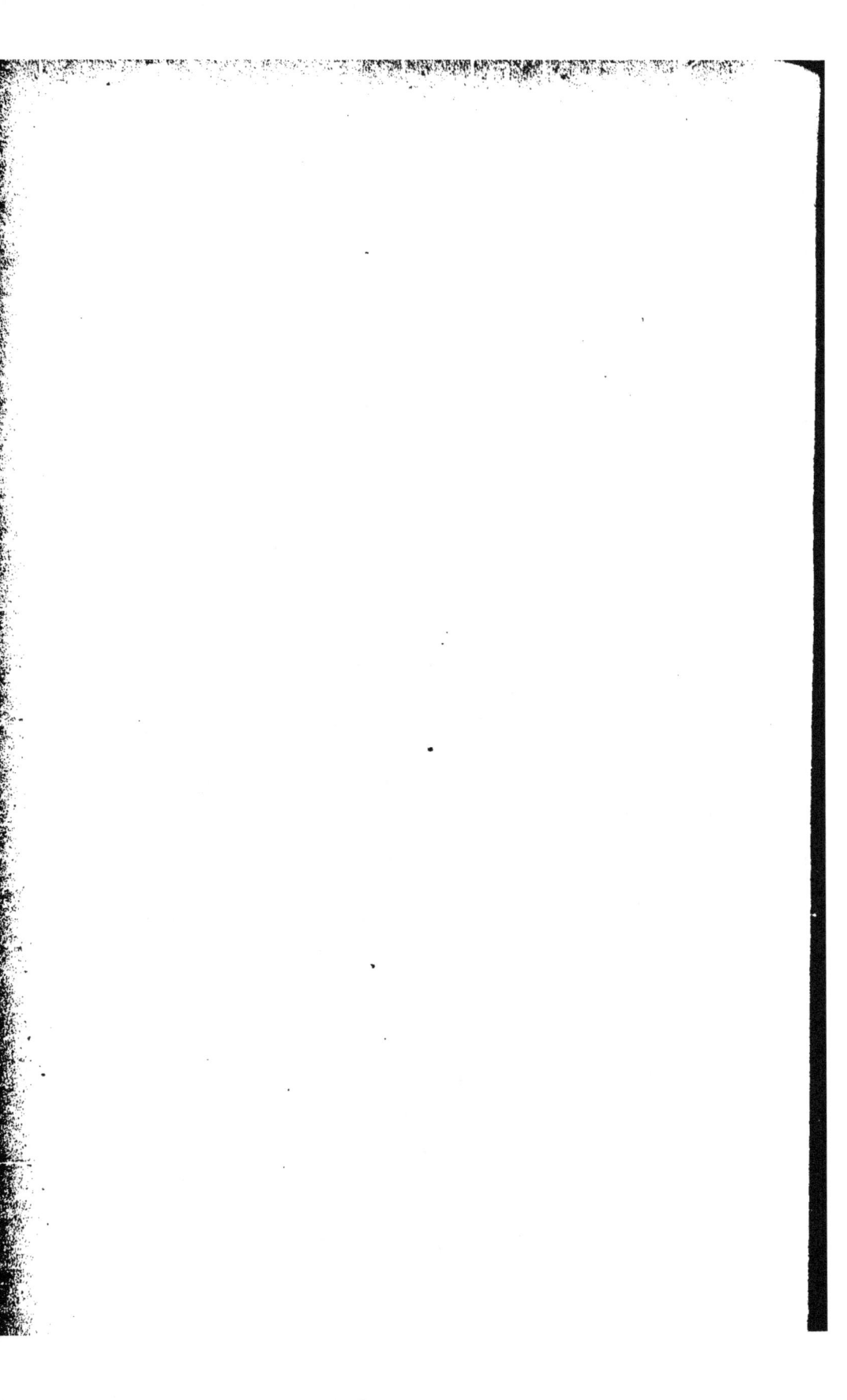

# L'AFFAIRE DU GRAND 7

—

## I

« Ran, plan,... plan, plan, plan ! fit la cham-
brée debout en demi-cercle, autour d'un troupier à
genoux, dont la tête reposait sur les cuisses d'un ca-
marade, et elle se tut.

— Attention ! Sauvageot, dit le caporal Verdier, un
grand blond à barbe rousse.

La main du troupier, largement ouverte sur ses
reins, eut un léger tremblement ; on devait déjà lui
avoir administré de solides claques. Et comme il
attendait, très anxieux, un soldat qui entrait fendit
le groupe, leva le poing avec tranquillité, le laissa
retomber. Un coup sec retentit.

— Aïe !... Sacré nom de nom,... s'il y a du bon
sens ! bredouilla Sauvageot furieux.

On éclata de rire. « Ce Sauvageot ! quel mollas-
son !... Gueuler comme ça pour un méchant revers
de tampon !... Ah ! fantassin de malheur ! Non, il
n'était pas possible de rencontrer une pareille an-
douille... Chacun son tour, d'ailleurs ; se gênait-il

pour taper sur les autres, lui?... Alors, quoi? Gare
la couverte !... Les mains de Sauvageot, des mains?...
jamais de la vie, des pelles à four ! »

Sauvageot s'était relevé. L'œil navré, les mousta-
ches pendantes, un reste de colère sur les joues, il
paraissait considérablement stupide.

— Voyons, quel est le Prussien qui t'a poivré la
pince? finit par demander le caporal Verdier.

— C'est Faguelin.

En chœur, la chambrée poussa un hurlement de
joie, se répétant : « Faguelin ! Faguelin ! »

Quelqu'un cria : « Oié ! Faguelin !... As-tu vu Fa-
guelin ? »

Maintenant le regard ahuri de Sauvageot se prome-
nait sur toutes les figures. Plusieurs fois déjà, au mi-
lieu du tapage, il avait murmuré : «Comment ! ce n'est
pas Faguelin ?»

Et il renouvelait sa question, lorsqu'on le rejeta
entre les genoux d'un camarade béatement occupé à
sourire sur le bout d'un châlit.

— Attention ! cria de nouveau Verdier, que ton pos-
térieur ouvre l'œil ! »

Cette fois, un long et maigre soldat s'approcha. Il
avait quitté un de ses godillots, et marchait dans une
vareuse trop large, en boitant, un pied nu, la bouche
sournoise. Il levait son godillot, des mains de tous
côtés l'encourageaient, mais brusquement le caporal
Verdier cria :

— Fixe !

Il venait d'apercevoir le lieutenant de semaine dans
l'embrasure de la porte, et derrière lui, les longues
moustaches frisées du sergent-major en tournée de
service. Les hommes s'étaient précipités au pied des

lits, et ils attendaient, la mine sérieuse. On entendait grésiller la chandelle en train de se consumer sous le plafond, à un des angles de la planche à pain. Sa longue flamme jaune inondait de lueurs dansantes et affadies les murs blanchis à la chaux, les piles d'effets bien pliés au-dessus de la grande étagère en sapin, les sacs de toile goudronnée dont quelques-uns traînaient sur des lits, pareils à des bêtes éventrées. Calés dans leur râtelier, les fusils alignés dormaient dans une ombre trouble, sans un éclair.

— Verdier, vous pouvez commencer l'appel, dit le lieutenant.

C'était un jeune homme pâle, presque imberbe, avec des bottes qui lui montaient aux genoux. Quand il avança vers le milieu de la chambre, son sabre contre ses mollets, produisit un cliquetis clair.

— Pruvost ! cria le caporal.

— ...sent, répondit Pruvost.

— Lefèvre !

— Présent.

— Gaillardin !

— ...sent ! »

L'appel continua. Aussitôt nommés, les hommes répondaient, et dans le calme de la pièce, la dissemblance des voix était très sensible.

— Joliot ! cria Verdier... Joliot ! répéta-t-il.

Personne ne broncha. Joliot était absent. Le lieutenant demanda :

— Personne ne l'a vu ?... On ne sait pas où il est ?

La chambrée se taisant, il se tourna vers le sergent-major.

— Marquez Joliot manquant.

Puis, quand le petit bruit aigre du crayon sur le

papier eut cessé, au moment de sortir, le lieutenant se retourna.

— Les Prussiens sont à vingt lieues d'ici, annonçat-il ; le commandant de place compte que chacun fera son devoir.

On ne crut point à la nouvelle. Alors, au milieu du silence froid qui l'accueillit, l'extinction des feux éclata bruyamment dans la cour de la caserne. Depuis l'invasion, elle avait lieu à huit heures et demie. Ce fut comme un avertissement sonore et tranquille qui parla d'abord. Deux notes se répétèrent trois fois, continuées par une phrase mélancolique, saisissante. Le clairon les avait chantées aux longues soirées d'août, maintenant elles appartenaient à l'obscurité hâve des crépuscules de l'automne. L'avertissement recommença, puis la même phrase triste, et elle s'éteignit en gémissant.

A la porte, le lieutenant s'était arrêté.

« Tiens ! disait-il, une aurore boréale ! Regardez donc, Briottet.

— Oh ! superbe, mon lieutenant, superbe ! avait répondu le sergent-major.

La porte fermée, un murmure s'était éloigné en s'affaiblissant.

Deux minutes après, toute la chambrée accourait se ranger dans la cour, former un tas presque paisible où la blancheur de quelques chemises détonnait.

— Bagasse ! fit un Marseillais.

Les camarades se contentèrent de regarder. Devant eux, en face du vide régulier produit par trois immenses corps de logis ouverts, du côté du nord, comme une gueule, dans le ciel, une nappe incandescente

s'avançait imperceptiblement sur la ville, plus loin que la grille de la caserne, plus loin que la place d'armes énorme, déserte et déjà toute rose. La nappe paraissait s'enlever en longueur d'une rue droite pour se fondre avec la lividité de l'atmosphère. Mille tourbillons floconneux commençaient à s'élargir. L'horizon, étranglé au loin, à l'endroit où une seconde rue coupait la première, jaillissait si rouge et si plein de lumière intense qu'il ressemblait au crachat furieux d'une formidable pièce de canon. Plusieurs cheminées, la crête de certains toits s'étaient allumées de reflets mordorés. Un chien, dans une clôture éloignée, hurlait à la mort ; et devant la grille de la caserne, la baïonnette d'une sentinelle qui se promenait lentement, l'arme au bras, lançait par instants un éclair brusque aussitôt éteint.

— Il y a du sang dans l'air, dit un soldat ; on doit se battre quelque part.

— Non, c'est le bon Dieu qui saigne du nez, répliqua un camarade.

— Bah ! c'est peut-être un incendie, fit remarquer Sauvageot.

— Ça,... un incendie ?

On hua Sauvageot. Le caporal Verdier se mit en colère :

— Chut donc ! sacrés margouillats, vous allez me faire fourrer au bloc.

Au fond d'une seconde cour, derrière la façade principale de la caserne, pour la deuxième fois, l'extinction des feux sonna. La distance voilait le chant du clairon, ne lui donnait qu'un accent lamentable, que la sonorité d'une chose jetée hors du ciel flamboyant, comme une ordure. Les vitres de

la caserne s'allumaient, déjà pleines de miroitements vagues.

Cependant, à quelque distance du groupe formé par les soldats, le plus loin possible du caporal, deux intimes avaient entamé une causerie.

— Bon! tu as rencontré Joliot...

— Tout comme je revenais de porter la soupe à la prison.

— Pourquoi qu'il n'est pas rentré?

— Il a reçu de l'argent du pays.

— Ah! le lapin.

— Il voulait m'amener casser une croûte avec lui chez la mère Mathis.

— Tu as reniflé?

— Merci, je sors du clou... Ce qu'on s'y fait vieux!

— T'es pas un homme.

Il y eut un silence, puis l'admirateur de Joliot reprit :

— Où va-t-il coucher?... Tu ne sais pas?

— Tiens! au 7, parbleu!

— Ah! le lapin.

La conversation se termina par un rire cassé. Mais comme l'extinction des feux sonnait pour la troisième fois, toujours plus loin, avec un bruit pareil à celui d'une trompette d'enfant, le caporal Verdier dit : .

— Hop! les rigolos, allons taper de l'œil.

Et l'on s'en retourna. La chandelle achevait de se consumer sur la planche à pain ; Verdier l'éteignit tout à fait. On ne sait quelle lourdeur somnolait dans l'ombre. Personne n'avait envie de parler. Seul, le bruissement des uniformes qu'on ôtait, le tapage des

godillots tombant avec des chocs divers sur le plancher gênaient l'obscurité du silence. Tout à coup, Sauvageot s'écria :

— Malheur de malheur! est-ce que la guerre ne va pas bientôt finir?... A quoi ça sert-il?... On était si tranquille !

Mais au milieu du craquement des châlits sous les corps fatigués, un troupier lâcha un pet.

— Cours après, Sauvageot.

Celui-ci ne se troubla point; la voix encore plus convaincue, il reprit :

— Oui, la guerre... A quoi ça sert-il?

Et il allait continuer ses jérémiades, lorsque Verdier commanda :

— Silence !

Au bout d'un quart d'heure, chacun dormait, tandis que les ronflements du grand soldat maigre alternaient avec ceux du caporal.

Petit à petit, une clarté rousse entra par la fenêtre; terne d'abord, bientôt éclatante elle glissa vers le lit le plus rapproché, le marqua d'une tache sanguinolente. C'était l'aurore boréale qui envahissait la nuit au-dessus de la caserne.

## II

Distinctement, parmi les lueurs du ciel, sur le repos de la maigre ville, l'horloge de l'église paroissiale tintait onze fois, et le cadran de la caserne parlait encore, quand un troupier ouvrit la porte de la chambrée, fit quelques pas, s'abattit sur les genoux dans le coup de lumière épars autour de lui. Ses bras cherchèrent un soutien, puis il tomba sur le flanc comme un bœuf assommé.

Sauvageot se réveilla.

— Heu! fit-il.

Mais rendu à lui-même par un effort de volonté, il demanda :

— C'est toi, Joliot?... Si tu causais au moins, bougre de soulaud?

Rien ne lui répondant, il se leva tel quel, en bon camarade, s'approcha de l'individu, essaya de l'emporter, finit par l'alionger sur le dos. Or, pendant qu'il considérait Joliot dont le visage penché vers la fenêtre recevait en plein le reflet de l'aurore nocturne, son regard à moitié endormi devint fixe, et il se pencha, une sueur aux tempes, murmurant :

— Nom de Dieu!... Nom de Dieu!

En effet, Joliot gisait, la mâchoire inférieure fracas-
sée, la face barbouillée de sang et de poudre. Il avait
un trou, un peu à gauche, sous la bouche, et un filet
tiède lui coulait dans le cou, avait maculé sa veste
d'uniforme, produisant sur le collet, près des pre-
miers boutons, une coagulation brillante.

— Hé! vous autres! cria Sauvageot.

Sa voix retentit, pareille à un glas.

— Au secours!

— Hein?... Quoi? balbutiait-on, réveillé en sursaut.

— Joliot!... Joliot est mort.

— Mort?... Mort?... Mort? »

Ce fut comme un écho qui répondit de tous les coins
de la chambrée. On se précipita, en chemise.

— Pruvost, allume! cria Verdier.

En deux temps et trois mouvements, Joliot fut cou-
ché sur son lit. Il ne bougeait pas plus qu'une
poutre.

Une voix demanda :

— Si on allait chercher le major?

— C'est ça,... dépêche-toi.

Mais Pruvost n'arrivait pas à mettre la main sur les
chandelles. Dans les intervalles qui coupaient les ex-
clamations, les bouts de phrases échangés, la bous-
culade inévitable, on l'entendait farfouiller les effets
du caporal, sur l'étagère. Poussé par ses tâtonne-
ments, un quart dégringola.

— Je ne sens rien, murmurait-il,... rien.

Verdier fut obligé de s'en mêler. Il trouva deux
chandelles. Alors personne n'eut d'allumettes. Sauva-
geot finit cependant par en dénicher une.

Tout à coup, un soldat cria :

— Il respire.

20.

On avait allumé les deux chandelles, et une procession commença : chacun venait coller son oreille à la poitrine de Joliot.

— C'est vrai!... il respire, disait-on en se relevant.

Et la chambrée ne se lassait pas d'être attentive. Sauvageot fut le premier qui parla de déboutonner le blessé, de lui laver la figure ; mais on ne s'empressa point tout d'abord, parce qu'on se répétait, les yeux dans les yeux, avec des froncements de sourcils, asse. tranquillement néammoins :

— Où diable! Joliot s'est-il fait arranger comme ça?

— Les Prussiens, peut-être... insinua un conscrit.

On l'envoya dinguer. Comme si les corps de garde auraient laissé passer quelqu'un aux portes de la ville!... Et puis, les Prussiens,... de la blague! toujours annoncés, jamais en vue... Des filous qui se dérangeaient, ceux-là! oui,... mais pas pour trois mille hommes de garnison, dans un trou.

A présent, le blessé semblait dormir, pâle et les traits tirés, l'air jeune tout de même, avec son visage bien débarbouillé, ses moustaches naissantes qui lui dessinaient une ombre sur la lèvre supérieure. Un filet de sang continuait à lui couler du menton, allait en s'élargissant au contact de sa peau humide. Autour de lui, une inquiétude planait, et malgré l'inutilité de la question, on en arrivait sans cesse à se demander :

— Mais où diable! Joliot s'est-il fait arranger comme ça?

Cela devenait un refrain, le refrain d'une chanson derrière laquelle des colères sourdes ne demandaient qu'à s'embusquer.

— On lui a chapardé son sabre, dit Verdier... Pour-
vu qu'il se soit défendu !

— Oh ! il doit y avoir quelqu'un de salé à cette
heure, répliqua Sauvageot.

Et l'on éprouva le besoin de s'expliquer l'événement.
Chacun inventait une histoire, la commentait, cher-
chait des probabilités. Selon les uns, Joliot avait dû
se battre avec des artilleurs. Rien d'étonnant, on ne
s'aimait guère ; le caboulot de la mère Mathis avait
vu plus d'une dispute. Selon les autres, Joliot devait
avoir été blessé sur les bastions, par une sentinelle
trop empressée à suivre la consigne. Néanmoins, l'opi-
nion de Verdier prévalut : Joliot avait eu affaire à des
bourgeois, sa blessure sentant le revolver, la poudre
qui la noircissait indiquant un coup tiré à bout por-
tant. Et il ajoutait :

— D'ailleurs depuis la guerre, tous ces salops ont
une telle veinette qu'ils se balladent avec des pistolets
plein leurs poches.

— N'empêche ! fit Sauvageot, il faudra voir... Gare
aux arsouilles qui ont fait les malins ! Il ne sera pas
dit qu'on aura touché comme ça au bataillon.

Les visages se rembrunirent ; et brusquement l'es-
prit de corps envahit ces gens énervés par le malheur
d'un camarade, bon garçon, loustic aimable, étendu
là, mourant, dans un uniforme que tous portaient.
Des fureurs se mirent à gronder, et elles s'amassèrent
au milieu de certains silences, dans l'attente impa-
tientée de ce chirurgien-major qui n'arrivait pas. On
allait jeter un coup d'œil sur Joliot, et l'on revenait en
murmurant :

— Non, il ne sera pas dit qu'on aura touché comme
ça au bataillon.

Une recrudescence d'affection montait pour Joliot avec les colères. On s'empressa de nouveau. Des mains tremblantes, suivies par des regards fiévreux, lotionnèrent les tempes et le front du blessé, étanchèrent maternellement son sang, lui firent un oreiller d'une capote. Ah! on ne pensait guère à dormir... Et tout en s'agitant, chacun avait enfourché son pantalon, remis ses godillots, passé ses bretelles, ficelé ses guêtres, inconsciemment s'était habillé, non pas pour le plaisir de traîner ainsi vêtu le long des lits, mais afin d'être prêt à quelque chose.

Une vague entente, des lambeaux de projets se croisaient, cherchaient à prendre forme dans les caboches brutales. Mille réflexions se bousculaient l'une l'autre. L'air était plein d'électricité. A tout instant il fallait de l'eau fraîche pour laver le menton de Joliot; Lefèvre empoignait la cruche en grès, courait dans la cour, et l'on entendait pisser le robinet de la fontaine.

Soudain, au moment où l'on s'y attendait le moins, le blessé remua, ouvrit la bouche; un râle sifflant lui gonflait la gorge. Verdier sauta sur son bidon :

« Comment n'avait-on pas encore pensé à ranimer Joliot avec un peu d'eau-de-vie ! »

Au bout de trois minutes, celui-ci promena vers le plafond un regard si éteint, si incolore, qu'il semblait voilé par une peau fine.

— L'œil est mauvais, murmura un grand diable qui n'en finissait plus. Le major ferait bien d'arriver.

Cependant Joliot paraissait ne rien voir. Les bras et les jambes lourds, il était comme pétrifié. Sauvageot lui prit une main, essaya de la réchauffer. Le

regard du blessé, lentement, semblait vouloir s'éclai-
rer, mais sa gorge continuait à siffler.

« Joliot!... Joliot!... Comment ça va-t-il? s'achar-
nait-on à répéter autour de lui.... Mieux, hein? »

On voulait à toute force qu'il allât mieux. Et de
grosses larmes commencèrent à lui couler des yeux,
glissèrent sur ses joues vers ses oreilles. Sa bouche
grimaçait avec une contraction douloureuse.

— Tonnerre de Dieu! lâcha un troupier; et bous-
culant presque les camarades, il s'approcha de Joliot,
lui souleva un peu la tête, criant comme un acteur
sûr d'un effet :

— Joliot, m'entends-tu?... Dis, m'entends-tu?

Joliot le regarda. Ce fut pour éclater en sanglots
qui s'échappaient dans un hoquet terrible. Un flot de
sang lui couvrit le menton.

Alors s'éparpilla comme un concert où des voix de
colère se mêlaient à des voix compatissantes. Tout le
monde à la fois cherchait à le consoler : « Ne pleure
donc pas.... Le major va venir.... Pauvre vieux ! Pau-
vre vieux! sois tranquille, on te vengera.... As-tu
encore soif?... Tâche de parler, de nous dire qui t'a
roulé ainsi? »

Joliot mâcha deux ou trois lambeaux de phrase, au
milieu de l'attention anxieuse, mais aucun éclaircis-
sement ne jaillissait. On s'emporta : « Dire qu'on
n'arriverait pas à savoir! Nom de nom, de nom de
Dieu ! » Et des jurons se croisèrent au-dessus du
corps étendu comme des balles sur l'immobilité
d'un cadavre, dans un coin de champ de bataille.

— Allons, taise.-vous! finit par crier Verdier.... Si
chacun s'en mêle, du flan !... Laissez-moi l'inter-
roger.

— Joliot, commença-t-il, te sens-tu la force de me répondre ?

Joliot répondit : « Oui, » faiblement. On entendait le soufle des respirations. Trente figures s'étaient penchées, une flamme dans les prunelles.

— Où as-tu été blessé ? continua Verdier, en appuyant sur chaque syllabe.

— Au 7.

— Oh ! fit-on, avec un ensemble stupéfait.

— Par qui ?

— Par....

La révélation de Joliot se perdit dans un soupir... « Ah ça, est-ce que, décidément, on n'allait rien apprendre ? » Mais on se tut encore, Verdier renouvelait la question. Et cette fois Joliot répondit :

— Par le patron.

Un tonnerre d'imprécations gronda. On ne pouvait plus rester en place. L'homme qui tenait la chandelle, auprès du lit, la lança de toutes ses forces contre la muraille. La chambrée ne fut plus éclairée que par la seconde chandelle dont la flamme fumeuse se balançait gravement au-dessus de la planche à pain. Un vacarme de gros souliers courait sur le plancher. Plusieurs soldats enfilaient leur vareuse, tandis qu'un groupe s'était formé où l'on gesticulait, où chacun lançait sa phrase sans écouter celle du voisin, tout cela dominé par Sauvageot qui gueulait tantôt sur un timbre, tantôt sur un autre :

— Est-ce qu'on va nous tuer dans les bouzins, à présent ?

Des chambrées les plus proches, attirés par le tapage, des camarades survinrent, s'informèrent. On

leur montrait Joliot tordu en des ruades folles, et on leur racontait la chose. En un clin d'œil, la grande pièce blanchie à la chaux fut pleine de monde. On ne pouvait plus s'y remuer. Sans cesse, le brouhaha augmentait. Mais ce fut une bien autre histoire quand Joliot, tout à fait revenu à lui-même, lâche comme un moutard, dans les premiers spasmes de son agonie se mit à crier :

— Maman ! maman !

Le chirurgien n'arrivait toujours pas. Le long du mur ombreux, les fusils continuaient à dormir.

A cette heure, plus de deux cents hommes se pressaient autour du moribond. Un des châlits supportait jusqu'à dix individus; et les conversations s'étaient exaspérées à force de tournoyer dans le même ordre d'idées, dans le même cercle étroit. D'une voix retentissante, tout à coup Verdier annonça :

— Joliot est mort.

Les deux cents hommes entendirent et ils s'effarèrent.

En effet, Joliot venait de mourir, et il gisait le regard effrayant, la bouche ouverte. Alors, au milieu du large silence nerveux, quelqu'un, on n'a jamais su qui, cria :

— Aux armes !

Une foule de soldats dans la cour n'avaient pu entrer, mais la mort et l'aventure de Joliot les avaient enflammés comme une traînée de poudre; et tous, même les sergents, à l'envi, sous l'aurore boréale, autour du mort, sous la clarté fauve, hurlaient à qui mieux mieux : « Aux armes ! aux armes ! »

Les gens de la chambrée avaient sauté sur leurs fusils, bouclaient leurs ceinturons, prenaient des car-

touches. Les camarades se répandirent à leur tour, furieusement. La bagarre s'accentuait; et comme la mort de Joliot continuait à faire du chemin, l'immense caserne était pleine d'un bourdonnement houleux.

# III

Les premiers qui débouchèrent sur la place d'armes, une trentaine d'hommes à peu près, entraînèrent à leur suite la sentinelle de la grille. D'ailleurs, elle faisait partie de la chambrée du soldat mort. L'habitude de la discipline était cause que l'escouade, malgré tout, marchait sans un cri, presque en bon ordre. Une atmosphère jaune tombait de l'aurore en fusion, traversant des vapeurs transparentes, un peu au-dessus de la solitude des toits. Mille nuées d'or, les unes bordées de cuivre, les autres étendues en une placidité compacte, d'autres encore gonflées, prêtes à s'éventrer, avaient accaparé le ciel. La grande place sablonneuse scintillait avec un rutilement pâle. On avait l'air d'avancer sur des cendres, au fond d'un gigantesque foyer plat, dans un encaissement de fournaise prête à s'éteindre. Les ailes de la caserne et les maisons bâties autour de la place semblaient avoir été chauffées à blanc. Assez loin, dominant un mur, une rangée de jeunes arbres, grâce à ses menues branches, à ses dernières feuilles, donnait l'illusion d'une envolée de sauterelles. Par deux rues visibles, dont la plus large fuyait jusqu'aux

remparts, on n'apercevait aucun passant attardé. Une impasse s'enfonçait dans la ville, pareille à une trouée exécutée au fer rouge. Mais le bourdonnement de ruche en émoi continuait à s'exhaler de la caserne, et sous la splendeur du phénomène, il parlait comme un encouragement.

La poignée d'hommes avançait toujours ; on s'arrêta pour charger les fusils, puis rapidement cette fois, on se dirigea vers un des angles de la place, du côté où, à la suite d'une rangée de baraques mal crépies, plus loin qu'un petit pont jeté sur la saleté d'un ruisseau, on apercevait une maison de forme sage, debout, avec un aspect tranquille d'honorabilité. Et il s'en échappait des bruits pareils à un clapotement d'eau sur de la boue. Quand on ne fut plus qu'à une trentaine de pas de la maison, le clapotement s'expliqua. Il provenait d'un misérable piano échoué par hasard dans une chambre où languissait à cette heure une lumière brouillée. On tapait sur l'instrument une valse à tour de bras, mais lui, édenté, poussif, accablé par les nuits sans repos, par la stupidité des attouchements poisseux, chevrotait en vieille catin. Cependant, à travers la rougeur douce des rideaux tirés, on voyait tournoyer des ombres. Certes, dans cette chambre chaude, pleine de rires enroués, on devait ignorer le meurtre commis sur Joliot.

Ce fut Verdier qui tira la chaîne de la sonnette. Celle-ci chanta joyeusement. Un guichet s'ouvrit et une voix demanda :

— Qu'est-ce que vous voulez ?

— Entrer, Joséphin.

— Ah ! c'est vous, monsieur Verdier ?... Impossible ! il est trop tard. »

Sous la poussée robuste des trente hommes, la serrure céda et la porte alla frapper rudement un pan de mur. Le piano jouait toujours sa même valse; on continuait à danser. Les soldats pénétrèrent dans une cour, mais à la vue de leurs armes, Joséphin déguerpit, s'élança vers un escalier béant.

— Feu! cria Sauvageot, et il lui lança son coup de fusil.

Joséphin accéléra sa fuite, mais une dizaine de coups de feu éclatèrent encore dans une clarté vibrante, se suivant les uns les autres. Enlevé des marches, Joséphin tomba en arrière sur les épaules. C'était un pauvre boscot, garçon de la maison, à qui ces mêmes soldats, en temps ordinaire, par bon cœur, payaient des tournées à bouche-que-veux-tu. Le piano avait cessé son tapage canaille; aucune fenêtre ne s'ouvrait. Pourtant, au fond du trou noir de l'escalier, quelqu'un se mit à crier :

— Qui est là ?

Une fusillade partit de nouveau, lui faisant une réponse terrible. Des portes se fermèrent, s'ouvrirent au milieu d'un tapage de cris qui s'éloigna. Les soldats se précipitèrent.

Au même instant, un charivari commençait sur la place d'armes, et une grêle de balles venait s'attaquer au toit de la maison. Les ardoises pleuvaient dans la cour. Des camarades arrivèrent au pas gymnastique.

A la suite du premier emballement, une fois chez eux, ils avaient hésité un instant, sacré, juré sans trop se dépêcher, mais au crépitement des coups de feu amis, ils avaient tous quitté les chambres, brandissant leurs armes, hurlant et sautant comme des sau-

vages. Une longue file de pantalons garance partait
de la caserne, courait vers le 7, où elle s'engouffrait
sous la porte ouverte, entraînée par une force
irrésistible. Et à tout moment, parmi le fracas dé-
chaîné, zébrant la ueur factice, malgré les heurts
de la course, des canons de fusils s'élevaient, souf-
flaient dans la même direction une mince flamme
rouge. On rechargeait, et l'on n'avait pas perdu son
temps. Des fumées blanchâtres, au-dessus du ruban
d'hommes, restaient d'abord suspendues à la même
place, puis elles montaient, tachant les clartés du
ciel.

Quant au grand 7, il paraissait calme sous son toit
neuf à peine crevé çà et là, où la nuit flambante se
mirait comme dans une pièce d'eau. Mais bientôt la
file qui l'envahissait s'arrêta, et elle eut un mouvement
de recul. La maison bondée de monde rendait gorge.
Un sourd murmure s'éleva, dominé par un cri :
« C'est plein ! c'est plein ! » Il remonta jusqu'à la
grille de la caserne. Alors on se tassa ; tous hurlaient :
« A mort ! » Un clairon sonna la charge. Une clameur
lui répondit, clameur de rage et d'impuissance con-
centrées ! La foule ondulait, hachée de lames bril-
lantes ; elle parut s'assoupir, puis une fusillade
l'embrasa encore, s'acharnant de nouveau contre
le toit de la maison. Une partie de la place était
déserte ; l'autre avait des bouillonnements de cloaque,
et le tumulte faisait un lourd ensemble monotone
derrière la chanson sèche de la fusillade.

Par la rue qui filait vers les remparts, tout à coup
une rumeur se joignit à celle de la place. Les artil-
leurs venaient d'apprendre l'assassinat de Joliot, et ils
accouraient à leur tour. Leurs souliers claquaient sur

les pavés. Surpris par une acclamation rude, les fantassins ne tardèrent pas à se retourner; le renfort débouchait sur la place. Une salve de mousquetons ébranla l'air, continuée par le ronflement des chassepots; mais celle-ci fut tirée pour le plaisir, histoire de se serrer la main entre uniformes, de se réconcilier militairement. Monté à poil, un gros cheval blanc trottait devant l'artillerie. Le clairon sonna de nouveau la charge; on l'entendit à peine.

Un peu partout, à cette heure, des fenêtres se décidaient à s'ouvrir, des gens montraient le bout de leur nez, mais ils le retiraient vivement, parce que des soldats s'offraient la plaisanterie de les coucher en joue. Petit à petit un sentiment de gaieté sinistre se mêlait aux fureurs de la foule ennuyée de rester là sans agir, et de longs éclats de rire s'échangeaient, des noms se criaient à tue-tête pendant qu'on fraternisait. Le besoin de boire quelque chose commençait à turlupiner tout le monde, et on se le disait, le gosier sec. A un coin de la place, trois officiers très embêtés se consultaient loin de leurs hommes.

Cependant, au premier étage du grand 7, on se donnait un mal énorme. D'ailleurs, la maison était drôlement bâtie: un interminable couloir flanqué de chambres à droite et à gauche, de maigres chambres où, sur des couchettes en sapin passé à l'acajou, depuis une dizaine d'années, plus d'un régiment avait déversé le trop-plein de ses amours et de ses soulographies. A présent, les soldats démolissaient tout. Le flot d'hommes avait envahi toutes les chambres, grouillait, à peine éclairé par quelques bougies trouvées dans un tiroir. Il arrachait les rideaux, broyait les meubles, déchirait les pauvres nippes suspendues aux

garde-robes, saccageait le linge, fouillait les placards, volait l'argent et les bijoux. Dans une espèce de cabinet honorifiquement appelé salon jaune, parce qu'il servait à messieurs les sous-officiers, Sauvageot se livrait à des actes de vandalisme. Il avait fini par ouvrir une fenêtre sur une petite cour, et par là jetait ce que les camarades lui envoyaient, répétant sans se fatiguer : pour la noblesse!... pour le clergé! On ne riait pas. Une musique d'enfer montait du rez-de-chaussée où l'on tapait contre la muraille pour les briser; les moindres ustensiles de cuisine. Le toit de la maison craquait, retentissait comme si d'énergiques bâtons le châtiaient. Quand des balles frappaient la gouttière, celle-ci résonnait avec un bruit lent de gong fêlé. Une pluie d'ardoises et de gravats tombait sur les têtes dans la cour, soulevait des blasphèmes. Aucune perquisition n'ayant encore abouti, les nerfs s'agaçaient de plus en plus. Où donc pouvait s'être caché le meurtrier de Joliot?... Avait-il décampé avec ses femmes?—Une puanteur d'épicerie s'exhalait de la foule.

Soudain, au fond d'une chambre, une voix terrifiée cria :

— Bon! voilà qu'on nous tire dessus.

— Comment ça?

— Je viens d'entendre siffler une balle; elle doit être dans le mur, là-bas.

Les camarades se fâchèrent: Bougrement rosses tout de même les gens de la place! Quel tas de chameaux!... Malheur!

L'endroit n'étant pas bon, il s'agissait de filer. On essaya, mais la poussée du couloir barrait les portes. Les chambres étaient prisonnières.

Un hourvari infernal successivement les parcourut ; et cela ressembla au rugissement des fauves dans les ménageries, quand ils se répondent de cage en cage. Il ne t.oublia rien ; déjà un piétinement lourd avait envahi le deuxième étage de la maison. Là, comme précédemment, on s'acharnait à des fouilles, on pillait les taudis, on volait avec joie ; mais il fallut s'arrêter : une porte fermée empêchait qu'on s'aventurât plus loin.

— Eh bien, quoi ? se demanda-t-on, quoi ?... On n'avance plus ?

Puis des cris éclatèrent :

— Ne poussez donc pas, nom de Dieu !... Ne poussez pas, on étouffe.

Verdier, collé contre la porte, en compagnie du grand soldat qui n'en finissait plus, se débattait comme un beau diable. On devait l'entendre jurer de la cour.

— Enfonce la cambuse,... mais enfonce donc la cambuse ! disait-on. Lui, ne pouvait seulement pas remuer les bras. Alors :

— Oh ! hisse !... oh ! hisse ! firent les soldats derrière son dos.

— Oh ! hisse ! répétèrent les autres jusqu'à l'escalier en s'efforçant de marcher en avant. La porte bâilla. Un grincement aigre déchirait le parquet, tandis qu'un lit roulait par petites secousses.

— Oh ! hisse ! faisaient les soldats.

Des meubles dégringolèrent.

— Oh ! hisse !

Le grincement traînait toujours. La porte entr'ouverte permettait d'apercevoir un bout de barricade en désordre, un pan de mur éclairé, très rouge.

— Oh ! hisse !

La porte s'arrêta net, mais homme par homme, rien n'empêchait plus d'entrer. Verdier pris d'hésitation ne se précipita point ; alors le grand soldat, courbé en deux, lui passa sous le nez tout en armant son chassepot, mais à peine dans la chambre il poussa un cri. Une femme à genoux sur une commode, derrière la porte, lui avait asséné un coup de chandelier, et fiévreuse, elle grondait :

— L'as-tu reçu, voyou ?

Le troupier à demi étourdi la coucha en joue, mais gêné par les chaises autour de lui, maladroitement, il la manqua. Presque aussitôt elle fut debout sur le marbre de la commode, très petite, le corps chétif, la crinière pommadée, une vraie toupie à soldats. Un costume fantaisiste de cantinière, sali, bariolé, trop court, lui donnait un aspect extravagant d'oiseau des îles éclaboussé. Elle avait des bottines en satin cramoisi, à boutons d'or, et des bas noirs sabrés de vert. Au-dessus d'un nez en lame de couteau, ses yeux brillaient dans une couche de fard bleu.

Une rumeur triste s'élevait du corridor. Personne n'osait braver le danger hasardeux couru par le grand troupier. Le silence de la chambre entre-close était effrayant.

Devant une fenêtre dont les rideaux blancs paraissaient jaunes à cause de l'aurore boréale, comme si un large foyer menaçait de les incendier, sept femmes étaient rangées le long d'un canapé tendu de velours vert, serrées les unes contre les autres, épouvantées, dans le clinquant de leurs coiffures et de leurs sales oripeaux. Par un sentiment de terreur folle, on avait allumé toutes les bougies des flambeaux de la

cheminée. Un placard bâillait. Le papier rouge de la chambre était croisillé d'or. Deux nudités, sur les murs, montraient des chairs blafardes au milieu d'un fouillis de draperies blanches.

— Mais entrez donc, vous autres ! cria le grand soldat aux camarades.

Ceux-ci se décidèrent. Un par un, prudemment, ils se faufilaient, s'embarrassaient parmi les meubles épars.

— Vite ! changeons de flingot, dit tout à coup le grand soldat, sans se retourner.

Un voisin lui passa son fusil. Alors il ajusta la petite brune sur la commode. Celle-ci le regardait, ne croyant pas qu'il allait tirer, mais le coup partit, et elle tomba sur un fauteuil, avec un choc mou. Les autres, le long du canapé, ne se lamentèrent pas, seulement elles se serrèrent davantage, les yeux troubles d'une résignation abrutie. A présent, il y avait bien une vingtaine de lignards échelonnés parmi le désordre.

— Où est le patron? demanda Verdier aux femmes. Elles ne répondirent point.

— Où est le patron? recommença Verdier, la voix plus dure.

— Le patron? dit une grosse blonde échevelée, toute flasque et nue dans un peignoir de gaze noire.

— Oui, le patron.

— Je ne sais pas, fit-elle, la poitrine molle, l'œil sans regard, en balançant la tête.

— Tu ne sais pas?... Eh bien, attrape. »

Il la fusilla. Des coups de feu partirent de tous côtés sur le misérable groupe, le froissèrent, le couchèrent sur le parquet, dans son coin, en un tas où

des jupes et des chemises retroussées permirent d'apercevoir les roseurs mortes de ces pauvres corps à trente sous.

On avait obéi à la passion cruelle du moment, à cette envie qui force les gens armés à vouloir se servir de leurs armes.

Cependant, toutes les femmes n'avaient pas été tuées; il en restait une, si vieille et l'air si respectable, qu'elle aurait pu être la mère du plus âgé des hommes survenus là, dans cette chambre. Elle était tombée à genoux, avait croisé ses mains dans une attitude suppliante, semblait s'être choisi une place, derrière l'hécatombe, afin d'être épargnée; et elle sanglotait, la poitrine soulevée par un gloussement ridicule. D'un coup de baïonnette, le grand troupier la culbuta sur les reins. Trois fois elle se releva, aussitôt rejetée. Son sang lui coulait du ventre jusqu'aux chevilles, mais elle s'acharnait à vivre; et pour la quatrième fois, elle venait de se relever devant le placard béant, lorsqu'un nouvel assaut l'y précipita, l'obligeant à crever pliée en deux, les jambes en l'air, dans une posture obscène.

Le massacre accompli, on resta tout bête. Quelques hommes se contentèrent de jeter un lent regard sur le grenier désert. Décidément, le chef de la maison avait disparu.

Une griserie lourde achevait de gagner ce monde suffisamment chauffé pour toutes les besognes, pour tous les tumultes. Les fusils tremblaient dans les mains.

Lasse d'inaction, la foule du couloir résolut de s'amuser un peu. On se dégagea le mieux possible,

et au risque d'accidents, on cribla les plafonds de balles. Du plâtre tombait, chacun baissait la tête, essayait de se garer, lâchait des rires, tandis qu'une épaisse fumée tourbillonnait.

La chambre des fusillées s'était emplie; néanmoins on pouvait s'y retourner. Des vapeurs de poudre planaient au-dessus des képis. Un cercle entourait les martyres, les couvait d'un œil excité, jouant à se pousser sur elles, comme des galopins autour d'une flaque de boue.

On ne sait quel étrange et joyeux vacarme s'échappait de la cour. Des soldats ouvrirent plusieurs fenêtres, émus par une curiosité jalouse. Ils furent stupéfaits. Une centaine de camarades étaient là, en train de s'achever, soûls comme des grives, heureux, incapables de gestes, chahutant du képi dans un frémissement clair de baïonnettes. Un vague remous s'était établi au milieu duquel des bouteilles erraient de main en main, s'arrêtaient à des bouches. Le soupirail de la cave, tout noir, lançait mille refrains de caserne. L'énorme coulée du ciel s'était transformée en une nappe vaporeuse d'un rouge que des chauves-souris traversaient de leur vol farouché. Des coups de feu éclataient encore sur la place par bordées sonores, faisant rêver aux dernières périodes des feux d'artifices, à l'heure où les pétards s'enflamment parmi les nuages de Bengale, devant la balourdise des foules. Quelque chose comme une respiration, au loin, derrière le grouillement d'hommes et de fusils, animait les maisons. Par les rues, des troupeaux d'habitants arrivaient sans cesse, piétinaient, se renseignaient auprès des soldats. La fusillade ne concernant en rien une tentative des

Prussiens sur la ville, le reste leur était bien égal.

Néanmoins, au hasard du moment, une conversation ne tarda pas à s'établir entre certains enragés de la cour et les troupiers penchés aux fenêtres du 7, les uns sur le dos des autres, sous une fumée lente qui s'évaporait.

— Eh bien! l'avez-vous crevé?

— Qui?

— Le patron.

— Jamais!... Pas plus de patron que sur la main... Filé, le patron!... Un malin!

— Et les pucelles?

— Oh! celles-là...

Brusquement, les gens de la fenêtre s'interrompirent.

« Tiens!... une bataille!... Kiss! kiss! hardi! hardi! »

Mais les encouragements cessèrent, quelqu'un avait murmuré : bon sens, un officier!

En effet, sauvegardé par ses galons, énergique et robuste, le lieutenant qui avait fait l'appel dans la chambrée de Joliot, avait fini par se faufiler jusqu'à l'entrée de la cave. Et il tenait un ivrogne à la gorge, criant :

— Misérable! misérable!... Vous êtes tous des misérables!

Le soldat râlait, tirait la langue, se débattait, pendant qu'une dizaine d'hommes autour de lui s'interposaient de la voix.

Un peu plus loin, les pochards continuaient à s'amuser comme si rien de grave ne s'était passé à côté d'eux, jouissant de leur bombance, s'époumonant pour le plaisir. Contre la porte d'entrée, un gail-

lard, sans cause raisonnable, simplement parce qu'il était soûl, poussait des cris de paon, voulait mettre le feu aux quatre coin de la ville, parlait d'incendier les magasins à fourrage, tout le bataclan, et l'on commençait à l'écouter sérieusement, quand un coup de feu partit soudain d'une fenêtre, frappa l'officier du haut en bas, lui troua le crâne. On le vit rester un instant debout, balbutier :

« Cochons!... Oh! les cochons!... Mourir comme ça! »

Du sang lui coulait sur la figure, puis lentement il s'affaissa, blême, jusqu'à la minute où il disparut dans un ouragan d'épaules, lui et son suprême regret de ne pas être tué à l'ennemi.

La fusillade roulait toujours à travers la maison. Une atmosphère de meurtre, un souffle de destruction échauffaient les têtes. Des artilleurs lâchèrent tous les chevaux du train, et ceux-ci parcoururent la ville en troupe hennissante, tantôt battant les pavés dans un tourbillon d'étincelles, tantôt bouleversant la place d'armes où ils apportaient l'affolement de leur libre galop. De tous côtés, les clairons sonnaient ; les trompettes groupés devant la grille de la caserne s'entouraient de fanfares joyeuses. Des cabarets s'étaient ouverts et des cohues les avaient envahis. La ville appartenait aux soldats ; on avait déserté les postes, abandonné les guérites, ouvert la prison. Chassés par les sinistres fumisteries de la garnison en goguette, les habitants regagnaient leurs lits, se demandant : Comment tout cela va-t-il finir? De rares coups de fusil éclataient encore, au hasard des fonds de giberne.

C'est alors que les officiers se séparèrent. Ils

s'étaient rejoints chez le commandant de place, une heure auparavant.

— Que faut-il faire? avaient-ils demandé.

— Rien, avait répondu celui-ci. Nous avons besoin du troupier.

Et comme on échangeait des poignées de main, au moment de se quitter, sous l'aurore dont il ne restait plus qu'une longue tache pâle, en face de la consternation générale, il eut un petit rire sarcastique dans ses moustaches blanches.

— Vous ne savez pas, dit-il?... Eh bien! laissons passer une huitaine de jours, vous verrez qui regrettera l'affaire de cette nuit... Plus bêtes que des enfants tous ces clampins-là!... Ils ont brisé leur joujou.

# APRÈS LA BATAILLE

PAR

PAUL ALEXIS

# APRÈS LA BATAILLE

On se battait encore, très loin maintenant, sur l'autre versant du plateau, à deux ou trois lieues. Le jour touchait à sa fin, sans que la canonnade se ralentît. Un brouillard glacé se levant du fond de la vallée voisine assourdissait les coups.

Un fantassin français se traînait sur la grande route départementale, seul, blessé au pied gauche. Une balle lui avait labouré le talon, heureusement sans fracturer l'os, et elle était ressortie. Obligé d'arracher son soulier, il avait pansé la plaie comme il avait pu, avec un pan de sa chemise déchiré en bandes. Il avançait très lentement, se servant de son fusil comme d'une canne, appuyant le moins possible son pied malade contre le sol durci et rendu glissant par la gelée. Les linges du pansement étaient tout rouges, imbibés de sang comme une éponge.

Non seulement sa souffrance physique était très grande ; mais, avec la mobilité de sa physionomie, à certains longs frissons qui le secouaient tout entier, on était sûr que ce petit corps grêle et chétif, à organisation nerveuse, éprouvait toute sensation, agréable

22.

ou pénible, physique ou morale, d'une façon excessive. Un mince cache-nez, noir, de laine très fine, était noué autour de son cou. Bleuies par le froid, ses jolies mains qui, à l'ordinaire, étaient sans doute très blanches, avaient des engelures aux doigts comme celles d'un enfant. Bien qu'il eût vingt-huit ans sonnés, il n'en paraissait pas vingt. Il portait sa moustache naissante. De rares poils de barbe blonde, qu'il n'avait pas dû raser depuis trois mois, couvraient un menton un peu long, au bas des joues blêmes, pâlies encore par la perte de sang. Sa capote, son pantalon rouge, la guêtre et le soulier chaussant son pied resté valide, tout cela se trouvait trop large. Malgré ces délicates apparences, le jeune blessé n'avait pas jeté son sac, dont le poids écrasait ses chétives épaules. Et tant bien que mal, sautant sur un pied plutôt qu'il ne marchait, s'arrêtant tous les deux ou trois sauts pour ramasser à nouveau ses forces, il avançait toujours. Mais il arriva un moment où, malgré l'énergie de sa volonté, il lui fut impossible d'aller plus loin. Il n'eut que le temps de gagner au bord de la route une borne, au pied de laquelle il laissa choir son sac et il s'assit sur le sac. Maintenant la nuit était noire, le brouillard plus épais. Le dos appuyé à la borne, il écouta. Plus rien. Pas un bruit humain ; pas même un aboiement lointain de chien, ni un cri de chouette ; à se croire au fond d'un désert, et d'un désert ne contenant pas une bête vivante ! Il appliqua l'oreille contre le sol. Alors, tout là-bas, quelque part au fond du brouillard, un très lointain grondement. Le canon tonnait encore.

Qu'est-ce que ça lui faisait, maintenant, que la bataille continuât et que l'armée française fût, ou non,

victorieuse : lui, pourtant, un engagé volontaire par enthousiasme patriotique ! Il s'appliquait à consolider de son mieux le bandage improvisé de sa blessure. Puis, n'ayant rien pris depuis de longues heures, il se souvint qu'il devait avoir un reste de biscuit dans une poche de sa capote. Et il grignottait mélancoliquement son biscuit dur. Sa soif était ardente. Rien à boire ! Il portait bien une petite gourde en bandoulière : elle se trouvait vide. Il la déboucha pourtant, la porta à ses lèvres : une seule goutte d'eau-de-vie lui arriva sur la langue. Il se mit à réfléchir sur sa position.

Il ne savait même pas où il se trouvait. Tant de marches et de contre-marches, depuis quinze jours que son détachement avait rejoint l'armée de Chanzy et faisait campagne, l'avaient complètement désorienté. Ses idées, d'ailleurs, depuis qu'il s'était réveillé de son évanouissement au milieu d'un champ de betteraves, manquaient de netteté.

Combien de temps était-il resté évanoui : dix minutes ? trois heures ? une journée entière ? Il ne savait pas. Tout ce qu'il se rappelait était ceci.

Son bataillon avait passé une nuit entière dans un petit chemin creux, les hommes couchés à plat ventre, tout habillés. Défense de se servir du campement, même d'allumer une cigarette. Tout cela pour ne pas donner l'éveil aux avant-postes bavarois qu'il s'agissait de surprendre. Un peu avant l'aurore, une batterie de six pièces était arrivée dans le chemin creux, et son bataillon s'était porté à quinze cents mètres. Là, quelques minutes de halte derrière un rideau de peupliers ; puis, une centaine de ses camarades et lui, avaient dû s'avancer en tirailleurs contre un long mur

de clôture crénelé par les Allemands. Ce mur, il eût
été si simple de le raser avec quelques coups de ca-
non. Mais la batterie du chemin creux, probablement,
ne devait pas s'engager sans ordres supérieurs. Il
avait donc fallu marcher bêtement, à poitrine décou-
verte, contre un mur crénelé. Comme le cœur lui
battait! Sa première affaire! Le moment attendu avec
impatience depuis quatre mortels mois passés dans
les camps d'instruction, mal équipé, mal nourri, mal
commandé, fatigué par des exercices insipides. Il ne
faisait pas bien jour. Pas un coup de fusil encore!
Pas une sentinelle ennemie! Qui sait? on allait peut-
être surprendre une fois ceux qui nous avaient si sou-
vent surpris nous-mêmes. Ne disait-on pas merveilles
du jeune général en chef? Cette aurore glacée ne
serait-elle point par hasard l'aurore d'une grande
victoire. Lui, n'aurait pas peur, ferait son devoir
comme les autres. S'il allait avoir peur, pourtant? Ce
doute importun, humiliant, le secouait dans sa marche
d'un tremblement nerveux. Aussi, maintenant, c'était
de l'impatience, un furieux désir qu'elle ne se fît pas
attendre plus longtemps cette première décharge qui
le fixerait sur sa bravoure, qui le ferait tomber éva-
noui de lâcheté nerveuse, ou qui le transporterait de
la surexcitation des héros. Voilà qu'ils étaient arrivés
à quarante pas du mur crénelé. Qu'attendaient-
ils pour tirer, les enfants de ce peuple flegma-
tique et lent? Il se sentait presque tenté de leur
crier : « Faites donc feu, sacrés imbéciles! » Pour
un rien, il aurait déchargé lui-même son chas-
sepot en l'air afin de leur donner l'éveil. Puis, tout à
coup, un énervant vacarme l'avait assourdi ; et, lui-
même, au hasard, il avait fait feu dans la fumée ;

puis, instinctivement, il s'était jeté à plat ventre. A
partir de ce moment, ses souvenirs devenaient con-
fus, se réduisaient à peu de chose. L'agaçant assour-
dissement des détonations avait continué. Dans la
fumée de plus en plus épaisse, des balles sifflaient,
quelquefois tout près de son oreille, puis s'enfonçaient
dans la terre, fâchant les betteraves, comme des grê-
lons poussés par un grand vent. Tout ce qu'il savait,
c'est que les cent autres tirailleurs, ses camarades,
étaient tous couchés comme lui, sains et saufs ou
morts. Ce qu'il apercevait encore, au milieu de la
brume de sa mémoire, mais alors nettement, c'était
l'effrayant et inoubliable changement à vue du visage
d'un soldat nègre, à quatre pas de lui, devenu blanc
tout à coup, affreusement blanc, pendant une minute,
tandis que la cervelle coulait hors du crâne décalotté,
et recouvrait la chevelure crépue. Alors, lui, à côté
du cadavre du nègre, s'était fait petit, n'avait plus
remué, s'efforçant de se garantir le crâne avec la
crosse de son chassepot. Le reste n'était plus que
ressouvenances vagues : l'espèce de coup de fouet qu'il
avait cru recevoir au talon, la perte de son sang, une
lourdeur de toute la jambe gauche, la sensation de
son pied baignant dans un liquide d'abord tiède, puis
glacé, tout se confondait encore dans sa tête comme
les imaginations brouillées d'un cauchemar. Il n'était
pas bien sûr d'avoir tenté un moment de se remettre
sur ses jambes, puis, d'être retombé. Comme aussi,
une secousse du sol ébranlé par de la cavalerie, des
sabots de chevaux battant l'air à côté de son visage,
peut-être le passage d'un escadron entier au-dessus de
son corps : tout cela était possible ! Ces choses, et
probablement d'autres encore, avaient pu se passer

de l'autre côté du pesant voile noir qui lui était descendu sur les yeux, qui l'avait enveloppé d'anéantissement. Enfin, il venait de s'éveiller, seul dans le brouillard glacé, dans la nuit tombante, dans l'immensité de la campagne devenue subitement déserte et silencieuse.

Il frissonnait de froid, de peur. Une tentative pour se relever n'aboutit qu'à une douleur aiguë au pied gauche. Retombé assis sur son sac, il s'accouda de nouveau sur la borne, découragé, très faible. Dans quelques instants, si l'on ne le secourait pas, il perdrait encore connaissance. Un dernier espoir : que quelqu'un, Français ou Prussien, ami ou ennemi, passât bientôt sur la route. Et il tendait l'oreille.

Rien !

Alors, rassemblant le peu de force qui lui restait, d'une voix traînante et plaintive, il appela :

— Au secours !.. Quelqu'un, de grâce ! Quelqu'un ! Au secours !...

Il se reposa un moment, recommença à plusieurs reprises ; et, entre chaque appel, il écoutait. Personne ! Un terrifiant silence ! Alors des larmes, de grosses larmes, lui envahirent les yeux, puis coulèrent silencieusement le long de ses joues d'enfant.

Tout à coup, comme si une ressource suprême à laquelle il n'avait pas encore songé, se présentait subitement à lui, ses larmes ne coulèrent plus. Et il se mit à faire le signe de la croix. Maintenant ses lèvres remuaient et murmuraient tout bas quelque chose, des prières, des prières ferventes. Mais ces prières étaient en latin.

Il pria ainsi longtemps, les mains jointes, remuant par habitude le pouce et l'index de la main droite,

comme si ses doigts eussent égrené un chapelet. Il baisait de temps en temps avec dévotion un scapulaire et une petite médaille pendus à son cou par un cordon noir, qu'il venait de retirer de dessous sa tunique. Son képi, ôté par respect, était déposé à terre. Au sommet de sa nuque, blanchissait une large plaque ronde où la chair se voyait, les cheveux n'ayant pas repoussé : celui qui implorait ainsi des secours célestes, avait porté tonsure.

Ce fut alors qu'un lointain roulement arriva à ses oreilles. Grand Dieu ! ses supplications seraient-elles miraculeusement exaucées ? Défaillant d'espoir, il se pencha du côté d'où venait le bruit. Plus de doute : un roulement de voiture ! Déjà, distinctement, le grincement des essieux, des bruits de sabots de cheval ! Mais il n'apercevait encore rien. Pourvu, au moins, que ce fût bien sur la route au bord de laquelle il était assis ! Un moment il n'entendit plus aucun bruit ; et il trembla de tous ses membres. Si la voiture, arrivée à destination, ne devait pas aller plus loin, ou s'était détournée dans quelque chemin de traverse ! Coup sur coup, quatre ou cinq signes de croix : cette fois, de la lâcheté pure ! Que faire alors ? Appeler : mais était-ce prudent ? Des cris pouvaient effrayer celui qui conduisait, le décider à prendre une autre route. Puis, il entendit de nouveau. Le cheval avançait au trot sur la route, passerait bientôt devant lui. Si l'on allait ne pas s'arrêter, maintenant, un coup de fouet au cheval pour toute réponse aux gémissements de l'éclopé.

— Non ! je me coucherai en travers ! Que les roues, alors, me passent plutôt sur le corps !...

Et le désespoir lui donna la force de se traîner

jusqu'au milieu de la route. Un grand chariot à quatre roues, recouvert d'une toile goudronnée tendue autour de trois cerceaux en bois, arrivait sur lui au petit trot, n'était plus qu'à quelques pas. Essoufflé, épuisé, le blessé voulait appeler; il n'arriva qu'à pousser quelques plaintes inarticulées. Pas de lanterne allumée ! il pouvait être écrasé. Heureusement, le cheval eut peur et s'arrêta net, recula même un peu.

— Qui est là ? s'écria une voix de femme.

Et le bruit d'un revolver qu'on armait, se fit entendre.

— Au secours !... Pitié ! Je suis blessé !...

Il ne put en dire davantage. Ses yeux se fermèrent, et sa tête retomba contre la boue gelée de la route.

Quand il rouvrit les yeux, quelques instants après, une vive clarté l'aveugla. La femme venait d'allumer une lanterne, et, du bord de la charrette, penchée vers lui, elle le regardait.

— Qui êtes-vous ? répétait-elle. Que faites-vous là, au milieu de la route?

Sa voix chaude, musicale, un peu basse, étranglée par une violente émotion qu'elle s'efforçait de dissimuler, révélait une grande jeunesse. Très garantie contre le froid, empaquetée dans une énorme pelisse brune de paysanne sous laquelle elle devait porter un second manteau, elle avait mis le capuchon. On ne voyait rien de son visage. Sa main droite ne lâchait pas le revolver tout armé. Elle se méfiait. Des tentations lui venaient : éteindre tout à coup sa lanterne, faire faire un détour au cheval afin de ne pas écraser cette larve humaine gémissante qui obstruait la route, s'éloigner très vite. Mais, cela, ce serait fuir,

avoir peur sous prétexte de prudence, être lâche.

D'une voix distraite, indifférente, elle interrogeait encore le jeune homme : depuis quand était-il atteint ? où souffrait-il ? Et, pendant les réponses de l'autre, un combat se livrait en elle. Tout à coup elle se retourna vers l'arrière du chariot. Le regard qu'elle jeta, là, sous la bâche tendue autour des cerceaux, un de ces regards par lesquels d'ordinaire on consulte quelqu'un, parut la décider. Pourtant il n'y avait personne. La jeune femme voyageait seule.

— Attendez, dit-elle, je vais descendre.

Malgré sa grande faiblesse, le blessé se rendit bien compte de ceci : la jeune femme, en s'approchant de lui, gardait un tremblement nerveux. Elle avait conservé sa lanterne à la main. De l'autre main, elle lui présenta une bouteille toute débouchée.

Il but avidement. C'était du rhum.

— Merci, dit-il. Cela va déjà mieux.

Elle lui tendait de nouveau la bouteille.

— Tenez ! encore !...

Elle se penchait vers lui, et son capuchon se souleva. Elle lui parut merveilleusement belle. Il n'en finissait plus de boire ; il était troublé. Elle s'impatienta :

— Voyons ! vite ! je n'ai pas le temps...

Alors, il la regarda avec inquiétude.

— Gardez la bouteille... J'ai aussi du pain que je vais vous laisser. . Et maintenant, tâchez de vous ôter du milieu de la route... je vous donnerai la couverture du cheval... vous pourrez attendre le jour.

Elle disait tout d'une voix sèche, hachée, impérative, n'admettant pas de réplique. Une grande dame commande ainsi à ses domestiques. Lui, se sentait

23

humilié, comme s'il eût reçu une aumône. Le cœur déjà plein de reconnaissance pour celle qui le secourait, il eût voulu lui baiser la main; et pourtant il lui prenait des envies de pleurer.

La rougeur au front, réconforté par le rhum, mais surtout stimulé par la honte, il se mit debout. Le sac était resté à terre. Elle le ramassa, le porta elle-même jusqu'à la borne.

— Là, vous ne risquerez plus au moins d'être écrasé.

Et elle éleva sa lanterne. Le malheureux s'avançait clopin-clopant. Elle n'osa plus lui dire « dépêchez-vous! » Elle fit même quelques pas à sa rencontre, élevant toujours la lanterne. Ses regards rencontrèrent ceux du blessé; elle s'aperçut qu'il avait les yeux pleins de larmes. Elle remarqua aussi sa grande jeunesse. Un commencement d'intérêt naissait en elle. Elle lui adressa de nouvelles questions:

— Comment vous appelez-vous?

— Gabriel... Gabriel Marty.

— De quel pays êtes-vous?

— De Vitré.

Tiens! de Vitré! et elle, de Rennes! Un Breton comme elle, presque un compatriote. Elle le regarda plus attentivement. La distinction de ce visage maigre, souffreteux, frappa la jeune femme. Elle se retourna vers le chariot. Un combat de nouveau se livrait en elle. En des circonstances ordinaires, elle aurait transporté ce garçon quelque part: dans une ambulance, ou jusqu'à la première auberge.

— Je ne puis pas!.. je ne puis pas!..

En prononçant ces « Je ne puis pas », sa voix s'était attristée. Elle devait être sous le coup d'une grande

douleur. Et Gabriel Marty, distrait un moment de son angoisse personnelle, retenait son souffle.

— Vous allez voir vous-même que je ne peux pas !...

Et s'étant approchée de l'arrière du chariot, elle souleva brusquement un coin de la toile goudronnée.

— Regardez !

A la lueur de la lanterne, apparut une caisse en bois blanc, recouverte d'une étoffe noire.

— Il y a là le corps du baron de Plémoran, ancien zouave pontifical, mort sur le champ de bataille...

Elle fut obligée de s'interrompre quelques secondes, comme pour retrouver sa voix, puis elle ajouta :

— C'était mon mari... Je l'ai enseveli ce matin... On se battait... Personne ne voulait le transporter : alors j'ai acheté à un paysan ce cheval et cette charrette...

Ne trouvant rien à dire, Gabriel Marty enleva son képi, tomba à genoux, fit un signe de croix, et se mit à prier.

Un quart d'heure après, la charrette filait sur la route, au petit trot du cheval. La veuve du baron de Plémoran conduisait. Et, derrière elle, le jeune soldat étendu dans la charrette sur de la paille, dormait déjà profondément, à côté du cercueil.

Le cheval était un lourd mais solide cheval de labour. Pour lui faire garder le trot, la jeune femme le fouettait à chaque instant. La route, défoncée et presque détruite par les allées et venues de plusieurs corps d'armée, devenait à chaque instant très difficile. La jeune femme s'en tirait en personne ayant beaucoup monté à cheval.

Il pouvait être neuf heures du soir. Une montée très raide et très longue se présenta. Il ne s'agissait

plus d'aller au trot. Elle quitta le fouet, tint les guides plus lâches, laissa le cheval aller à sa guise. Maintenant, elle se livrait tout entière à ses réflexions.

Sans se rendre compte du pourquoi, elle se sentait devenue très calme. Son corps n'éprouvait plus cette agaçante trépidation nerveuse qui, une heure auparavant, la secouait malgré elle. Puis elle se dit que c'était peut-être à la présence du blessé qu'elle devait sa présente tranquillité. N'y a-t-il pas des moments où la compagnie d'un enfant au maillot, même d'un animal, suffit pour réconforter? Qui sait, le lendemain, on amputerait peut-être ce garçon. Dans vingt-quatre heures, il serait peut-être mort comme M. de Plémoran. Eh bien! c'est ainsi qu'il le lui fallait! Valide, bien portant, bien armé, prêt à lui prêter main forte, elle n'en aurait plus voulu. Pourquoi? Parce que, maintenant qu'elle avait tant fait que d'être héroïque, elle ne voulait pas « qu'on lui gâtât son héroïsme. »

Aussi, son plan était-il arrêté. Tant que le jeune soldat ne remuerait pas davantage, continuerait à ne pas être gênant, elle le voiturerait, jusqu'à ce que, le jour venu, elle pût le laisser dans une auberge ou dans quelque ferme hospitalière. Elle donnerait même de l'argent pour que le malheureux ne manquât de rien, fût soigné convenablement. Puis, elle continuerait son voyage, jusqu'à ce qu'elle atteignît la prochaine gare de chemin de fer. Si la voie était coupée, elle irait plus loin. Dût-elle faire encore cent kilomètres seule, au milieu de cette contrée où plusieurs corps d'armée se battaient depuis quinze jours, elle finirait bien par trouver un train qui la ramènerait en Basse-Bretagne, à Plémoran, elle et les restes de son mari.

Qu'avait-elle à craindre, après tout? On respecte généralement les morts. Que le hasard de son voyage funèbre lui fît traverser un détachement armé, le pis qu'il pût lui arriver était qu'on fouillât le chariot : Allemands ou Français, corps réguliers ou uhlans, ou francs-tireurs, se découvriraient devant un cercueil et la laisseraient passer librement, en lui présentant les armes. Pas d'autre danger, en somme, que celui des maraudeurs isolés, traînards, déserteurs ou paysans avides! Elle avait entendu parler de cette écume malfaisante que deux armées en campagne soulèvent toujours à leur suite; de ces corbeaux humains qui, le lendemain d'une affaire, s'abattent sur le champ de bataille pour détrousser les cadavres, qui achèvent les blessés afin de les fouiller plus à l'aise. Contre ces lâches, quelle que fût leur nationalité, elle avait un revolver. Sa main droite s'enfonça dans la grande poche de sa pelisse, pour le palper : il y était toujours! Elle se sentit très rassurée.

Puis, le cours de ses pensées changea. Ce n'était plus elle qui courait ainsi la nuit, seule, sur les grands chemins! Mais, une autre, une femme extraordinaire, qu'elle avait quelquefois rêvée, vivant d'une vie qu'elle n'avait jamais vécue. Et l'incroyable de l'aventure, l'invraisemblance de cette réalité, la faisait par moments rire d'un vague rire intérieur.

Cette femme extraordinaire, tout enfant, ne lui était-elle pas apparue dans les quatre-vingts pièces délabrées du château de Plémoran. Son oncle, lui, le vieux marquis, à l'humeur taciturne, passait encore, malgré son âge, des trois jours de suite à la chasse, restait des mois entiers sans lui parler. Démesurément grande, sèche et anguleuse, laide et mal habil-

lée, sa tante, quand elle n'était pas à prier dans la chapelle au fond du parc, lui faisait réciter son catéchisme, l'épouvantait sur les supplices de la damnation éternelle, ou lui expliquait des recettes pour conserver les pommes. Son cousin germain, de quinze ans plus âgé qu'elle, « Monsieur Trivulce », mauvais comme une gale et égoïste comme un fils unique, bien que déjà fiancé à « Mademoiselle Edith », ne se souciait pas plus d'elle que d'une de ces pauvresses en haillons qu'il mettait en fuite à coups de pierre, lorsqu'il les apercevait glanant quelques branches de bois mort. Un des grands amusements de « Monsieur Trivulce » pendant les récréations que lui laissait l'abbé son précepteur, ne consistait-il pas à pousser, à pincer ou à battre celle qui devait devenir sa femme. Il l'eût peut-être estropiée pour la vie sans la protection de sa nourrice, à elle, bonne Bretonne, née à Plémoran, ne sachant ni lire ni écrire : une imagination naïvement poétique qui lui racontait toute sorte de légendes.

De ces légendes, sucées en bas âge comme un lait héroïque et merveilleux, des portraits de famille, quelques-uns noirs de la poussière de plusieurs siècles, accrochés dans les immenses galeries, des vieilles tapisseries seigneuriales usées jusqu'à la trame, de l'atmosphère même, sombre et rance, de ce séjour peu récréatif, « Mademoiselle Edith » avait évoqué une idéale créature. Forcée de vivre en dedans, portée à la rêverie par la contrée elle-même, par ce ciel couvert, par ces grands bois, par les coups sourds de l'Océan non loin de là martelant la falaise, par le vent s'engouffrant dans les vieilles croisées disjointes et mugissant à travers les interminables corridors, elle fût morte sans cette compagne invisible

qui semblait grandir et se modifier en même temps
qu'elle.

D'abord, son enfance sans jeux avait longtemps
joué avec cette petite sœur du rêve. Puis, vers qua-
torze ans, lorsqu'elle se cachait pour lire des romans
de chevalerie dérobés dans la bibliothèque, la petite
sœur s'était changée en une belle châtelaine héroï-
que, inspirant de nobles passions, aimée par de purs
chevaliers qui tombaient mortellement frappés en
baisant une mèche de cheveux. La beauté de la
belle châtelaine héroïque était faite de cent traits
divers empruntés à toutes les Plémoran de plusieurs
siècles accrochées dans la galerie des portraits :
l'élégante sveltesse de sa taille descendait de la rai-
deur hiératique de telle contemporaine de Philippe-
Auguste ; elle possédait les grands yeux cerclés de
bistre de celle-ci, qui avaient fait sensation à la cour
de Louis XIII ; et le teint de lis et de rose de celle-là,
relevé par une mouche, comme on en portait sous la
Régence, et le noble port de tête de cette autre, et le nez,
un peu busqué, de toute cette rangée ; enfin, de cette
dernière, l'adorable cou de cygne impitoyablement
tranché un jour par le couperet du docteur Guillotin.
Aussi, de quatorze à dix-neuf ans, la belle vie ! Tri-
vulce, son éducation terminée, vivait à Paris à sa
guise, en attendant l'heure de son mariage arrêté
d'avance avec sa cousine germaine. Le marquis, les
jambes percluses, ne bougeait de son grand fau-
teuil, parlait peu, n'admettait d'autres soins ni d'autre
compagnie que celle d'un vieux serviteur septuagé-
naire. Sa tante avait joint à ses stations dans la cha-
pelle l'élevage des perruches et des petits chiens.
Alors elle avait joui de la plus grande liberté. Quelles

chevauchées folles dans les profondeurs des bois ou
le long de la falaise, escortée seulement de loin par
deux gardes-chasse. Elle aimait aussi passionnément
la lecture. La nuit surtout, quand tout dormait de-
puis longtemps dans le château : elle, blottie dans
son large lit à colonnes, la grande lampe sur la table
de nuit! Le vent avait beau rugir par les fentes des
portes avec des plaintes d'âme en peine. Les douces
heures rapides, où l'immobilité du corps rendait sa
pensée plus ailée! La vivante et féconde solitude, peu-
plée d'intenses visions! Que de fois, ayant enfin soufflé
sa bougie, elle avait dû tirer les lourds rideaux de
son lit, afin de ne pas voir la lumière du jour naissant.
Il est vrai qu'elle ne se réveillait alors qu'au premier
coup de cloche sonnant le déjeuner et qu'elle descen-
dait en retard, les yeux battus, très pâle. Mais sa
tante, qui n'avait jamais fini de bichonner sa petite
meute, descendait plus tard qu'elle. A la longue, la
bibliothèque entière y avait passé.

Dans un vieux Robinson Crusoë, dont il manquait
des pages, l'empreinte du pied de « Vendredi » l'avait
fait palpiter. Elle avait lu deux fois tout Walter Scott,
et une histoire des Croisades interminable, et des
romans moyen-âge ; puis, des récits de voyages mer-
veilleux, la conquête du Mexique par Fernand Cortez.
Atala, René, et les Natchez avaient noyé son esprit
dans une brume poétique, au milieu de laquelle, subite-
ment, un coup de clarté : la lecture d'un volume
dépareillé de la *Comédie humaine !* Ensuite, elle s'é-
tait jetée sur le théâtre : rien compris à un Shakspeare
traduit par Ducis ! Racine l'avait ennuyée ! mais elle
avait fait des trouvailles d'émotion dans Corneille.
Molière l'avait fait rire sans la passionner, à un âge

où, ne sachant rien de la vie, elle ne comprenait pas
les dessous cruels de ce rire. De même elle avait avalé,
sans se l'assimiler, Diderot, les cent volumes des
œuvres complètes de Voltaire, des livres de chimie et
d'histoire naturelle, le Dictionnaire philosophique.
Puis un jour qu'assommée par des livres qui n'étaient
pas à sa portée, n'ayant plus rien à lire et assoiffée de
nouveau, elle bouleversait de fond en comble la biblio-
thèque, le hasard lui avait révélé l'existence d'un
« secret ». Elle n'avait eu qu'à presser un impercep-
tible bouton simulant une nodosité naturelle du bois,
et un panneau avait basculé, découvrant une cavité
cachée. Elle était tombée sur une vingtaine de volu-
mes pornographiques.

Celui qu'elle ouvrait au hasard, un roman du mar-
quis de Sade, ne lui apprenait rien, tant était grande
alors son innocence. Elle en feuilletait plusieurs
autres, sans y comprendre un mot. Puis, elle ouvrait
*Gamiani*, par le vicomte Alcide de T..., avec gravures.
A la vue de ces gravures, elle devenait tout de suite
très rouge. Une brûlure subite lui courait le long
de l'épine dorsale. Et elle se tournait du côté de la
porte, inquiète, indécise.

Une domestique, ses chambres achevées, balayait la
galerie précédant la bibliothèque. Sa tante allait pas-
ser pour se rendre à la chapelle. On pouvait entrer !
Alors, refermant précipitamment la cachette, Edith
s'enfuyait au bout du parc, au fond d'un bosquet
touffu où nul autre qu'elle n'était venu depuis dix
ans. Là, sûre de n'être pas dérangée, au pied d'un vieux
faune en pierre, mutilé, lutinant une nymphe sans bras,
elle avait regardé de nouveau les gravures. Puis elle
avait ouvert un autre volume : *Daphnis et Chloë*. Celui-

là, elle le dévorait d'un bout à l'autre sans en sauter
une ligne. L'inoubliable après-midi! Depuis trois
semaines, elle venait d'avoir dix-neuf ans. En juin! Il
faisait chaud. Autour d'elle, dans la profondeur des
charmilles, de doux frottements d'ailes palpitaient
avec un bruit de caresse invisible. La joue embrasée
et le front en sueur, suffoquée, elle cessait parfois de
lire. Deux papillons blancs voletaient lentement l'un
autour de l'autre, puis finissaient par ne faire qu'un
seul papillon blanc. Le soir, à table, elle n'avait pas
mangé.

Alors, pendant deux longues années, de dix-neuf à
vingt et un ans, elle s'était sentie tout autre. Cette
sœur du rêve, cette créature imaginaire qui, dans
son enfance, avait partagé ses jeux, puis qui avait
grandi en même temps qu'elle, qui s'était embellie
des beautés éparses de toute une race et des res-
souvenirs adorables de ses lectures, où donc s'était-
elle retirée? Était-elle retombée dans le néant? Ou
bien, retenue au loin par une puissance supérieure,
gémissait-elle en secret, le cœur gros, les yeux noyés
de larmes éternelles? Car il n'était pas possible que
l'apparition immaculée, la touchante compagne de ses
années chastes, se fût changée en bête. Et c'était vrai-
ment une bête qui l'avait hantée nuit et jour pendant
ces deux ans : une bête lâchée et impudique, chevau-
chant des voluptés immondes, rêvant un assouvisse-
ment irréalisable. Pas de répit! Aussi bien les jours,
dans le solennel ennui du vieux château, que les nuits,
ses nuits brûlées, où l'aurore finissait par la surpren-
dre n'ayant pas fermé l'œil, mordant de rage
son oreiller! La belle saison faisait-elle palpiter la
campagne d'un frisson de vie, elle partait de grand

matin à pied ou à cheval, toute à son idée fixe, espé-
rant vaguement se contenter au milieu du rut général
des êtres. Mais elle rentrait exaspérée, dans un état
à faire pitié, montait droit à sa chambre, s'y enfermait
à clef, arrachait sa robe ou son amazone, dégrafait
son corset et se jetait la face contre son lit, étouffant,
ouvrant les bras dans le vide à un être inconnu, puis
les tordant de désespoir, retenant des appels rauques.
Sur la route nationale, dans une voiture de bohé-
miens, n'avait-elle pas vu une fille de son âge,
aux cheveux crépus, toute dépoitraillée, dormir, en
tenant embrassée la taille du beau mâle qui condui-
sait. À travers une haie, elle avait écouté les petits
cris d'une paysanne, renversée par un valet de ferme
dans l'herbe fauchée et ne résistant au gars qui lui
relevait les jupes, que par des « Finis, Pierre... j'ap-
pelle !... je me fâche !... » bien faibles. Devant ses
yeux, la fille de la ferme avait aidé le taureau à saillir
une vache. Deux mésanges sur une branche s'étaient
accouplées. Et elle n'était ni la mésange, ni la vache,
ni la paysanne, ni la bohémienne. Jusqu'aux émana-
tions des fleurs printanières qui empoisonnaient l'air
d'un irritant parfum d'amour.

Elle était devenue très maigre. Un grand cercle
bleu lui avait entouré les yeux ; elle était tombée
malade. Un médecin mandé de la ville lui avait
ordonné du fer. Sa tante faisait brûler des cierges
à la chapelle. La nourrice, qui ne savait ni lire ni
écrire, marmottait entre ses dents : « Il faudrait la
marier. »

Puis la bête cynique qui l'avait hantée pendant ces
années malsaines, s'était anéantie à son tour. Du jour
où elle avait épousé Trivulce, revenu de Paris pour la

circonstance, tout était mort en elle. Rien qu'à la façon dont celui qu'elle revoyait après cinq ans, avait déposé sur son front le premier baiser de fiancé, elle s'était sentie écrasée d'un immense désespoir. Le mariage s'était pourtant consommé sans qu'Edith osât proférer une plainte, s'ouvrir à son oncle ni à sa tante, risquer une objection. Dans l'église de Plémoran, sous son voile de mariée, au moment de devenir la femme de ce cousin qui la battait dans son enfance, resté tyrannique et sot, un étouffement lui avait serré la gorge. Elle avait subitement manqué d'air, comme si, tombée dans une fosse, elle s'était senti sceller une pierre tombale sur la tête.

Enfin, au bout de quinze mois, voilà qu'en cette fosse étouffante du mariage, par une fissure inespérée, un peu d'air et de jour avait pénétré. La guerre ayant éclaté, après nos premières défaites, Trivulce était revenu un soir de chez un voisin, M. de Kérazel, en disant : « Grandes nouvelles ! vous ne savez pas : Cathelineau arme des volontaires... Kérazel en est... Et de la Ferté !... Et de Kéralu !... Et de Quiberon !... » Elle l'avait regardé avec plus d'intérêt qu'à l'ordinaire. « Moi, je pars demain, » avait-il ajouté simplement. A la bonne heure ! Elle avait reconnu là un Plémoran, elle qui en était ! Et elle lui avait tendu la main avec une sympathie qu'elle ne lui avait jamais montrée. Le lendemain, il était parti. Aujourd'hui, elle le ramenait, mort, couché dans cette caisse de bois blanc... Et Edith tourna la tête vers l'arrière de la charrette.

La grande montée était gravie, elle fouetta son cheval. En avançant plus vite, la charrette ressautait fort chaque fois que les roues rencontraient quelque pierre. Il arrivait que, la pierre étant très haute, la

charrette sonnait tout entière avec un grincement de dislocation. Et, chaque fois, Edith était machinalement tentée de se retourner pour s'assurer que la charrette contenait toujours le lugubre fardeau.

Maintenant, il lui semblait presque qu'elle avait aimé le baron. Elle ne se souvenait plus de l'infernale malice avec laquelle monsieur Trivulce, aux heures de récréation, se vengeait sur elle de l'ennui d'avoir traduit Plutarque et de s'être promené avec son abbé au milieu du « jardin des racines grecques ». Elle oubliait les quinze ans que son mari comptait de plus qu'elle, le profond égoïsme du fils unique, le terre-à-terre d'une âme basse, l'indifférence blasée du viveur parisien d'un moment, qui ne se consolait pas d'être rivé à la province par la médiocrité de sa fortune. Ce triste personnage, au détestable caractère, avait fait son devoir en s'engageant, et était mort sur le champ de bataille, comme un Plémoran doit mourir : elle ne pensait plus qu'à ce mérite ! Le reste n'existait plus. Même, elle qui était née aussi Plémoran, se disait avec mélancolie que le nom venait de s'éteindre à jamais, puisqu'il n'existait pas d'autre branche et qu'elle n'avait pas d'enfant. Elle n'était donc point éloignée de se croire profondément malheureuse. Sans le soutien de la pensée qu'elle accomplissait un grand devoir, qu'elle devait elle-même se montrer digne de sa race, peut-être, les nerfs aidant, eût-elle fondu en larmes sincères. Tout à coup, malgré elle, Edith tressaillit. Un long soupir, là, derrière son dos, et le remuement d'un corps qui se retournait ! Gabriel Marty, qu'elle avait complètement oublié, venait de remuer.

Il s'était mis sur le côté gauche, le derrière et les pieds portant contre le cercueil. Dans cette position

nouvelle, il ronflait, très fort, comme quelqu'un harassé de fatigue. Et ce ronflement mit hors d'elle madame de Plémoran.

Ce ronflement l'empêchait de suivre le fil de ses pensées. Maintenant elle regrettait de s'être chargée du blessé. Elle n'avait écouté que la compassion, elle s'était décidée bien vite ! Les personnes chez qui le premier mouvement est celui du cœur, doivent se défier du premier mouvement. Elle réfléchissait trop tard ! Si elle rencontrait des Prussiens, la présence dans sa charrette de ce soldat français en uniforme et armé de son fusil, pouvait lui devenir très préjudiciable. Aussi, à la première habitation qu'elle rencontrerait, elle se débarrasserait du blessé ; même, si elle croisait sur la route quelque voiture, elle entrerait en pourparlers pour s'en débarrasser tout de suite, avec de l'argent. En attendant, bien que la route montât de nouveau, elle rouait de coups le cheval pour le faire galoper, afin que le bruit des roues couvrit ce ronflement qui l'agaçait.

Vers minuit et demi, Gabriel Marty se réveilla.

Il se sentait mieux. Les quelques gorgées de rhum avalées, quatre ou cinq heures de profond sommeil, lui avaient rendu quelque force. Désenflammée par le repos, sa blessure au pied le faisait moins souffrir.

Ce sentiment de bien-être fut traversé à peine par le ressouvenir qu'il se trouvait étendu à côté d'un cadavre. Que lui importait, après tout, que derrière cette planche il y eut un homme mort ! La draperie noire n'offusquait même plus ses regards ; elle avait fini par glisser entre le cercueil et le fond de la charrette. Cet homme, il ne l'avait jamais vu ! D'ailleurs, depuis quelques jours, la mort était chose commune

autour de lui : et celle d'autrui laisse froid, vous remplit
même d'une involontaire satisfaction égoïste, lorsqu'on
se dit que cela aurait pu être soi. Le cercueil n'était
déjà plus qu'une caisse de bois blanc ordinaire, gros-
sièrement faite. Néanmoins, il fit un machinal signe
de croix, remua un peu les lèvres en murmurant bien
bas le *De profundis*; puis, ayant cherché sous sa tuni-
que son scapulaire, il le baisa. Et il tourna le dos à
M. de Plémoran.

La jeune femme, elle, ne s'était aperçue de rien.
Assise sur le banc, à l'avant de la charrette, elle con-
duisait toujours. Il n'aurait eu qu'à tendre le bras pour
la toucher, mais la nuit était si noire qu'il ne distin-
guait qu'imparfaitement sa silhouette. De temps en
temps, une grosse toux l'agitait tout entière sous sa
pelisse : elle s'était enrhumée. — « Pourvu que cette
admirable et courageuse personne, se disait-il, n'at-
trappe point une maladie ! » S'il l'eût osé, lui qui
maintenant avait retrouvé sa chaleur, il se serait dé-
pouillé de sa capote pour la lui étendre sur les pieds,
et il lui eût passé autour du cou son cache-nez de
laine. Puis, les pensées de Gabriel devinrent vagues.
Ses longs cils baissés finirent par se rejoindre. Il
retomba dans un demi-sommeil.

Il se sentait enfoncé dans une grande douceur. Une
félicité inconnue envahissait tout son être et il s'y
abandonnait.

Tout lui venait de la présence de cette jeune femme
dont il n'avait qu'un moment entrevu les traits. Elle
lui avait sauvé la vie ! Son âme, dans une effusion de
reconnaissance, s'élançait continuellement vers elle.
Et il sentait qu'elle était là tout près, à sa portée : d'un
geste, il aurait pu lui enlacer la taille.

Même, une tentation le prenait : allonger sournoisement un bras sur la paille, porter sans bruit la main près du bas de ses jupes, les lui effleurer du bout des doigts. Il savait que ce contact lui procurerait la volupté d'une caresse. Cette volupté, il en avait soif ! Il cédait déjà ! Mais, dans l'engourdissement du demi-sommeil, son bras n'étant pas prêt à exécuter tout de suite sa volonté, l'abbé Marty eut le temps de se souvenir qu'il était prêtre.

La femme, cela lui était défendu ! Il ne devait pas y toucher, même en pensée ! Jusqu'ici une terreur sainte et mystérieuse l'avait préservé de son contact.

Mais il n'avait pas toujours été prêtre ! Tandis qu'en remontant à ses plus lointaines années, la femme était déjà la précoce, et instinctive, et unique préoccupation de sa vie.

Tout enfant, à Vitré, en sortant des vêpres avec sa pieuse mère, sous les ormes séculaires de la place, autour de la gothique basilique, arrivait une vieille amie, veuve, toujours accompagnée de sa fille, une grande et forte fille de vingt-cinq ans qui ne trouvait pas à se marier. Celle-ci se baissait chaque fois pour embrasser le petit Gabriel. Et le petit Gabriel ne restait-il pas une grande minute pendu au cou de la belle fille, lui mangeant la couleur des joues, l'étreignant de ses jambes de jeune chat voluptueux !

Son père était huissier au tribunal. Grandi dans le cabinet de l'huissier, au milieu des significations de jugements, protêts et saisies, liasses de papier timbré jauni d'où s'exhalait l'odeur de la poussière, du renfermé et du moisi, jointe à un parfum écœurant de chicane, Gabriel avait passé toute son enfance dans une pièce triste dont l'unique fenêtre, aux vitres pous-

siéreuses, donnait dans une ruelle. La ruelle était étroite, et personne n'y venait, excepté les samedi, dimanche et lundi, où, des hommes en blouse, titubants, entraient et sortaient, habitués d'une sorte de cabaret borgne, tapi en un rez-de-chaussée du fond de la ruelle. Des éclats de voix avinées, jurons, disputes et chants bachiques, montaient ces jours-là. Et des hoquets vineux, des vomissements, se mêlaient au gargouillement des eaux de cuisine, vidées dans les plombs, à chaque étage. Mais, à une fenêtre d'en face, à l'étage supérieur, dans un encadrement de volubilis et de capucines grimpant le long de quatre ficelles, une jeune fille travaillait. A chaque instant, la voix sèche et brutale d'une mère la gourmandait : « Maria ! Maria ! » Pourtant Maria ne perdait pas une minute, cousait du matin au soir. On entendait continuellement le petit bruit de son aiguille ou de ses ciseaux. Seulement, les après-midi où la mère s'en allait au lavoir, un paquet de linge sur la tête, Maria prenait un peu de bon temps, se mettait à regarder dans la ruelle. Alors, lui, voyait apparaître son front éclatant de blancheur, ses abondants cheveux roux toujours en désordre. Parfois, elle s'amusait à cracher dans la ruelle ; elle essayait d'atteindre quelque chat en lui lançant une petite motte de terre prise dans la caisse aux volubilis. De clairs éclats de rire défaisaient soudain le fichu bleu croisé sur sa poitrine. Quelquefois aussi son regard plongeait dans le cabinet de l'huissier. Alors, lui, devenait rouge, baissait tout de suite le nez dans ses paperasses.

Et ce qui lui semblait très doux, à dix ans, pendant que, petit clerc, il recopiait les paperasses, c'était de se dire que cette Maria, âgée pourtant du double de

son âge, travaillait à côté de lui. Quelquefois, l'après-
midi, Maria se mettait à chanter quelque romance lan-
goureuse, dont elle recommençait éternellement les
couplets, d'une voix traînante et monotone. Et le père
de Gabriel était alors au tribunal! Et un reflet de soleil
couchant entrait par la fenêtre ouverte, venait jaunir la
vieille étude obscure! Il ne comprenait pas bien
encore le sens des mots: « Amant... maîtresse...
amour... » dont étaient remplies les romances de
Maria. Pourtant, ces soirs-là, à peine était-il couché,
et sa mère avait-elle emporté la lumière, qu'il re-
voyait par la pensée la fenêtre aux capucines et aux
volubilis. La tête dépeignée de Maria apparaissait! Et
voilà qu'elle venait de se glisser dans sa chambre!
Elle était là maintenant, à côté de lui, dans son lit; il
la tenait embrassée, et lui disait bien bas : « Je
t'aime! je t'aime! » jusqu'à ce qu'il fût endormi.
Parfois, il le lui disait encore pendant son sommeil.

Puis, brusquement, à partir d'un certain jour, Maria
avait cessé de chanter. Plus la même : répondant à sa
mère quand celle-ci la grondait! fondant tout à coup
en larmes! l'œil cerné d'un cercle sombre! Un matin,
qu'il la regardait à la dérobée arrosant ses volubilis,
ne lui avait-il pas semblé voir une grosse larme tom-
ber dans la caisse en bois. Elle avait à coup sûr quel-
que chose. Puis un soir, de sa chambre, dont la fe-
nêtre donnait à côté de celle du cabinet, il avait
entendu une scène violente : « Salope! Garce! criait le
père de Maria. Enceinte! et sans vouloir nous dire de
qui, encore!.. Tiens, garce! Tiens, salope! » Et chaque
injure était un coup différent. Il entendait distincte-
ment le bruit mat de la tête de la pauvre fille co-
gnée aux meubles. Jusqu'au jour, Maria avait hurlé

de douleur. Et, depuis lors, il ne l'avait plus aperçue entre les volubilis. Elle avait quitté ses parents. Et lui, trouvant le cabinet de l'huissier triste comme un tombeau, avait signifié à son père qu'il ne serait jamais huissier. Sa mère ayant toujours rêvé d'avoir un fils prêtre, il s'était fait p'être.

Prêtre, il n'avait jamais été débarrassé de l'idée fixe de la femme. D'abord, pendant ses six années de petit séminaire, il s'était longtemps souvenu de cette Maria. En classe, pendant qu'on leur expliquait l'*Epitome historiæ sacræ*, sa pensée s'envolait vers elle : « Que fait-elle maintenant ?.. S'est-elle mariée avec celui qui l'a rendue enceinte ?.. Est-elle retournée chez ses parents ?.. Est-elle devenue une courtisane ?» Et, dans son gros dictionnaire français-latin, il se mettait à chercher les mots : *courtisane*, *fille de joie*, *prostituée*. A l'étude, ses voisins, cachés par leurs pupitres grands ouverts, se livraient entre eux à des pratiques obscènes. Lui, s'enfonçant le visage dans les mains, fermant les yeux, se bouchant les oreilles, pensait à la fenêtre encadrée de capucines et de volubilis : Maria lui avait protégé sa pureté ! A la chapelle, quand l'orgue-harmonium accompagnait des cantiques, ne s'imaginait-il pas entendre un écho lointain de sa voix très douce. Elle ressemblait vaguement à une vierge aux cheveux jaunes, peinte sur les vitraux au-dessus de l'autel. Un jour, il lui faisait des vers, cette fameuse pièce d'alexandrins, surprise par son professeur d'histoire ecclésiastique, qui l'avait lue devant toute la classe, en le comblant d'éloges malgré la pauvreté des rimes. Puis, en avançant en âge, une gaze impalpable avait insensiblement recouvert le souvenir de Maria. Ses cheveux, ses traits, sa voix, son nom

même, tout s'était peu à peu enfoncé dans une brume.
Mais il restait pourtant quelque chose d'elle au fond
de son ardente piété du grand séminaire. Il avait voulu
aimer Dieu de toutes les forces avec lesquelles il eût
aimé une femme. Au lieu de la femme, Dieu : mystère
pour mystère. Telle avait été « sa vocation » Et il s'était
lié par des vœux éternels. Mais au fond de l'enthou-
siasme du renoncement, pour calmer les révoltes fata-
les de la chair, ne s'était-il pas toujours promis
que ces bonheurs lui seraient rendus au centuple
dans un monde supérieur. Même en plein exercice
de son divin ministère, pendant trois ans, disant
sa messe, consacrant l'hostie, donnant l'absolu-
tion, il n'avait pu s'empêcher de croire que ces
voluptés, il les retrouverait un jour spiritualisées,
exemptes des troubles de la satiété. La confession
surtout ! C'est là, dans la paix et le demi-jour de ce
tribunal d'indulgence, qu'il avait continué d'aimer la
femme. A travers le grillage léger, avait-il entendu
chuchotter de mystérieuses confidences ! Les ado-
rables heures ! D'une main de chirurgien spirituel
autorisée à soulever les derniers voiles, il avait mis à
nu la femme, toute la femme. Celle-ci lui avait
apporté les troubles, instinctifs, d'une virginale inno-
cence s'ignorant encore elle-même ; celle-là, les der-
nières résistances d'un cœur déjà possédé par la
passion ; cette autre, le contre-coup des premières
désillusions, les remords prématurés d'une contrition
prête à glisser dans les rechutes; cette autre, l'âge cri-
tique des désenchantements définitifs; cette dernière,
les aberrations d'un recommencement sénile ayant
changé d'objet : mesquineries du bigotisme, enfantil-
lages et radotages, pâles étincelles d'une flamme mou-

rante. Et, toutes, il les avait également aimées d'un
sacerdotal amour : leur facilitant les aveux, devi-
nant ce qu'elles ne disaient pas, indulgent pour les
égarées, vibrant à toutes leurs douleurs, pleurant avec
elles sur leurs misères. Et, dans elles toutes, ce qu'il
avait aimé alors, — chastement, croyait-il, chrétien-
nement, c'est-à-dire du même amour dont Notre
Seigneur Jésus-Christ, lui, avait aimé Madeleine, —
n'était-ce pas encore ce qu'il avait aimé, autrefois,
avec la violence naïve de l'instinct : un être unique,
abstrait, la plus adorable créature de Dieu : la femme !

Mais s'il n'avait jamais aimé la femme que comme
Notre Seigneur Jésus-Christ et à travers la grille du
confessionnal, n'était-elle pas monstrueuse l'injustice
qui, au bout de trois ans de sacerdoce, lui avait interdit
l'entrée de ce confessionnal ? Oh ! la jalousie de certains
collègues de villages voisins, auxquels il avait enlevé
involontairement des pénitentes de marque ! Les
dénonciations à l'archevêché de Rennes ! Les lettres
anonymes ! Appelé cinq fois en huit jours au palais
épiscopal, il n'avait pas été sympathique au grand
vicaire. Privé de son poste, la messe lui étant inter-
dite pour six mois, il s'était d'abord incliné chrétien-
nement. Jusqu'au coup de tête de son engagement,
ayant lu dans le journal, un soir, le récit des premiers
désastres. Et, maintenant, blessé, sur le point de
mourir de froid et d'inanition, il venait d'être sauvé
miraculeusement par une jeune femme.

Edith était prise à ce moment d'une quinte de toux.

— Il fait très froid, pensa-t-il de nouveau. Elle va
prendre une fluxion poitrine. Ce serait ma faute !

Son passé de prêtre ne lui défendait pas de la faire
mettre à sa place sous la toile goudronnée, tandis que

lui conduirait à son tour. Il se sentait tout à fait fort!
Mais comment adresser la proposition à cette baronne,
qui, sur la route, lui avait parlé comme à un domes-
tique. Dans sa timidité, il commença par changer
deux ou trois fois de position dans la paille, en s'adres-
sant à demi-voix à lui même, un :« Allons ! je n'ai pas
trop mal dormi. » Puis, il s'assit, le dos appuyé au
cercueil.

Madame de Plémoran tourna la tête de son côté :

— Avez-vous besoin de quelque chose? J'ai du
pain... de la viande froide.

Gabriel Marty refusa. Il n'avait besoin de rien pour
le moment. Il mangerait plus tard, quand madame
mangerait elle-même.

— Ne vous occupez pas de moi, dit-elle sèchement.

Et sans s'arrêter à sa résistance, elle lui donna de
ses provisions. Gabriel mangea docilement, le cœur
gros. Il but encore du rhum. Puis, de ce ton obsé-
quieux que prend un prêtre de campagne invité à la
table du «château», voilà qu'il se confondait en re-
merciements, en excuses sur l'embarras qu'il causait.
Même, l'habitude lui soufflait cette phrase : « J'appel-
lerai sur vous, madame, toutes les bénédictions du
Dieu tout-puissant. » Mais une réflexion soudaine
arrêta la phrase au bord de ses lèvres, et la modifia
en un simple : « Matin et soir, dans mes prières, je ne
vous oublierai pas. »

Edith l'écoutait, un peu étonnée. Il s'exprimait bien,
pour un simple soldat! Il avait de la religion; un
Breton véritable! Puis, comme la gratitude du soldat
tirait en longueur, elle crut y couper court, en disant:

— Tout ça n'est rien... Vous êtes un brave garçon...

Elle venait de reprendre les guides.

— Vous pouvez vous rendormir, ajouta-t-elle.

Et elle donna un petit coup de fouet au cheval.
Déjà, retrouvant le fil interrompu de ses pensées, elle
se remettait à calculer les conséquences de son veu-
vage. Voyons! elle arrivait à Plémoran : quel accueil
recevait-elle de son oncle et de sa tante, c'est-à-dire
de son beau-père et de sa belle-mère? Quelle conte-
nance garder devant leur désespoir, elle qui n'avait
pas approuvé leur opposition à ce que leur fils unique
s'engageât? Comment amortir autant que possible le
coup? Prévenir par dépêche... Non! plutôt par une
lettre... Mais voilà que le soldat ne s'était pas re-
couché sur sa paille. Et il osait lui parler encore, l'im-
portun! C'était un vrai manque de tact, presque de
l'insolence. S'imaginait-il donc qu'elle allait passer la
nuit à faire avec lui la conversation? Le malheureux
la prenait peut-être pour son égale!

— Allons! Allons! Assez! fit-elle d'un ton cou-
pant. Taisons-nous!

Et elle ne tournait même pas la tête vers lui, pour
lui dire cela. Tout le sang de Gabriel s'était glacé.
Sans le vouloir, il lui avait donc été désagréable. Et
ce n'était pas à coup sûr le sens des paroles : toute
sorte de circonlocutions humbles pour lui offrir de
braver à sa place le froid. Elle n'avait même pas en-
tendu! Quelle femme était-ce donc? Et, près d'elle,
comme il se sentait, lui, petit, mesquin, indigne et
misérable! Il se recoucha docilement sur la paille,
comme un chien.

Du côté d'Edith, après les brusqueries de l'emporte-
ment, déjà un retour de bonté naturelle. « J'ai peut-
être trop rudoyé ce garçon. Après tout, il a l'air bien
élevé : plutôt timide et retenu qu'audacieux. » Mais,

d'où vient qu'il ne soufflait plus mot. Un sourire passa
même sur les lèvres d'Edith. A une aussi brusque in-
cartade, le malheureux cherchait évidemment que que
chose à répondre. Eh bien! à son aise! Il fallait
lui donner le temps de trouver, à ce garçon intéres-
sant : elle se souvenait maintenant de ses traits entre-
vus à la lueur de la lanterne. Un nouveau sourire!
«Ah! ça, vais-je m'occuper tout le temps de lui!» Puis,
son front se rembrunit : elle était retournée en pensée
à Plémoran. Elle en revint bien vite. « Que fait pour-
tant mon blessé? » Et elle écouta. « Se serait-il en-
dormi? »

Alors, comme elle n'entendait même plus respirer
Gabriel, un vague sentiment de peur... Non, pour-
tant! on ne mourait pas aussi vite! Mais il était pru-
dent d'y voir clair. Elle ne connaissait pas cet homme,
après tout! Il y avait de ces caractères sournois et
susceptibles, parmi les Bretons! Qui sait si celui-
ci ne se disposait pas à la frapper par derrière de
quelque mauvais coup? Elle avait déjà lâché les
guides, saisi la lanterne, et elle en projetait la clarté
dans la direction de Gabriel.

Leurs regards se croisèrent. Elle remarqua tout de
suite le bouleversement de son visage.

— Qu'avez-vous donc? s'écria-t-elle.

Gabriel détournait la tête.

— Souffririez-vous davantage de votre blessure?

Il fit signe que non.

Toujours la lanterne à la main, Edith se rappro-
chait. Puis :

— C'est peut-être moi... Je vous aurai fait de la
peine...

Sa voix était devenue très douce.

— Je vois que c'est moi ! Il ne faut pas m'en vou-
loir, vous savez... Nous ne sommes pas dans des cir-
constances ordinaires.

Elle lui tendit la main. Il ne se retournait même
pas.

— Voyez ! je suis là... Je viens vous tendre la main,
vous demander pardon...

Cette main, Gabriel la pressait. Et, incapable de
dire un mot, se contenant pour ne pas sangloter, il
la porta à ses lèvres. Edith la lui abandonnait, avec la
sérénité d'une conscience qui vient de réparer un
tort.

Maintenant, au contraire, elle se sentait pleine d'ab-
négation, d'humilité chrétienne. Lors de l'enrôlement
de M. de Plémoran, n'avait-elle pas songé à partir,
elle aussi, comme ambulancière ? L'étrange ambu-
lancière qu'elle eût fait, si, sous la croix de Genève,
elle ne s'était pas dépouillée de ses fiertés de fille
noble. « A la guerre, comme à la guerre. » Rien que
pour voir, elle allait jouer un peu à la sœur de
Charité.

Elle voulut absolument lui panser sa blessure.
Gabriel résistait. Il ne souffrait plus, sa parole d'hon-
neur ! Ce n'était vraiment pas la peine : le bandage de
son pied était très suffisant. Pour sûr, la balle était
sortie : rien que du repos suffirait à le guérir. Mais
elle, ne voulait pas « se payer de mots ». La vue, en
tout cas, ne pouvait lui faire de mal, et elle tenait à
voir ! Elle fit valoir à plusieurs reprises l'argument :
«Si la gangrène allait s'y mettre...» Pourtant tout res-
tait inutile ; le Breton s'entêta. Mille morts plutôt
que d'écœurer la jeune femme par l'étalage de ses
loques rougies, de sa plaie à vif, de son pied souillé

25

de boue et de sang! La certitude que tout cela sentait mauvais, lui était particulièrement intolérable.

Alors, cette lutte de retenue et de zèle charitable menaçant de s'éterniser, Edith s'emporta :

— Je veux... entendez-vous bien ?.. Je... veux ! »

Voyons ! était-elle la maîtresse, sur sa charrette, oui ou non? Lui, n'avait qu'à ne pas y monter, tantôt. Elle ajouta même sèchement :

— Si vous ne cédiez pas, il ne vous resterait qu'à descendre...

Un long regard d'effroi, de soumission tendre, fut la réponse de Gabriel.

La lanterne, pendue maintenant à un clou à crochet contre une des parois de la charrette, ne les éclairait que d'une clarté douteuse. Edith releva la bougie davantage. Puis, agenouillée sur la paille, à côté de son blessé, elle était en train de tirer d'un énorme sac de voyage une éponge, des bandes de toile, diverses fioles : arnica, eau-de-vie camphrée, etc., toute une petite pharmacie emportée de Plémoran par précaution. Mais, où déposer son attirail ? Une large caisse en bois blanc ne se trouvait-elle pas là, devant ses mains, comme tout exprès? Sans balancer, elle étala sa pharmacie sur le cercueil, qui lui fut aussi commode qu'une table. Même, à un ressaut de la charrette, un peu de l'eau qu'elle avait versée sur l'éponge dans un grand plat, se répandit. Et, entre les planches mal jointes, quelques gouttes de cette eau durent asperger les restes du zouave pontifical. Mais Edith, qui venait de se débarrasser de la pelisse et de relever jusqu'au coude les manches de son manteau de velours noir bordé de fourrures, ne pensait qu'à ses préparatifs.

Il y avait encore de l'enfant en elle. Elle mettait de l'amour-propre à vouloir paraître très expérimentée.

— Allez vous n'avez rien à craindre ! je ne vous ferai aucun mal... J'ai la main très douce.

Et, tout en déroulant ses bandes avec la dextérité d'un interne d'hôpital, elle se mit à lui raconter qu'autrefois, à Plémoran, elle avait soigné la fille d'un de ses fermiers qui avait fait une chute atroce devant elle. Puis, quand tout fut prêt, elle arrêta le cheval, afin de ne pas être gênée par les trépidations de la charrette en marche.

— Là ! fit-elle. Maintenant, vous, il faut que vous vous étendiez de tout votre long sur la paille...

Gabriel essayait d'une dernière résistance.

— Il le faut ! répéta-t-elle d'un ton qui n'admettait pas de réplique. Je dois avoir toutes mes aises... Vous, vous n'avez pas besoin de voir...

Elle devenait pourtant très pâle à mesure qu'elle retirait délicatement les haillons boueux et sanglants. Mais quand la déchirure produite par la balle fut à nu, elle se pencha résolûment, et regarda de très près, une seconde bougie qu'elle venait d'allumer à la main.

A la lueur de la bougie, Gabriel, étendu, voyait en plein le visage d'Edith. Elle fronçait les sourcils. Une ride profonde, de haut en bas, lui coupait le front en deux. Et elle gardait le silence, tandis que le blessé, à qui l'air faisait éprouver une vive cuisson, tremblait de tout le corps avec des gémissements étouffés. Puis, gravement, sérieusement, avec la tranquille certitude d'un professeur de clinique se prononçant devant les élèves à la visite du matin :

— Rien à craindre, mon ami !.. Ce ne sera rien...

Gabriel éprouvait maintenant un bien-être. Sur sa

blessure, la douceur de ces bandes de vieille toile souple, enduites de cérat, qu'elle achevait de lui appliquer légèrement. Et elle l'avait appelé son ami !

— Merci... Merci... balbutiait-il, suffoqué de reconnaissance.

Il était agenouillé devant elle, sur la paille. Il eût voulu prononcer des phrases, des mots ; mais rien ne sortait que ces « merci ». Alors, il eut la ressource des larmes. Il pleura longtemps, prosterné devant Edith. Et il se trouvait soulagé de pleurer. En même temps que cette pluie chaude jaillissait de ses yeux et lui baignait le visage, quelque chose de tiède aussi, d'extraordinairement doux, se répandait en lui, l'inondait d'une félicité inconnue. Et elle, à côté de lui sur la paille, le laissait pleurer, tout en remarquant qu'il avait de beaux yeux, expressifs. Pour la première fois, elle le regardait avec attention, détaillant ses traits à la lueur de la lanterne. « C'est presque un enfant, pensait-elle ; il est vraiment tout jeune, plus jeune que je ne le croyais. » Et, presque aussitôt, toujours à elle-même : « Ses cheveux noirs coupés court sont admirablement plantés... Tiens ! de belles lèvres rouges, fraîches !... » Tout à coup, au milieu de la satisfaction de ces découvertes, le front de la jeune femme s'assombrit. Un regard aigu fouillant au fond de son passé ! une comparaison rapide ! et l'amertume de se dire : « Jamais un homme comme celui-ci ne m'a tenu dans ses bras. » Alors, elle se souvint qu'elle retournait s'enterrer à Plémoran, pour toujours ; et elle s'aperçut que le cheval était encore arrêté au milieu de la route.

Edith reprit les guides, fit repartir le cheval. Puis elle accepta l'offre de Gabriel qui voulait conduire à

son tour, lui qu' avait déjà dormi. Elle quitta donc le
banc et vint s'asseoir à l'intérieur de la charrette, sur
la paille, à la place du jeune homme.

La toile goudronnée tendue autour des cerceaux ga-
rantissait Edith. Elle avait moins froid. Mais elle se
trouvait tout près du cercueil. Et sa pensée se glissa
avec horreur entre les quatre planches où chaque res-
saut secouait un corps inerte. Maintenant il lui sem-
blait que ce voyage funèbre devenait interminable.
Elle regarda l'heure à sa montre. A peine deux
heures et demie! Encore quatre grandes heures de
nuit à passer. Le jour venu, seraient-ils encore loin de
Blois? A Blois, si on lui avait dit vrai, elle devait
trouver un train, elle passerait par Tours et Angers.
Une fois en Bretagne... Là, tant d'ennuis en perspec-
tive, un tel bloc de devoirs cruels et de corvées insipi-
des, que, pour s'empêcher d'y penser, elle se mit à
faire parler Gabriel sur les premières choses venues :

Son régiment avait-il beaucoup souffert? Son père
et sa mère vivaient-ils encore? Il était de Vitré! La
magnifique vue sur toute la vallée, de la place de
l'église! N'avait-il jamais eu de sœur? Et, pour faire
passer le décousu et l'in-à propos de la conversation,
elle feignait de s'intéresser à ces choses. Sa voix arri-
vait à des inflexions d'intimité caressante. Gabriel se
sentait très heureux.

Pourquoi, maintenant, de la part de cette femme,
tant de familiarité affectueuse? Gabriel ne cherchait
pas à savoir. Même, passé! avenir! rien n'existait
déjà plus pour lui. Rien que l'envahissante volupté de
l'heure présente qu'il eût voulu éternelle. Sur son
banc, une langueur l'envahissait. Ses réponses étaient
courtes. Les guides, qu'il tenait toujours, lui sem-

blaient très lourdes. Pour un rien, il les eût lâchées, et ses yeux se seraient fermés, et il se serait laissé choir à côté de la jeune femme.

Elle, s'alanguissait à son tour. Les paroles devenaient rares. Puis, la conversation tomba tout à fait. Edith crut avoir sommeil, s'étendit de son long sur la paille, prit ses dispositions pour dormir. Elle était sur le côté droit, les pieds dans une couverture, à l'avant de la charrette, la tête un peu exhaussée et touchant presque le cercueil. Et elle fermait les yeux depuis un moment, cherchant à s'assoupir, lorsque tout à coup la lanterne, dont la bougie avait brûlé jusqu'au bout, s'éteignit.

Ils se trouvaient tous les deux au fond d'une obscurité profonde. Gabriel, toujours sur le banc, les guides à la main, ne distinguait même plus la route. Le cheval continuait d'avancer, machinalement. Alors Gabriel, n'entendant plus remuer la jeune femme, crut qu'elle dormait ; il osa s'étendre avec précaution parallèlement à elle, le plus loin possible. Mais, ni l'un ni l'autre ne dormaient, et, dans leur immobilité, ils eurent peu à peu très froid ; ils se rapprochèrent. Dans la nuit profonde, par le grand froid, sans s'être parlé, voilà qu'ils se trouvaient presque dans les bras l'un de l'autre. Alors, tout à coup, tous les deux à la fois, ils se serrèrent éperdument, et leurs lèvres qui se cherchaient, se rencontrèrent. C'était plus fort qu'eux ! Maintenant ils se dévoraient de caresses.

Vers cinq heures du matin, Gabriel, qui dormait en tenant Edith endormie dans ses bras, se réveilla en sursaut, à moitié étourdi. La charrette s'étant presque renversée dans une ornière profonde, sa tête avait

cogné contre le cercueil. Mais la charrette se redressa ;
Gabriel se rendormit aussitôt, tenant plus étroi-
tement Edith qui ne s'était pas éveillée. Le brouil-
lard se dissipait à l'approche de l'aube. Et le cheval
continuait d'avancer lentement, sans s'effrayer de
la lueur rouge de cinq villages en flammes qui ensan-
glantaient l'horizon.

La guerre achevée, l'abbé Marty rentra en grâce
auprès de son évêque. Il s'était bien conduit sur le
champ de bataille ! il boitait encore ! on lui donna
une cure de village. Edith de Plémoran s'est remariée
avec un agent de change.

PARIS. — IMPRIMERIE ÉMILE MARTINET, RUE MIGNON, 2